235

台北縣中和市中正路七六〇號五樓

雲龍出版社 收

寄件人：

地址：

情愛金庸

陳墨著

雲龍出版社

引言

都知道金庸是一位武俠小說的大宗師，卻很少有人知道他也是一位真正的言情聖手。他的小說不僅是刀光劍影的武俠天地，而且也是豐富深邃的情愛世界。

有一個人早就發現了這一點，這人是我們大家都熟悉並且熱愛的女作家三毛——願蒼天保佑她芳魂安息並與她的心上人永不再分離——她也是一位金庸迷。她在同另一位金庸迷、著名科學家沈君山先生聊天時，說過這樣的一段話：

「我以為作家有兩種：一種完全憑想像的，譬如寫武俠小說的金庸先生，我非常佩服他。我通常沒有多餘的時間看武俠小說，但金庸的作品每一部都看。在創作上，我和他是完全不同的，他寫的東西都是無中生有，卻又非常真實動人，形式上是武俠小說。」

「我曾對金庸先生說，你豈只是寫武俠小說呢？你寫的包含了人類最大的，古往今來最不能解決的，使人類可以上天堂也可以下地獄的一個字，也就是『情』字。」

「我跟金庸先生的作品雖然不同，就這一點來說，本質是一樣的。就是寫一『情』字……」（三毛：《夢裏花落知多少》）

三毛是一位有個性的作家，她看金庸的小說也獨具慧眼，上面這段話是很精闢的。想一想也應該沒有什麼不可理解的，更不應該大驚小怪。《紅樓夢》的作者稱他的書是「大旨談情」，也就是「言情小說」了，但魯迅先生卻說《紅樓夢》可以「仁者見仁，智者見智，公子看見纏綿，革命家看見排滿，流言家看見宮闈祕事……」（《中國小說史略》）。可見「創作」與「接受」不完全是一回事，優秀的作品總是「形象大於思想」。而傑出的作家，總是要克服文類的困難與局限。

《紅樓夢》是這樣，金庸的小說也是這樣。

在金庸的小說中，不僅可以見仁、見智、見俠、見義、見文、見武；有「排滿」也有「反蒙」；有「宮闈祕事」也有「江湖野史」……還有許許多多纏綿緋惻動人無比的愛情故事。三毛是憑著她女性的直覺、作家的敏感以及有情人、多情人的「本能」而發現這一點的。「情」之一字顛倒了多少眾生，創造了多少美妙的悲歌和幸福的吟唱，刺激了多少幻想迷夢、快樂和呻吟！

這裏，「情」或「愛」有廣義與狹義之分，廣義的情愛包括了愛侶、父子、母女、夫妻、民族……等各方面的情感形式。而狹義的情愛即我們的一般意義上的情愛，是專指男女之間的愛情，「就是像一道看不見的強勁電弧一樣在男女之間產生的那種精神和肉體的強烈傾慕之情。」（瓦西里耶夫：《情愛論》）

金庸小說的情愛世界，無論就其廣義而言還是就其狹義而言，都是精妙絕倫的，不過，為了主題明確，在這本書中，我們所要賞析和討論的，將只局限於男女之間的愛情故事。

武俠小說兼而愛情，倒並非金庸的獨創。至少自清代就產生了「兒女英雄」一大類型，《兒女英雄傳》就是其中的佼佼者，到了近代（民初）又出現了李定夷等人的「哀情小說」。到了三〇年代，由「鴛鴦蝴蝶派」起家、著有《瓊樓春情》、《落絮飄香》、《朝露相思》等社會言情小說多部的王度廬，改弦易轍，專門從事武俠小說創作，獨創「悲劇俠情」體，成為武俠小說作家中的巨擘之一，人稱「情俠」，對後代的武俠小說創作影響極大。

五〇年代初興起的海外「新派」武俠小說，幾乎可以說百分之百都涉及了男女之情事。甚而有不少的小說，掛的是武俠小說的招牌，寫的卻是男女的情感和欲望。

先於金庸而創作武俠小說的梁羽生，一部《白髮魔女傳》以其震撼人心的愛情悲劇而名世；後於金庸的古龍，一部《多情劍客無情劍》以其「情到濃時情轉薄」的獨特境界而廣為流傳。

那麼，金庸小說的情愛世界，究竟有些什麼非同一般之處呢？

至少有以下幾點。

其一，是它的嚴肅性。

我們之所以要用嚴肅性這一看來有些「煞愛情風景」的字眼來概括金庸小說的情愛世界的

第一個特徵，那是因爲在武俠小說世界中，「下三濫」太多了。不少的小說掛羊頭賣狗肉，掛著武俠小說的招牌寫色情，而掛著情的牌子來賣「人肉」，致使他們筆下的所謂武俠小說，真的成了「暴力與色情」的藏汚納垢之處。社會上有許多人看不起武俠小說、乃至厭棄憎恨武俠小說，平心而論，是無風不起浪的。在一些小說中，沒有俠甚至也沒有武，沒有個性甚至也沒有愛情，沒有思想主題甚至也沒有情節，有的只是男女、欲望、動作的「雜燴」而已。幸而，這一類作品並不佔多數。

多的是另一種情形，即把愛情作爲一種調味品，作爲一種「佐料」或「配菜」，寫入小說中，千篇一律，大同小異，敷衍情節，如此而已。如果說將武俠當成色情來寫是思想上的不嚴肅乃至人格低下，那麼將愛情當「佐料」的作家至少應該說是在藝術上十分不嚴肅的。我們知道，在武俠小說家中，不嚴肅的恐怕要比嚴肅的多。其筆下陳舊老套的愛情廣告的質量也就可想而知了。

幸而武俠小說中還有嚴肅的作家作品，諸如我們熟悉的金庸、梁羽生以及中晚期的古龍與蕭逸等人的作品。因爲他們對武俠小說的創作態度相對嚴肅而又嚴謹些，其小說中的愛情故事也就隨之而嚴肅或嚴謹了。不過，其間也還有差異，有創造者也有敷衍者；有探索者也有專賣狗不理包子的人。金庸屬於創造者與探索者，正因爲他的嚴肅的創作態度，才使他成爲武俠小說大師及武林的盟主。

其次，是它的豐富性。

金庸小說的愛情世界，是一個豐富多姿、五彩繽紛的世界。金庸小說中的愛情故事，絕大多數都是互不相同的。

這一點，金庸就明顯超出了梁羽生和古龍。其他等而之下的作家就更不必多說了。——梁生固然寫出了《白髮魔女傳》、《雲海玉弓緣》等傑出的愛情故事，但他的大部分作品，過於拘泥於「正格」，美與善的要求限制了真與深及其多樣化的發展。結果大多弄成了英雄兒女喜結良緣的一種模式。同樣，古龍雖然寫出《多情劍客無情劍》這樣優秀的小說，但他的大部分愛情故事，都與此相似，這使其總體的成就受到了極大的影響，再則古龍筆下人物的愛情觀念多少有些過於現代化，往往直接將作者自己的愛情——性欲觀念及方法形態直接套到書中的古人身上，而且套到許許多多不同的主人翁身上，他筆下的楚留香、陸小鳳、李尋歡、葉開、沈浪……等「名人」的愛情觀念及態度大同小異。儘管作者在每一部書中都要議論不休，但在同一話題上少有新義，且整個而言，似乎有重欲的描寫甚於對情的描寫的傾向。

金庸的小說幾乎從不議論愛情——它只是敘述和描寫一個又一個各自不同的愛情故事，不僅同一部書中的愛情故事各自不同，而且不同的書中的愛情故事，也少有雷同者。

金庸的第一部小說《書劍恩仇錄》，便顯示了他的非凡的言情功夫。小說的主線便是陳家洛與霍青桐、喀絲麗之間的愛情悲劇，顯示出愛情與個性、宿命、社會、事業、心理……等多方面的不同層次、不同程度的複雜的悲劇衝突。而只要我們注意我們還會發現，這部小說的愛情悲劇的角色遠非陳家洛一人，還有他的母親徐潮生與他的義父于萬亭、他的師父袁士霄、他的屬下無塵道長、他的屬下佘魚同等人。這些人的愛情悲劇組成了一個龐大的悲情世界。值得注意的，這些愛情悲劇的成因及其表現形式是各不相同的。徐潮生的愛情悲劇是婚姻不能自主、愛情不能自由的悲劇，這是一個古老的命運的悲劇；而袁士霄的愛情悲劇則純屬性格悲劇；無塵道長的癡情被殘酷地欺騙了，以至憤而出家；而佘魚同則因爲愛上了本不該愛的結義兄長的夫人而痛不欲生……。

在同一部書中，作者也給我們展示了美好的愛情的「正格」——只是這種美好的一面常在劇中人物及其悲劇情懷的的包圍之中——如阿凡提和他的夫人的愛情充滿了生動幽默的情趣；泰來與駱冰這對夫妻可謂剛柔相濟、優美和睦；徐天宏與周綺則顛倒個性的常格，女的豪爽，男的多智，不打不相識；而「天山雙鷹」陳正德與關明梅則是悲喜交加，一生吵吵鬧鬧彆彆扭扭，情不自禁地成爲一對「冤家」……——由此，我們是可以看出金庸小說的愛情世界的多姿多彩。其他小說也像《書劍恩仇錄》一樣，展示了不同人物的不同性格，不同風貌的豐富複雜的愛情故事。這是我們在其他作家作品中是無法看到的。

金庸小說的愛情世界的豐富性不僅在於愛情內容的多彩多姿，而且也在於它的敘事與描寫的方法、技巧、形式的變幻莫測。有詳、有略；有深有淺；有悲有喜，有正面鋪排，有側面點染；有烘雲托月，也有暗示和象徵。以各自不同的方法形式，展示了不同的愛情風貌。使之成爲極富藝術價值的審美對象。——「人們自古以來就在探索愛情的祕密，試圖認試它的本質，因爲愛情既給人們帶來明朗的歡樂，又給他們造成深沉的痛苦。各個時代關於愛情都有形形色色的議論和箴言，既有詩意的讚頌又有痛切的抱怨；有虔誠，也有庸俗，有興高采烈，也有沮喪頹唐；有青年時代的魯莽，也有對命運的詛咒。……」（《情愛論》）

其三，是它的深刻性。

一般小說中的愛情故事能寫出它的美好，卻難寫出它的深刻。而金庸卻以他的生花的妙筆寫出了一個又一個精妙紛呈的愛情故事，從不同的角度，不同的側面及不同的層次和不同的程度上揭示了愛情複雜而矛盾的本質。

金庸對愛情本質的深刻揭示，首先來自於他的嚴肅的創作態度，在他的小說中，固然不能否定有也有敷衍故事的現象，從而造成了一定程度上的淺俗和雷同，但在總體上，金庸並沒有將愛情當成佐料或廣告來寫，而是認真地按照環境與個性複雜而獨特的矛盾關係、按照不同人物的不同氣質和心理來敘述不同的愛情故事。

以此為基礎，金庸小說的愛情世界更進一步地建立了它的獨特的藝術真實形態。無可疑問，金庸的小說屬於虛構的浪漫的傳奇，其中的愛情故事亦屬於騎士的浪漫史。但金庸的愛情世界並非建立在浪漫的虛構上。一方面，金庸廣泛涉及了社會生活中的種種真實的愛情生活及愛情文化心理的內容——這在一般的武俠傳奇小說中是難以想像的——諸如前面提到的《書劍恩仇錄》一書中陳家洛的母親徐潮生，當年青梅竹馬的戀人是于萬亭，而她的婚姻卻由父母之命，媒妁之言所決定，嫁非其人。再如《飛狐外傳》中的袁紫衣的母親袁銀姑被惡霸鳳天南強姦和霸佔、又被偽善的湯沛欺凌與侮辱的慘痛經歷，這些都無疑具有明顯的生活真實的特徵。小說中的愛與性、愛與婚姻以及愛與倫理、愛與道德等等觀念及其形式，都在一定的程度上反映了我們的獨特的愛情文人的風貌與本質。

當然，金庸小說的愛情世界的主要內容，顯然是屬於虛構與傳奇形式的。小說中存在的大量的「婚姻自主、戀愛自由」等等現象，都是中國古人所難以完全做到的，而在金庸的小說中（在梁羽生、古龍等人的小說中也一樣）「男女平等」似乎早已實現了。不過，就愛情的描述而言，這種「男女平等」的虛構，乃是討論或探索愛情真義和本質的必要前提。否則我們就無法真正地直入愛情世界。——在我國文學史上，乃至在人類文學史愛情悲劇的故事常有兩種基本的模式：一是「羅密歐與朱莉葉」或「梁山泊與祝英台」模式，即愛情與命運的衝突模式，有情人不能成為眷屬，那是因為總有一股外在於愛者的力量阻撓著，與這種強大的外在社會力量相比，情人們的弱小無助，格外地使人憐憫和悲傷。如我國民間四大愛情傳奇故事《梁山泊與祀英台》、《孟姜女》、《牛郎織女》、《白蛇傳》等等基本上都屬於這一模式。梁山泊與祝英台的愛情悲劇是由於父母的反對而造成的；《孟姜女》中的秦始皇修長城使一對和美的夫妻天各一方；牛郎織女的相隔相望的悲劇是由王母娘娘造成的；而白蛇與許仙的美好戀情則是由多事的法海和尚竭力破壞的，可見無論人間天上、神仙（王母）皇帝（秦始皇），都不允真正美好的愛情自由的發展與結合，父母之命以及多事的法海和尚成為否定愛情的決定性符號因素就更容易理解了。另一種愛情模式則「夢幻式」——也許這種夢幻的「神仙眷屬」理想正是建立在悲劇的現實基礎之上——梁山泊與祝英台不能在人間結合，便雙雙「化蝶」，《牡丹亭

》中的男女主人翁也經歷了由生到死、又由死到生的非人間的浪漫歷程；《西廂記》中張生與崔鶯鶯的婚事，也需要張生點了狀元作爲「條件」（這事實際上是另一種形式的夢幻，有幾個書生能如願地做狀元呢？況且這一交換條件本身已經變成了愛情的反動），可見「願天下有情人皆成眷屬」只不過是一種永恆的夢幻或理想。曹雪芹要將記述他的生活經歷的故事名爲《紅樓夢》恐怕也是有這方面的考慮的。

總之，無論哪一種模式，其對愛情自身以及具體的戀愛主人翁自身的描述都是簡單、抽象、符號化的。這些愛情故事，無論是悲劇或喜劇，都要到愛情之外去尋找否定或肯定的支撐點，外在勢力的強大掩蓋了愛情與愛人本身的種種有缺陷的真相。

金庸小說的愛情世界，則通過男女平等的虛構，直接進入純粹的愛情的核心領域，直接而真實地刻畫愛情主人翁們的種種真實的形態與神態。這正是它的深刻之處，它是——正如維克多・雨果所言——「借暫時的人物來描寫永恆的人性」（《九三年・序》）。金庸小說的愛情世界，是真正的情人的世界，進而，是真正的人的世界。在這裏，作者給我們揭示了，人成爲真正獨立而自由的人（男女都一樣）以後的愛情故事及情愛的本質。這才是真正的情愛的本質。過去的愛情故事總是建立起一個虛幻的夢想，以爲「婚姻自主、戀愛自由」便會「萬事大吉」，金庸的小說徹底地打破了這一迷夢。從而使我們的認識，進入了一個更深的真實層次。

概而言之，金庸的小說敘述的不僅僅是一些美好動人的愛情故事，而是——在這些愛情故事組成的愛情世界中——揭示了愛情與民族文化、與社會現實、與倫理道德的多方面的衝突的同時，也還進一步揭示了愛與性、愛與婚姻、愛與宿命、愛與個性、愛與事業、愛與死、愛與仇怨以及愛與人生（在各方面）的種種複雜糾葛，最後，它揭示了愛情心理及愛與人性的自身的深刻的、多方面的矛盾本性。

就其豐富性而言，金庸的小說的愛情世界差不多建立了一個包括各種形式，各種性質的愛情故事的博物館，其間的愛情主人翁的個性與心理可謂千差萬別，令人眼花繚亂。而就其深刻性而言，金庸筆下的情愛世界像是一部愛情文化的百科全書，像是以小說形式——而且是武俠小說形式——寫成的真正的「情愛哲學」或「愛的藝術」的專著。不同之處，在於金庸小說是一個現象世界，「述而不作」，因而更生動、更形象、更具體。

其四，是它的獨創性。

金庸小說的情愛世界是個充滿獨創性及其富有探索精神的世界。在這裏，很少有什麼「模式」可言——不少的作家都是靠「模式化」爲生的，甚至像梁羽生與古龍這樣的作家都未能幸免。可以說模式化乃是「通俗文學」（不管是武俠小說、言情小說、偵探小說，還是其它什麼類型的流行文學）的根本特徵。——在金庸的筆下，每出現一個新的人物，每講述一個新的愛情故事，就會有一番新的風景、新的氣象。每一個人物、每一個故事、每一部新的作品都是一個新的獨立的世界。

金庸的小說創作不僅僅是在寫作，更不是在——按照某種固定的觀念或情節公式——編織，而是在探索中創造，或在創造中探索。

最明顯的證據，是我們在金庸的小說中找不出一個適用於一切的「愛情本質論」之類的基本觀念。金庸全部十五部長短篇小說中都有愛情故事，而且絕大部份作品中都有數種乃至十數種愛情故事，這些愛情故事牽涉到十數人乃至數十人（在其全部作品中講述了近百個愛情故事，牽涉到數百位愛情主人翁），但卻絕對難以找出它們的「通行證」，找不出它們的模式或適用於一切的規律與觀念法則。這表明作者在講述一個新的人物及其愛情故事時，都有一番新的揣摩、新的探索和新的創作構想。而且每一種新的探索和新的構想總是要伴隨著新的角度、新的側面或新的觀照方式與表現方式。

金庸之所以能極大地發揮他的獨創性，創造一個巨大而又豐富的獨特的情愛世界，寫出種種不同的愛情故事及千姿百態的愛情形態，一個根本的原因，是作者真正把握了其筆下的人物的不同的生存環境、不同的人生際遇及其不同的個性氣質、不同的理想追求。——有多少不同的個性存在，就有多少種不同的愛情故事。因爲愛情本不是一種抽象之物，而是具體的發生於特定的男女對象之間的人際及其心際與心理內部的特定關係與特殊心理狀態。不同的人有不同的追求，不同的人有不同的感受，不同的人有不同的選擇。因而，不同的人物之間的愛情關係及其心理是不同的，不同的人愛上同一個人，或同一個人愛上不同的對象，其心理狀態及其表現形式都是大不一樣的。——這正是愛情成爲「永恆的主題」而且常寫常新的根本原因。同生世界的其他領域一樣，愛情生活中並不缺少美，而是缺少發現。愛情故事的天地中並不缺少新意與新的趣味，而缺少真正的探索與創新精神。

藝術貴在創新（可能這一句話已成了人們共知的老話）。大師與庸才的不同之處，就在於他即不重複他人，又不重複自己。這一特徵也完全適用於故事作品的創作領域。不少的專業言情的作家作品之所以永遠在書攤與書亭之間徘徊，那是因爲他們要麼是在重複著他人講述的故事，要麼在不斷重複著自己先前的經驗公式，那麼——更糟的是——既重複他人又重複自己。

金庸並非專業的言情作家，而是在武俠小說中「兼職」言情，卻創造出了如此獨特而豐富的、充滿新意與生氣的情愛世界，這才更加難能可貴，更加顯示出他的非同一般的人生閱歷、藝術功力和他的大宗師的風度、修養和才華。

三毛是對的。她發現並指出了金庸的小說「包含了人類最大的，古往今來最不能解決的，使人類可以上天堂也可以入地獄的一個字，也就是「情」字。這是一個了不起的發現。

有多少金迷朋友愛讀金庸，如癡如醉、廢寢忘食，但總是知其然而不知其所以然，總是不識廬山真面目，只緣身在此山中。金庸的妙處當然多種多樣的，然而其中最能使人入神入癡，讓人想上天堂也敢下地獄的，則可以說正是一個「情」字。正是小說中的情愛世界在吸引著我們，激動著我們，讓我們夜不能寢、耿耿難忘。——小說中有多少故事、多少緊張激烈的場面、多少曲折而又充滿懸念的情節，我們都可能忘懷，然而我們卻永遠也無法忘記香香公主喀絲麗的悲劇，無法忘記她的纏綿又純潔的美麗愛情，無法忘記她的犧牲，從而十分地不原諒、乃至「痛恨」她的情郎陳家洛的薄情和愚蠢。多少故事我們都可以忘記，但我們怎能忘卻楊過與小龍女這一對璧人的曲折淒慘的情愛歷程？

正是這些豐富多彩而又錯綜複雜的愛情故事，撐起了金庸小說的內在結構。正是愛情世界的不同側面、不同角度的充分表現，使金庸的武俠小說的天地充滿了真正富有生趣的人味。才格外地讓我們沉醉、讓我們激動，也讓我們沉思默想、若有所悟。

金庸小說的情愛世界並不是一個理念的世界，而是一個現象的世界，這裏沒有教條、概念和公式，沒有演繹、圖解甚至也少有議論和分析。有的只是讓我們可以感知、更可了解的真實的人生。所以，金庸小說的世界，實質上同時具備人生哲學以及藝術創造這雙重的價值。問題在於我們怎樣去看、怎樣去感知、怎樣地去深思或了悟。

對於本書的作者而言，還存在著一個怎樣來談論的問題。

一種較爲可取的方法是將這一情愛世界條理化（理論化、學術化）。諸如分成愛與情、愛與倫理、愛與婚姻、愛與宿命、愛與人性、愛與心理、愛與惡、愛與仇、愛與犧牲、愛與人生……等這些理論的專題來談論；或者，我們也可以從愛情的生物學、心理學、社會學、倫理學、以及民族研究、價值論、本質論、個性論……等等很多學問的題目來談論。

只不過，這種談論方式有幾個顯然的缺陷，一是將愛情這種充滿生趣、充滿變幻、充滿個性的題目化爲使人昏昏入睡的哲學來談，未免使人感到乏味，恐怕也有悖於愛情的矛盾本性——因爲愛情世界是一個充滿矛盾、悖論的錯綜複雜的現象世界。理性與非理性、本能與智慧，必然性與偶然性……等等都在這裏佔有席位。這是一個個性的世界，因而很難將它規範化。其二，如若我們硬要從學術的觀念與方法去談論這種話題，那麼置「藝術」於何地呢？諸如愛的神話、愛的傳奇、愛的誇張、愛的悲歌、愛的諧趣、愛的夢幻、愛的疑惑、愛的苦衷以及其種種難與人言的個人隱祕……我們又如何能夠顧及呢？最後，我們雖說金庸的小說像是一部愛情的百科全書，但它畢竟不是一部這樣的書。而只是「像」而已矣。這「像」首先是現象的像，其次是近似與含蓄及其藝術的模糊性、空白處等等。

另一種方式，我們每個人都可採用的，那就是我們可以逐部逐個地來閱讀、賞析、研究和評論。

這樣做可以彌補上一種方法的局限。可以始終不離開現象及藝術的前提，也不會失去其情感的個性基礎，從而也不會有悖於愛情的本性。例如，我們可以通過陳家洛與霍青桐、喀絲麗的故事；袁士霄與關明梅、陳正德的故事；徐潮生與陳閣老、于萬亭的故事；余魚同與駱冰、李沅芷的故事……等等來分析金庸的情愛世界的不同的側面、不同的層次以及不同的觀照角度和表現方法。

只是，這樣做也有其不利之處，那就是，其一，如果這樣做，我們必須出版一套叢書，而不是一本書裏所能完成。我們無法將金庸小說中的每一個愛情故事都談論一遍（事實上也無須那樣做）。其二，對於不同的小說作品中的那些相似的情節以及相同的命運的人物，我們該怎麼呢？是一一登記造冊，還是說出其中突出的代表？最後，如果我們那樣做，無疑也很難做到不呆板、不使人乏味。我們用同一種方法、同一種聲調去談論不同的小說中的不同的人物及不同的愛情故事，談論這些愛情故事的不同的性質與不同的層次，這恐怕也是一種吃力不討好的做法。

鑒於此，我們選取了二者折衷的方法，即：既著重它的學術性又兼顧它的藝術性，既進行觀念的研討又不脫離現象與個性世界。我們採取自由縱橫談的形式，這樣或許會有這樣或那樣的缺陷，諸如掛一漏萬、不能步步爲營、層層深入等等。然而它也克服了某些理論著作的本能的缺陷，即爲了某種「體系」及學術理論的完整性而任意剪裁，犧牲豐富的現象真實。同時，又可以比一般性的閱覽和賞評要稍稍深入一些。這樣做至少可以保證作者有話可說，而且是有感而發，不至於無的放矢或敷衍了事。

本書無意於營造一種有關愛情的哲學理論體系，也不想完全地覆述金庸在小說中講過的精采故事。而是想借此機會與金庸迷朋友們聊一聊金庸的小說及其愛情世界這樣一個話題。

最後，我想要說明的一點，是這本書無法完全避開我的《賞析金庸》與《奇謎金庸》這兩本書的有關內容。在上述前一部書中，對金庸的十五部作品進行分析賞評，不免要涉及到愛情的話題；而在《奇謎金庸》一書中，有〈情孽篇〉，是專門談論金庸小說中的愛情悲劇的。在以上兩部書中出現的一些人物、故事及其愛情的話題，在這一本書中可能（不是可能，而是事實上）要再次提及。不過上兩部書——正像它們的書名所表示的一樣——是對金庸小說的「基礎研究」。它們具有全面性或廣泛性的特徵，涉及到金庸的每一部書，以及諸如金庸小說的武、俠、情、奇、文、史、趣、人、言……等等各個方面。不過大多是泛泛而談、點到即止的。

不像現在我們所要的，把情愛世界做爲一個專門的話題來談論。就此而論，我們在這部書中，對金庸小說的情愛世界，希望能夠做到更全面些、更專門些、更深入一些的了解和研究。

目錄

一　問世間，情爲何物

情爲何物？

我們都想知道，但卻都不一定真的知道。或者，我們以爲自己都知道，我們每一個人都有過愛的感覺，情的經歷，但我們就是說不出來，它究竟是一種什麼東西。不排斥有的人一生都「身在此山中」而「不識（情的）真面目」。

最慘的還是那些終生渴望而從未獲得、終生付出而沒有任何回饋，被情愛的渴望、虛妄夢幻改變了自己的個性、顚倒了自己人生的人。他們終日生活在情苦的煎熬之中，但就是弄不明白，這「情」究竟是一種什麼東西。

比如《神鵰俠侶》中的李莫愁。在小說的一開頭，當她聽見一陣風吹來，隱隱送來兩句：「風月無情人暗換，舊遊如夢空腸斷」的歌聲，又聽見一陣陣格格嬌笑（那是程英、陸無雙等幾位無憂無慮的少女的笑），李莫愁喃喃自語：「那又有什麼好笑？小妮子只是瞎唱，渾不解詞中相思之苦，惆悵之意。」這時，李莫愁已經是一個大人了，因爲識盡人間愁滋味而做了道姑，並且一生造孽萬端，成了人所共憤的女魔頭。但是，她真的懂得情爲何物麼？她不懂的。小說在她生命的終結時，這樣寫道：

李莫愁撞了一個空，一個筋斗，骨碌碌地便從山坡上滾下，直跌入烈火之中。眾人齊聲驚叫，從山坡上望下去，只見她霎時間衣衫著火，紅焰火舌，飛舞身周，但她站直了身子，竟是動也不動。眾人無不駭然。

小龍女想起師門之情，叫道：「師姐，快出來！」但李莫愁挺立在熊熊大火之中，竟是絕不理會。瞬息之間，火焰已將她全身裹住。突然火中傳出一陣凄厲的歌聲：「問世間，情是何物，直教生死相許？天南地北……」唱到這裏，聲若遊絲，悄然而絕。

李莫愁死了。一首歌還沒有唱完，只有那旋律還縈繞在我們的耳畔。在這部小說中，李莫愁曾經不止一次的唱起這支歌。直到死時還在唱：「問世間，情爲何物？」——她是帶著這一巨大的疑問而去的。她死了，又將這個巨大的疑問留給了我們活著的人。

那首歌後面的歌詞是這樣的：

問世間，情是何物，
直教生死相許？

天南地北雙飛客，
老翅幾回寒暑。
歡樂趣，
離別苦，
就中更有癡兒女。
君應有語，
渺萬里層雲，
千山暮雪，
隻影向誰去？

這是金代大詩人元好問的一首〈邁陂塘〉的上半闕，道出了多少人心中所欲言的隱祕、的疑問。我們都生活在知其然，而不知其所以然的境地。這首詞便是一個明證。金庸將它寫進《神鵰俠侶》，貫穿了李莫愁的一生，也貫穿了這小說的始終，完全可以說這首詞是這部書的「主題歌」。進而，也可以說是整個金庸小說愛情世界的主題歌。——金庸只是寫了一個又一個的愛情故事，披露了一種又一種隱祕而複雜的愛情心理，提出了一個又一個愛情的疑問，沒有回答。

當然，也沒辦法回答。

這正如三毛所說：「愛情若佛家的禪——不可說，不可說，一說就是錯。」（《夢裏花落知多少》）

幸而，金庸是一位深諳人情又通佛學的人。禪宗之中，向有「世尊拈花，迦葉微笑」的典故，表達了只可意會而不可言傳的意境。金庸在《神鵰俠侶》一書的第十七回〈絕情幽谷〉中，也寫了一個「公孫綠萼拈花」的故事，楊過在一邊微笑。這一回很像是《紅樓夢》的第五回，可以看成是全書的綱要。是小說的「言傳」的「言」，不過，又不是像《紅樓夢》第五回那樣明明白白地說什麼「千紅一窟（哭）萬艷同杯（悲）」並進而說出每一個女性的不幸命運。

在〈絕情幽谷〉這一回書中，作者所寫，似乎都是景語，而又都似情話；看起來像是就事論事地寫一個地方、一種事物、一段奇遇，但——只要我們慢慢地品一品——又不難看出它的深刻的象徵性。

且看我們能領悟多少：

次日楊過醒來，走出石屋。昨夜黑暗中沒有看得清楚，原來四周草木青翠欲滴，繁花似錦。一路上已是風物佳勝，此處更是個罕見的美景之地。

轉了兩個彎，那綠衫少女正在道旁摘花，見他過去，招呼道：「閣下起得好早，請用早餐罷。」說著在樹上摘下兩朵花，遞給了他。

楊過接過花來，心中嘀咕：「難道花兒也吃得的？」卻見那女郎將花瓣一瓣瓣的摘下送入口中，於是學她的樣，也吃了幾瓣，入口香甜，芳香似蜜，更微有醺醺然的酒氣，正感心神俱暢，但嚼了幾下，卻有一股苦澀的味道，要待吐出，似覺不捨，要吞入肚內，又有點難以下咽。他細看花樹見枝葉上生滿小刺，花瓣的顏色卻是嬌艷無比，似芙蓉而更香，如山茶而增艷，問道：「這是什麼花？我從來沒見過。」那女郎道：「這叫做情花，聽說世上並不多見。你說好吃麼？」

楊過道：「上口極甜，後來卻苦了。這花叫做情花？名字倒也別緻。」說著伸手去又摘花。那女郎道：「留神，樹上有刺，別碰上了！」楊過避開枝上尖刺，落手甚是小心，豈知花朵背後又隱藏著小刺，還是將手指刺損了。那女郎道：「這谷叫做『絕情谷』，偏偏長著這許多情花。」楊過道：「為什麼叫絕情谷？這名字確是……確是不凡。」

二人並肩而行，楊過鼻中聞到一陣陣的花香，又見道旁白兔、小鹿來去奔躍，甚是可愛，說不出的心曠神怡，自然而然的想起小龍女來：「倘若身旁陪我同行的是我姑姑，我真願永遠住在這兒，再不出去了。」剛想到此處，手指上刺損處突然劇痛，傷口微細，痛楚處竟然厲害之極，宛如胸口驀地裏給人用大鐵錘猛擊一下，忍不住「呵」的一聲叫了出來，忙將手指放在口中吮吸。

那女郎淡淡地道：「想到你意中人了，是不是？」楊過給她猜中心事，臉上一紅，奇道：「咦，你怎知道？」女郎道：「身上若是給情花的小刺刺痛了，十二個時辰之內不能動相思之念。否則苦楚難當。」楊過大奇，道：「天下竟有這等怪事？」女郎道：「我爹爹說道：情之為物，本是如此，入口甘甜回味苦澀，而且遍身是刺，你就算小心萬分，也不免為其所傷。多半因為這花兒有這幾般特色，人們才給它取上這個名兒。」

兩人緩步走到山陽，此處陽光照耀，地氣和暖，情花開得早，這時已結了果實。但見果子或青或紅，有的青紅相雜，還生著茸茸細毛，就如毛蟲一般。楊過道：「那情花何等美麗，結的果實卻這麼難看。」女郎道：「情花的果實是吃不得的，有的酸，有的辣，有的更加臭氣難聞，中人欲嘔。」楊過一笑道：「難道就沒有甜如蜜糖的麼？」

那女郎向他望了一眼，說道：「有是有的，只是從果子的外皮上卻瞧不出來，有些長得極醜怪的，味道倒甜，可是難看的又未必一定甜，只有親口試了才知。十個果子九個苦，因此大家從來不去吃它。」楊過心想：「她說的雖是情花，卻似是在比喻男女之情。難道相思的情味初時雖甜，到後來必定苦澀麼？難道一對男女傾心相愛到頭來是醜多美少嗎？難道我這般苦苦地念著姑姑（按指小龍女），將來……」

他一想到小龍女，突然手指上又是幾下劇痛，不禁右臂大抖了幾下，才知道那女郎所說果然不虛。

以上這一長段，幾乎每一句話都虛實雙關具有豐富而深刻的象徵意義。情花、情花刺、情花果等等無疑出於作者的虛構，世無此花，唯絕情谷中——這絕情谷又使我們想到《紅樓夢》

中的離恨天、灌愁海、大荒山、無稽崖……等具有象徵意義的地名——有這種奇異的花。

我想我們不必過多地解釋（實際上也難以眞正地解釋清楚）那看起來芳香美艷，似芙蓉而更香，如山茶而增艷的情花，「吃」起來卻是入口甘甜，更微有醺醺然的酒氣，然而回味卻又苦澀；你想採它麼，它遍身是刺，就算小心萬分，也不免爲其所傷；你想吃它的果實麼，一則情花果實皆極醜之物，二則十個果子八個苦，有些長得極醜怪的味道倒甜，可是難看的又未必一定甜……這些大概與「情」相關，或與情相似吧。至少在金庸小說中是如此，至少楊過「知道那女郎所說果然不虛」。那女郎乃是絕情谷主公孫止的女兒公孫綠萼，在此時此谷中與楊過相遇，明明知道情花碰不得，但卻還是身不由主已地愛上這位風流倜儻、瀟灑機智的年輕英俊的少年。明知那楊過有了心上人而且不斷地因思念心上人而苦楚難當，但她還是情不自禁，一往情深地愛著。幾乎從一開始就知道這是一種無望的愛，是一顆苦澀無比的果實，但她還是吃了下去，直至爲了心上人而最終獻出自己的生命。那是美麗而又凄涼的一生。

情爲何物？

——它是美艷芳甘的花，又是醜陋苦澀的果。美麗的花枝上遍布小刺，而醜陋的果實中又有奇異的甘甜在。

也許，我們憑著自己的本能和直覺，看到的只是美艷飄香的情花，而經歷人生之後又理智地看到它酸澀苦楚的情花果。樂觀的人只看見情花，而悲觀者則只見苦果。我們的本能傾向於情花（不知、不惜也不怕被它刺傷），而我們的理智則知道它的果實苦多甜少。

真正的情愛世界則正由這絕情谷中的情花、情花刺、情花果以及醫治情花之毒的斷腸草組成。——「真正的愛情，就彷彿是在理性和非理性的迷離交錯的小徑上，做富有浪漫色彩的、般的漫遊。」瓦西列夫這樣寫道，「非理性和理性經過相互滲透，可以說是釀成了一杯令人心醉的愛情瓊漿。兩情的相互誘惑，感情、幻想之具有美感等等，以不同的比例混合於愛情之中。愛情是本能和思想，是瘋狂和理性。是自發性和自覺性，是一時的激情和道德修養，是感受的充實和想像的奔放，是殘忍和慈悲，是饜足和飢渴，是淡泊和欲望，是煩惱和歡樂，是痛苦和快感，是光明和黑暗。愛情把人的種種體驗熔於一爐。」（瓦西列夫：《情愛論》）

三毛的「不可說」是對的，瓦西列夫上述的「說」也是對的。另一方面，三毛的「不可說」固然令人莫測高深，而瓦西列夫的說法其實也等於沒說，他說了那麼一大通，究竟有什麼意義？上述的話難道可以說是「情是何物」的答案嗎？

由此再來看金庸的拈花說愛、不說之說，就會更深地感到那一段寓言般的情與景的真實和深刻。

也許我們應該注意以下幾點。

其一，金庸的「鍾情」是一個現象的世界，而不是枯燥刻板的教條。不同的個性組成不同的經驗，不同的經驗組成不同的故事和景觀。正如前文所引述的那樣，每一顆果實的嚼味與形狀都是不盡相同的。其實，如果我們認真地去看，也應該發現它的花與刺也是不相同的。因為世界上並沒有相同的綠葉，更遑論乎花。

其二，金庸的「愛情觀」似乎有些灰涼，這正是從無法確認哪一顆情果是甜的而來，十個果子九個苦，一顆甜的還不知在哪裏，不知會被誰碰上？如愛情之花多麼美麗又芬芳，可是要想採摘，就會被它所刺損。——金庸小說中的愛情故事，確實是悲傷的多而歡愉的少。

這首先決定於金庸的人生觀，在金庸小說中的人生，從來就是憂患多而歡樂少，楊過的一句名言，「人生不如意事，十之八九」，正是這種人生觀的總結和表現，那麼愛情之果，十枚九苦也就是順理成章的了。

另一個原因是——正如大文豪托爾斯泰所指出的那樣：「幸福的家庭是相似的，不幸的家庭各有各的不幸。」那愛情的幸與不幸大抵也是如此。這也就是我們看見情花（美麗芬芳的幸福花）大多相似而情果（具體的果實十枚九苦）卻各不相同的原因。

在一定的程度上，我們可以說金庸的情愛世界是一個悲情世界。其中的悲劇故事及其人物遠較喜劇或正劇的爲多。而且那些喜劇或正劇的故事，如果抹掉裝點出的歡顏，我們也還是能回嘗到其中「入口甘甜，回味苦澀」的奇異滋味，而正是這種複雜的滋味，使得金庸筆下的情及其情愛世界格外的令人嘆服、令人迷醉。

其三，儘管人生苦多樂少，儘管愛情不可捉摸（唯其如此才格外的誘人吧），金庸並不是一位愛情的虛無主義者。他筆下的諸多悲劇故事，出於他對人性深刻的發現及對人生世界的憤怒與悲哀。這一點也許我們本無需指出的，因爲一個悲觀主義者或虛無主義者是沒有如此熱情來描述這一畢竟是美麗多姿的情愛世界的。只有一位充滿激情、充滿愛的而又具有深邃智慧的人才能夠創造出這樣一個誘人的世界。

最後，我們已經看到，金庸並沒有給出「情愛」下「定義」。——希望在此找到愛情的定義和答案的朋友肯定要大失所望。——其實這大可不必。人們可以明確地給出它的定義，但一旦到生活中體驗起來，無不感到那些事先學到的定義是多麼的單薄和蒼白。愛情本來只是一種感覺，任何一板一眼的追根究底其實都是毫無意義的。定義是生活奢侈品，而感覺才是生活本身。普遍適合的規律只是人們的一種理論的需要或幻想，而人性的世界總是充滿了意外和例外。「愛」這個詞已被用濫了，但我們從未看見過標準答案，進而，「情」這個詞也被無數次泛泛地接受了，各人的理解並不相同。有的只是些含糊朦朧的了悟。那麼，就讓我們再次享受這種含糊朦朧的意思吧，因爲這或許比明確的定義更接近真相。情花、情刺、情果、情花刺之毒……其實我們每一個讀者都已「仁者見仁，智者見智」了。這就好。

二　怯弱的是男人

從來就是將男人與強者聯繫在一起的，弱者的名字是女人。男人意味著陽剛、強壯、豪邁；男人創造著世界，掃蕩著世界，安排世界或征服世界；男人具有天然的侵略性、主動性、進攻性……等等，這些話我們經常聽到。西方最早的女性夏娃是上帝用男人亞當身上的第十三根肋骨造的。男女的孰強孰弱應該可想而知。

中國的歷史也一向是男尊女卑。雖然「一陰一陽謂之道」，雖然伏羲與女媧的蛇身平等地交織在一起，然而孔子的一句「唯女子與小人爲難養也」道破了天機，從此奠定了男人統治而女人被統治的堅固基石。

武俠世界中的男人更是武功超絕、英雄了得。

然而那些都只不過是神話。武俠小說因此是神話，而那些歷史及對中國歷史的解釋也只不過是一些膚淺的神話。那些只看到中國婦女的社會地位低下，只看到婦女被賣進妓院的悲慘遭遇的人，並不真的懂得中國歷史。他們無法解釋從武則天到慈禧太后的中國皇宮歷史，也並不明白中國人對「母親」這一角色的尊崇。母親正是女人。而母親永遠是中國人心目中的圖騰。

中國的男人永遠都是「母親」的兒子。至少在多數中國男人的心理上，在「男性世界」的最深層次上，我們並沒有真正的斷奶，而女人就是永恆的乳母。

你說男人強嗎?古人說，柔能克剛，天下至柔莫過於水，而水能載舟，亦能覆舟。男人只不過是水上之舟。

也許男人能征服世界。

但是女人能征服男人。

孰是強者，誰是弱者呢?不好說了吧。在社會上，也許男人強過女人（這不平等）；然而在家庭中，心理上，女人往往強於男人（這又不平等）。也許中國人正是靠著這兩種不平等來平衡自己的生活。然而，第一種不平等被發現了，社會上的男女不平等的研究文章要多少有多少。而後一個不平等卻並未被注意，男人的心理上的（深層的）卑怯和脆弱，也許被女人的眼淚掩蓋了。由於有男兒有淚不輕彈的古訓，所以，男人做爲弱者的祕密很少有人發現。

好吧，我們是來討論愛情的，而且是討論金庸小說的情愛世界的。我們無需（也不大可能）對中國歷史作這樣或那樣的評價。我們至多只能說：在「情場」上，男人常常是弱者。

在金庸小說的情愛世界中，有不少這方面的例證。

陳家洛：在事業的擋箭牌的背後，是他的心靈卑怯

陳家洛是《書劍恩仇錄》的主人翁。這部小說是金庸武俠小說的處女作，金庸筆下的第一位男人主翁就是這位身穿白色長衫、臉如冠玉，人如玉樹臨風，文武雙全的陳家洛。他出身於官宦之家，考取過舉人的功名，流落江湖出於無奈或偶然，而不幾年便成了擁有十數萬會眾的紅花會的總舵主。

像這麼一個人物，人世間的好處幾乎被他佔全了。至少是在他的出身經歷及言談舉止中看不出哪一點不好或破綻來。英俊瀟灑，少年得志，文武雙全，可了不得。

我們不排除他在社會生活領域（在江湖上）是一位大英雄，但在情感的世界中卻又是一個很懦弱的人；在人物形象上他是光采照人的，但在心理世界中卻又是一個很卑怯的人。——正是他的懦弱與卑怯，造成了兩次愛情的悲劇至使自己以及情人都痛苦不堪，以至犧牲了性命。

陳家洛的愛情故事分為兩個部分。一是他與霍青桐的戀愛故事，一是他與霍青桐的妹妹喀絲麗的愛情悲劇。

小說書名《書劍恩仇錄》，來源於陳家洛與霍青桐的愛情故事。小說的第四回〈置酒弄丸招薄怒，還書貽劍種深情〉中寫到陳家洛率紅花會群雄幫助回疆的木卓倫（霍青桐的父親）部奪還經書，而霍青桐則贈以寶劍，一表感激之情，二定相愛之意。——這二人一見鍾情。陳家洛見「霍青桐體態婀娜，嬌如春花，麗若朝霞，先前專心觀看她劍法，此時臨近當面，不意人

間竟有如此好女子，一時不由得心跳加劇。」木卓倫表示要霍青桐兄妹留下來幫紅花會的忙，「陳家洛大喜，說道：『那是感激不盡』。」他的感激是真感激，大喜也是真的大喜，他可以與霍青桐相伴更長的時間了。

不料事出意外，女扮男裝的李沅芷馳馬過來，與霍青桐不拘形跡，俯身摟著她的肩膀。這一切陳家洛看到眼裏「見霍青桐和這美貌少年如此親熱，心中一股說不出的滋味，不由得呆呆的出了神」。這乃是本能的反應，只是陳家洛從此變卦，不讓霍青桐幫他們的忙了，口裏對木卓倫說道：「令郎和令愛，還是請老英雄帶同回鄉。老英雄這番美意，我們感激不盡，但驚動令郎令愛大駕，實不敢當。」陳家洛此言一出，木卓倫父子三人感到非常的意外，心想本來說得好好的，怎麼忽然變了卦。

如果事情到這裏爲止，那倒也罷了。此情突然而起，又突然消逝，大家南北西東，後會無期，那就一了百了。問題是陳家洛與霍青桐已是情愫暗生，不能自已，這才有後面的故事。

臨別之際，金庸如此寫道：

霍青桐奔了一段路，忽然勒馬回身，見陳家洛正自呆呆相望，一咬嘴唇，舉手向他招了兩下。陳家洛見她招手，不由得一陣迷亂，走了過去。霍青桐跳下馬來。兩人面對面的呆了半晌，說不出話來。

霍青桐一定神，說道：「我性命承公子相救，族中聖物，又蒙公子奪回。不論公子如何待我，我決不怨你。」說到這裏，伸手解下腰間短劍，說道：「這短劍是我爹爹所賜，據說劍裏藏著一個極大的祕密，幾百年來輾轉相傳，始終無人參譯得出。今日一別，後會無期，此劍請公子收下。公子慧人，或能解得劍中奧妙。」說罷把短劍雙手奉上。陳家洛也伸手接過，說道：「此劍既是珍物，本不敢受。但既是姑娘所贈，卻之不恭，只好靦顏收下。」

霍青桐見他神情落寞，心中很不好受，微一躊躇，說道：「你不要我跟你去救文四爺，為了什麼，我心中明白。你昨日見了那少年對待我的模樣，便瞧我不起。這人是陸菲青陸老前輩的徒弟，是怎麼樣的人，你可以去問陸老前輩，瞧我是不是不知自重的女子！」說罷縱身上馬，絕塵而去。

霍青桐說得已經夠明白了，一是「我愛你」，二是「你不要誤會」。陳家洛也聽明白了，他接受了她的短劍（這誰都知道是定情之物），表明他愛她。只是誤會卻始終沒有消除，以至於陳家洛重返回疆之際，偶遇喀絲麗，再一次一見傾心，從而使霍青桐陷入痛苦的深淵。

看起來這段故事沒有什麼「破綻」，一切都是命運的捉弄：如果不是李沅芷女扮男裝引起誤會該有多好；如果陳家洛沒有遇見喀絲麗該有多好；如果喀絲麗不是霍青桐的親妹妹該有多好；如果……

然而，如果我們往深處讀，就會發現在這一切表象的背後，隱藏的是陳家洛性格心理的祕密，他的卑怯脆弱而又要虛僞掩飾的靈魂。——他的「破綻」露了不少，也許只是我們沒有注意罷了（我們讀者天然地有「為尊者諱」及「為英雄辯」的心理傾向）。

其一，上面我們所引的幾個段落，每一段的開頭都是「霍青桐……」如何如何，這看起來沒有什麼了不得的意思，實則大有講究。那就是，在這一場情愛曲折中，霍青桐始終是以主動者的姿態出現的。相對地，陳家洛則完全成了一個被動者。——他不敢表白自己的愛情，說到底正是內心卑怯所致。——無獨有偶，在他與喀絲麗的交往中，又是喀絲麗主動地前來「偎郎」（這使陳家洛喜從天降），而他則再一次扮演了被動的接受者角色。如此這般被動地享用「飛來艷福」恐怕是陳家洛的性格所致。當然，這也可以部分地解釋爲，不同的民族有不同的表達方式，霍青桐與喀絲麗乃是中國少數民族的姑娘，他們天然地熱情，主動地追求自己的愛人，這是她們的（令人羡慕的）民族性。而陳家洛是漢族書生，知書識禮之人（這是多麼令人遺憾乃至憤恨的「禮」！）自然要含蓄、被動得多。然而，這只是部分的解答，若非陳家洛接受了霍青桐的短劍，而又沒有拒絕喀絲麗的愛，這一場乃至兩場愛情的悲劇不就可以避免麼？

其二，陳家洛不敢表白自己的愛情，更談不上敢於追求自己的愛情。李沅芷女扮男裝與霍青桐親熱地談笑所引起的誤會，在一個真正的勇敢者的眼裏實在算不了什麼。漫說李沅芷是一個女的，她就是一個男的，是一個「情敵」又怎麼樣？（當然這只是「設想」而已。對陳家洛而言是不可想像的）。陳家洛不知李沅芷的來頭，沒有看出她是男裝，這倒也罷了，因爲陳家洛沒有多少江湖經驗及男女知識，再則其時妒火攻心，神智糊塗也是足以使他閉目塞聽的。問題是，霍青桐已經很明白地叫他去問陸菲青，他爲什麼不去問？——按照主動的追求者的脾氣其實可以當面問清的，問霍青桐本人又有何妨？——這又是他的漢族性及書生氣的虛僞與卑怯所致，把妒恨交迸的心理深深地掩飾起來，裝得若無其事。不敢表白，更不敢追求，甚至不敢「打聽」一下。如果說陸菲青不好問，那余魚同乃是他的「屬下」總該可以開一問吧？如此等等，我們看到，消除這一小小誤會的機會有的是，奈何我們的主人翁總怕露出「兒女情長」而「英雄氣短」的馬腳，而越是這樣，就越發顯出了他的虛僞和可憐。

其三，陳家洛對霍青桐的矛盾態度（想愛而又不敢表白和追求）還有更深刻的原因，這一原因甚至是「潛意識」地存在著。那就是霍青桐英姿颯爽、智計過人、豪邁超群，是一位不折不扣光彩照人的巾幗英雄、女中大丈夫——她的智慧使紅花會的「武諸葛」黯然失色，她的豪爽英姿使李沅芷又羡又妒；她的超邁通達使周綺、陳家洛顯得或過於幼稚、或過於虛怯……而陳家洛內心深處最「怯」的恰恰正是這一點！彷彿娶了一位「巾幗丈夫」自己就沒有丈夫氣了。這是他內心最深刻的隱祕。小說的第十七回中，終於透露了他的心思，陳家洛與霍青桐、喀絲麗在迷宮之中，夜不能寐，一忽兒想「我心中真正愛的到底是誰？」一忽兒想「那麼到底誰是真正地愛我呢？」結果是「一個可敬可感，一個可愛可親，實在難分輕重」。又想：

「……霍青桐是這般能幹，我敬重她，甚至有點怕她……」

「日後光復漢業，不知有多少劇繁艱巨之事，她謀略尤勝七哥，如能得她臂助，獲益良多……唉，難道我心底深處，是不喜歡她太能幹麼？」

想到這裏，矍然心驚，輕輕説道：「陳家洛，陳家洛，你胸坪竟是這般小麼？」

答曰：是的。他是不喜歡霍青桐太能幹。他的胸坪是這般的狹小。他怕霍青桐的豪邁之氣壓得他顯出小男人的真形。——他之所以愛上了喀絲麗，固然因爲喀絲麗美如天仙且純潔如玉，天真爛漫，溫柔多情，可親可愛；然而也因爲喀絲麗不會武功、不通謀略，什麼也不懂，而且把他當成了無所不能、空前絕後的大英雄、大丈夫、大豪傑。他更愛這種「大丈夫、大英雄」的感覺。這種感覺只有同喀絲麗在一起才會產生，而與霍青桐在一起時就消失得無影無蹤了。——他是不願意、也不敢正視自己、不願也不敢直面內心的卑怯與脆弱。需要生活在丈夫、英雄的幻影之中，希望愛人把他當成舉世無雙的豪傑……。

這也正是無數卑怯的男人的共同心事。這正是真正的「男人的祕密」。古往今來，有多少男人要娶「柔弱之妻」，乃是爲了襯出自己「強壯雄偉丈夫之氣」。爲的是掩飾內心的那一份虛怯和脆弱。他們不去追求真正的英勇偉烈，而寧願生活在那種「嬌柔」的襯托及「她以爲……」的假相之中。——現今不少霍青桐這樣的「女強人」愛情、婚姻的「困難」，其重要原因就在於男人「怕」她們的強，顯出了自己的弱（這種弱是從外到內的眞弱）。是因爲男人的虛、怯、自私而又不敢承認，甚至不敢正視。——可見男人「愛」的是自己（的幻影），至少愛自己的幻影甚於愛她人。這是男人的又一個祕密。

其四，陳家洛與喀絲麗的愛情最終還是以悲劇結局，喀絲麗爲之獻出了生命。其中主要當然是「命運」的外因在支配著，但也凸現了陳家洛「事業」與「愛情」的矛盾心理及其衝突與抉擇，此外還有一個「愛情的位置」的問題。

陳家洛是紅花會的首領，紅花會是反清組織，而清廷的首腦乾隆皇帝又是陳家洛的同胞兄長。乾隆也看上了喀絲麗，要求陳家洛將她「讓」給自己，作爲「復漢」的條件。在陳家洛面前，擺出了一對「國事」與「私情」的矛盾。陳家洛竟沒有感到乾隆的這一條件是多麼的荒唐，只是自己陷入了兩難選擇的痛苦之中（這一痛苦是眞實的，然而再一次顯出了他的怯懦）。喀絲麗心目中天神般的大丈夫陳家洛最後非但沒有保護她，相反爲了「國事」而犧牲了她和他的「私情」，將她做爲條件和禮物送給了乾隆。對喀絲麗而言，這不僅是葬送了她的愛情，而且也葬送了她的信仰（愛與生命的信仰），從而等於葬送了她的青春、生命。喀絲麗果然自殺身亡了。陳家洛的「事業」也以一敗塗地而告終，結果是「國事」與「私情」的雙重失敗，是命運與人格的雙重悲劇。

按照傳統的觀念，考慮到中國文化中「愛情的位置」，我們能理解陳家洛的選擇，並且對他的犧牲私情，奉獻人生的精神表示理解和崇敬。——如果是西方人，就不會這麼做，也不會這麼去理解了。甚而，如果是現代的中國人也許不會這樣理解或這樣做。——畢竟是古人，而且又是陳家洛。他所面臨的選擇，表面上是國事與私情之間的選擇，其實是「天理」與「人欲」之間的選擇，進而，是「國家利益」與「人的本性」之間的選擇。而在這一選擇中，對中國人而言，私情、人欲及人性的這一面，永遠處於劣勢。美其名曰奉獻與犧牲。在這一事業、國事、天理的擋箭牌背後，是私情的悲苦，人欲的壓抑和人格精神的萎縮。是人的失敗。當然首先是男人的失敗、對陳家洛而言，這種失敗是多重的。

老頑童：情的蒙昧及其自我放逐，或逃避愛情世界

怯於情，更極端的例子是老頑童周伯通。

這位出現在《射鵰英雄傳》及《神鵰俠侶》中的人物，是留給我們的印象最深的並獲得我們喜愛最多的人物之一。

老頑童的最大的特點便是不管到了多大的年紀，哪怕頭髮鬍鬚全都白了，也仍然是天真爛漫，喜歡玩耍胡鬧。與比他晚一兩輩的郭靖結拜兄弟，是他與讀者第一次見面時的「見面禮」。從此，只要他出現的場面，總會有無窮的笑料，當然，有時也叫人哭笑不得。

老頑童是真正的老頑童，不僅他的行爲舉止一如頑童，而且他的心理狀態也永遠是像頑童那樣。這種心理狀態常常是逗人喜愛的根源，然而就一個人，一個男人來說，其實是悲劇性的。只是，我們注意了他生活喜劇性的那一面，而很少注意到這種性格心理的悲劇性因素。更沒多少人注意到老頑童的愛情生活態度及其悲劇性。

老頑童對待愛情和婚姻的態度確實具有一定程度的喜劇色彩。比如他對黃藥師新婚，便大大的不以爲然，以爲「黃老邪聰明一世」，糊塗一時，討老婆有什麼好」，於是便加以取笑。再如郭靖要娶黃蓉，他更是認爲大大的不妥，對郭靖道：「娶了老婆哪，有許多好功夫不能練，就很可惜了。我……我就常常懊悔，那也不用說它。好兄弟，你聽我說，還是不要老婆的好。」「你瞧，你還只是想想老婆，就分了心，今日的功夫是必定練不好的了。若是真的娶了黃老邪的閨女，唉，可惜啦可惜！想當年我只不過……唉，那也不用說了，總而言之，若是有女人纏上了你，你就練不好武功，固然不好，還要對不起朋友，得罪了師哥，而且你是忘不了她，不知道她現今……總而言之，女人的面是見不得的，她的身子更加碰不得，你教她點穴功夫，讓她撫摸你周身穴道，那便上了大當……要娶她爲妻，更是萬萬不可……」如此這般，嘮嘮叨叨地向郭靖數說娶妻的諸般壞處。——老頑童的這番話實在是令人莞爾。大概誰也不會真的將它記住，將它放在心上。可是，這裏牽涉到他的生活的一個大祕密。

老頑童說的話，只有一句我們能聽得清它的意思，即「娶了老婆便練不好武功」。看來這是愛情（婚姻）與事業的衝突的一種原始的表述。老頑童顯然是一個「熱愛事業」的人，因而強烈地反對結婚。因爲結了婚便練不成「童子功」了，便會失去自己的童貞。

實際上，老頑童的這種態度和意見，有著它獨特的生活背景及其心理背景。直到小說的第三十一回〈鴛鴦錦帕〉，才由一燈大師（即名列「五絕」之一的「南帝」段智興）披露了老頑童周伯通的一段生活故事。——當年全真教主王重陽帶著老頑童周伯通到大理王宮拜訪南帝，傳南帝先天功並切磋武藝，住了半個月時間。老頑童在這十多天中悶得發慌，在王宮中東遊西逛，見一個姓劉的貴妃在園中練武，而老頑童「是個第一好武之人，生性又是天真爛漫，不知男女之防，眼見劉貴妃練得起勁，立即上前和她過招」。三招兩式，就以點穴法將劉貴妃點倒，老頑童甚是得意，便即高談闊論說起點穴功夫的祕奧來。劉貴妃立即向他恭敬請教，一來二去，周伯通血氣方剛，劉貴妃正當妙齡，兩個人肌膚相接，日久情深，終於發生了性關係。王重陽將老頑童捆起來讓段皇爺發落，南帝非但沒有責罰周伯通，還將劉貴妃叫來，命他們結爲夫婦。

事情到此，都應該說沒有什麼奇怪的。奇怪的是老頑童聽說要叫他結婚，便「大叫大嚷說道本來不知這是錯事，即然這事不好，那就殺了他頭也決計不幹，無論如何不肯娶劉貴妃爲妻。」說罷從懷中抽出一塊錦帕，遞給劉貴妃道：「還你。」劉貴妃慘然一笑，卻不接過。這是劉貴妃送給老頑童的定情之物，上面織著一幅鴛鴦戲水圖，還繡了一首小詞：「四張機，鴛鴦織就欲雙飛。可憐未老頭先白。春波碧草，曉寒深處，相對浴紅衣。」……

這就是老頑童所謂「對不起朋友，得罪了師哥……讓她撫摸你周身穴道，那便上了大當」云云的始末。

劉貴妃後來改名瑛姑，對老頑童癡心不改，苦苦追趕，然而老頑童卻對她避如蛇蠍，望風而逃。只要有人喊一句「瑛姑來了」老頑童肯定一溜煙遁去，實在躲避不及，便會說：「我要拉屎了，你不要來！……」

老頑童對瑛姑的逃避和恐懼，成了眾所周知的一件事，是《射鵰英雄傳》、《神鵰俠侶》二本書中的常見情景，是其笑料的來源之一。然而，這一情形也有著某種深刻形而上學的象徵的意義。

其一，老頑童雖然身體發育成熟，而且學武的智慧也很發達，可身體健康、武功高強，怎麼看怎麼都是一個實實在在的男人大老爺們兒。然而，他的心理的發育卻極不平衡、不成熟（要不怎麼會叫老頑童呢？）尤其是他的性愛（包括愛情與婚姻）心理則是十分的蒙昧無知——他居然「不知道（與他人之婦發生性關係）那是錯事」，居然將劉貴妃送給他的充滿情意的鴛鴦錦帕像玩具似地拋還給她。——如果是其他人，我們一定會說他「玩弄女性」，因爲他不僅與她發生性關係，而且還接受了她的定情之物（鴛鴦永遠是愛情的明白象徵物），但卻出爾反爾地將她拋棄，並且一次又一次地逃避。但對老頑童這個人，我們真的無法扣上這頂大帽子，因爲他是真的不大懂得這件事。

老頑童不懂性與愛，這沒有什麼奇怪的。在中國文化傳統中，雖有孟子「食，色性也」的語錄，但後來「天理」逐漸滅了「人欲」。從而使性與愛的話題成了一種禁忌。使一代又一代的少年男女無不陷於極端無知的蒙昧之中。只能像盲人摸象似的在一片黑暗的領域裏慢慢地摸索，靠著自己的運氣，有的摸對了路子，而大多數人則繼續在蒙昧之中。

無知產生恐懼，蒙昧產生好奇。老頑童好奇似的嘗了「禁果」之後，恐懼便隨之而來並主導了他全部身心，主導了他今後的歲月，使他失去了「長大」的唯一機會，成了永遠的老頑童。這一從無知到恐懼的發展，從蒙昧到逃避的延伸，是自然而然、順理成章，符合規律的。

其次，頑童的心理不僅在於無知，不成熟及對性愛的蒙昧和恐懼，而且還在於對「責任」的逃避。我們都知道兒童做事（無論對錯）是可以不負責任的。這是兒童的權力。而老頑童周伯通則無限期地延長了他的這種不負責任的權力。

這種不負責任的逃避，這種對愛的付出與奉獻的恐懼，看起來像是對事業的熱愛和對自由的固守，其實則根源於男人的冷漠和怯弱。美國學者指出：「一些女人的冷漠、含蓄常常是不得已的，在不至於使自己難堪、窘迫的條件下，她們又是大膽的，挑逗的。而對著這種大膽和挑逗，膽怯的男人不是回應而是迴避。男人的冷漠從此開始。」「這個問題至今沒有受到足夠的重視。」（〔美〕詹姆斯・瑟伯、愛爾文・懷特《性是必須的嗎？》）

直至《神鵰俠侶》第三十四回，楊過已年過三十，而老頑童已過了百歲。楊過來請老頑童去見瑛姑，老頑童說什麼也不去。似乎瑛姑這個名字是一種禁忌。直到最後，才趕了上來對楊過和郭襄說：「你們走後，我想著楊兄弟的話，越想越是牽腸掛肚。倘若不去見她，以後的日子別想再睡得著，這句話非要問她個清楚不可。」——什麼話呢？——書中寫道：

周伯通走到瑛姑身前，大聲道：「瑛姑，咱們所生的孩兒，頭頂心是一個旋兒呢，還是兩個旋兒？」瑛姑一呆，萬沒想到少年時和他分手，暮年重會，他開口便問這樣不相干的一句話，於是答道：「是兩個旋兒。」周伯通拍手大喜，叫道：「好，那像我，真是個聰明娃兒。」跟著嘆了口氣，搖頭道：「可惜死了。」

看起來老頑童在長到一百歲以後，終於有些成熟起來了，終於——經歷一番激烈的思想鬥爭之後——去見了少年時的情人，敢於「面對人生」了。然而，這也不盡然。

其三，我們看到的是，老頑童去見瑛姑，一不是情絲未斷，二不是關心瑛姑這幾十年的痛苦，而是問「咱們所生的孩子是一個旋兒呢，還是兩個旋兒？」這樣的一問表現了兩重意思，一是他雖爲老頑童，但已做過「大人」，從而首要的問題便是自己的兒子。「不孝有三，無後爲大」這話老頑童想必知道。再說他也有一種做父親的本能。可見他關心的還不是情愛及其愛人（過去沒有過，現在也不會有）。二是他更關心「一個旋兒，兩個旋兒」。兩個旋兒就像他，就是：「聰明娃兒」——小頑童？——更重要的是，他就能據此而確認那個娃兒千真萬確的是他的種子。

老頑童可以永遠不具備成熟的情愛心理，但是對「父與子」這一重大問題卻還是有一定的知識的，尤其他的態度嚴肅認真。這也可以算是中國文化的一大奇觀吧。

其四，在老頑童的故事中，在我們對他的熟悉、喜愛、憐憫、逗趣（他寧可逗趣也不要尊敬）的過程中，我想，金庸筆下的老頑童形象，是否在一定的程度上反映了漢民族男性的某種普遍特徵呢？諸如性愛心理的蒙昧和不成熟，（潛意識）對愛情與責任的恐懼和逃避，我們只願意去「做」，而不願去愛……等等。不是有思想家將我們的國民性稱之爲「老頑童」嗎？

在性愛世界中的老頑童及「老頑童現象」是極值得研究的。這不僅僅是一種怯弱的問題，而是一個「長不大」的問題——說「長不大」，他又能與女性生孩子——是一種心理蒙昧無知及性格與精神上的不負責任的問題。

在藝術中，這一人物也許是以讓人喜愛並給人們帶來樂呵呵的笑聲。然而在生活及其歷史中，這是一種個性心理的極嚴重的殘疾。

最後，我想到在中國民間的歷史觀念中，有一個流行的看法，那就是「紅顏禍水」、「女人誤國論」，著名的紅顏有妲己、楊貴妃等等。這種說法或觀念當然是荒誕不經的。但過去我們對此至多只注意到了這種論調「推卸男人（國之君臣）的責任」。從而不承認「紅顏禍水」這一說，然而，它也有另一種可能性，那就是掩蓋了男人的真正的怯弱和無能，是男人的對性愛世界的（沉溺的）恐懼和逃脫（責任）的一種托辭。

譚公：婚姻的祕密在於他學到了挨打不還手的功夫……

也許老頑童是一個真正的天才，他靠著自己的本能逃避了婚姻，甚至也逃避了愛情。

俄國的大作家屠格涅夫也是終身未婚，因為他發現了婚姻和愛情的「本質」。——在《鄉居一月》中，拉基金宣稱「愛情裏是沒有平等的。只有老爺和奴隸。所以詩人說愛情是鎖鏈，這話是有道理的。你等著瞧吧！您大概會看到，這雙溫柔的小手多麼善於折磨人，它們是多麼含情脈脈地把一顆心撕得粉碎……您會看到，拜倒在石榴裙下是什麼滋味……這種奴隸地位是多麼丟人。」而在《煙》裏，波圖金也說過類似的話：「男人軟弱，女子有力，機緣更有無窮威力。安於淡泊的生活是困難的……這裏有美貌和同情，這有有溫暖和光明，——怎麼抗拒得了呢？你就像嬰兒撲向保姆一樣奔過去……反正免不了要落入什麼人的手心就是了。」這種奴役甚至是不可避免的，就像鐵屑投向磁石一樣。直到有一日，「死亡來解脫我們。」（參見瓦西列夫《情愛論》）

男人是軟弱的。至少男人在情愛世界中是軟弱的，這不僅是屠格涅夫一個人的發現，而是他那個時代的俄國大作家們的共同發現。從普希金筆下的葉甫根尼·奧涅金開始，到萊蒙托夫筆下的畢喬林、岡察洛夫筆下的奧勃洛摩夫、托爾斯泰筆下的聶赫留朵夫……

莎士比亞發現了人的偉大也發現了人的軟弱（哈姆雷特等等），從而劃了一個時代。而俄國一批偉大的作家發現了男人的偉大也發現了男人的軟弱，又劃了一個時代。

只有實際上最為「陰盛陽衰」的中國人，至今依然陶醉在「男人偉大，女人軟弱」的自以為是的迷幻夢境之中。這也是中國人、尤其是中國男人的又一大奇跡。

武俠世界更是一個大男人的世界。大俠客大豪傑、大英雄都是「男人」的別稱。只有少數的優秀作家，如梁羽生寫出了卓一航（梁羽生《白髮魔女傳》中的人物）古龍寫出傅紅雪（古龍《天涯·明月·刀》中的人物），而金庸則寫出了陳家洛。

在金庸的筆下，我們甚至可以發現這樣一種模式；男主人翁在江湖上是英雄豪邁，不愧爲大俠、大好漢，而在情愛裏，在女性面前卻有一種本能的卑怯、軟弱、被動。——我們可以列出一系列這樣的名字，包括陳家洛、余魚同、徐天宏、胡斐、苗人鳳、張無忌、石破天、令狐沖、狄雲、段譽……

且讓我們來看一看次要人物。

《天龍八部》中有一個怪人叫趙錢孫——這自然不是他的真名，他因戰場驚嚇而又情場失意而變得有些瘋瘋癲癲，不知「我是誰」也不願知「我是誰」，只以「趙錢孫李、周吳鄭王、馮陳諸衛、蔣沈韓楊……」自稱。簡稱趙錢孫。（這可以是每一個人，男性）——少年時愛上了他的師妹，師妹也對他有意，不料陰差陽錯，兩人終於未能成就美好姻緣。他的師妹小娟另嫁他人。這對趙錢孫（我們權且呼之）來說無疑是一個極大的打擊。更要命的是，他四十年以來一直不明白他與師妹究竟是爲什麼會陰差陽錯的——直到四十年後，大家都成了老者，師妹的丈夫由小譚變成了譚公，而小娟自然也就變成了譚婆。譚婆因丐幫徐長老相邀，因而約了師兄趙錢孫一道一同趕往丐幫所在地：

譚公突然滿面怒色，向譚婆道：「怎麼？是你去叫他來的麼？怎地事先不跟我說？瞞著我偷偷摸摸。」譚婆怒道：「什麼瞞著你偷偷摸摸？我寫了信，要徐長老遣人送去，乃是光明正大之事。就是你愛喝乾醋，我怕你嘮叨囉嗦，寧可不跟你說。」譚公道：「背夫行事，不守婦道，那就不該！」

譚婆更不打話，出手便是一掌，拍的一聲，打了丈夫一個耳光。

譚公的武功明明遠比譚婆為高，但妻子這一掌打來，既不招架，亦不閃避，一動也不動的挨了她一掌，跟著從懷中又取出一隻小盒。伸指沾點油膏，塗在臉上，頓時便消腫退青。一個打得快，一個治得快，這麼一來，兩人的心頭怒火一齊消了。旁人瞧著，無不好笑。

只聽得趙錢孫長嘆一聲，聲音悲切哀怨之至，說道：「原來如此，原來如此。唉，早知這般，悔不當初。受她打幾掌，又有何難？」語聲之中，充滿了悔恨之意。

譚婆幽幽地道：「從前你給我打一掌，總是非打還不可，從來不肯相讓半分。」

趙錢孫呆若木雞。站在當地，怔怔的出了神，追憶昔日往事，這小師妹脾氣暴躁，愛使小性兒，動不動就出手打人，自己無緣無故的挨打，心有不甘，每每因此而起爭吵，一場美滿姻緣，終於無法得諧。這時親眼見到譚公逆來順受、挨打不還手的情景，方始恍然大悟，心下痛悔，悲不自勝。

數十年來自怨自艾，總道小師妹移情別戀，必有重大原因，殊不知對方只不過有一門「挨打不還手」的好處。「唉，這時我便求她在我臉上再打幾掌，她也是不肯的了。」

徐長老道：「趙錢孫先生，請你當眾說一句，這信中所寫之事，是否不假。」

趙錢孫喃喃自語：「我這蠢材傻瓜，為什麼當時想不到？學武功是去打敵人，打惡人，打卑鄙小人，怎麼去用在打心上人，意中人身上？打是情，罵是愛，挨幾個耳光，又有什麼大不了？」……

……趙錢孫怒道：「誰自慚形穢了？他只不過會一門『挨打不還手』的功夫，又有什麼勝得過我了？」

忽聽杏林彼處，有一個蒼老的聲音說道：「能夠挨打不還手，那便是天下第一等的功夫，豈是容易？」（第十五回）

以上這段故事像是一個笑話，一場鬧劇，更像是一個寓言。

既然女子像一塊磁石，而男子像是鐵屑，那男子就不可能表現出自由意志。兩人之間的平等只是徒具虛名，因爲女子的隨心所欲就壓制了男子的自由。當然男女之間的關係，也可能有相反的情況即男子也可能壓制女子的自由。不過，這不是常態，不像表現上人們以爲的那樣。

——有一首中國的情歌這樣唱道：

我願做一隻小羊，
躺在你身旁，
我願讓你細細的皮鞭，
輕輕地抽打在我的身上

上述譚公、譚婆之間的關係，大致就是這樣。當真是周瑜打黃蓋，一個願打，一個願挨，旁人無法明其究竟，也無法說什麼。比如那可憐的趙錢孫，就因爲不懂個中道理，結果落得孤身一人，形影相弔。這真是「男人的智慧反成了男人的愚蠢；女人的無所用心卻把她推上了至尊的寶座。」（〔美〕詹姆斯・瑟伯等著《情是必需的嗎・序言》）

對此，你還能說什麼呢？對此，男人有什麼樣的選擇呢？顯然只有兩種，一種是像譚公那樣學會挨打不還手的功夫；另一種是像趙錢孫那樣失戀失落，孤苦無依。

男人在情愛世界中的命運就是這樣。這不僅僅是因爲男人的天性就是如此，而也是因爲人類男女關係的現實，迫得男人常常不得不如此。這倒不一定就是悲劇，但這是一種事實。

說男人是理性爲主，女人是以感情爲主，因而男人比女人堅強，因爲理智比情感堅強云云，這只不過是一種形式的推理。實際上，在這一公式中也還有另一種推理形式的存在，即男人的理性的力量恰恰是造成他們軟弱卑怯的重要原因，而女人的情感則恰恰是導致她們勇敢、主動、衝擊一切的根本動力。男人的理性在對付自然、社會時，在其「征服世界」時確有其堅強的一面，而男人的理性在情愛關係中，由於過多地考慮倫理、道德、文化背景及生活秩序等等，恰恰使他瞻前顧後、顧慮重重舉步維艱。女人征服男人，用的是她的情感，女人的情感一旦爆發，正如火山的岩漿，可以不顧一切地衝入雲霄，明知要跌入塵埃也在所不惜！這造成了女性的主動和堅強。哪怕這堅強的結果是以悲劇的形式——如易卜生筆下的娜拉，托爾斯泰筆下的安娜·卡列尼娜，金庸筆下的馬春花、南蘭、劉瑛姑……等等——但她們的生命的火花與情感的潮水足以使任何男人大驚失色。

幾千年前孔子的一句話「唯女子與小人爲難養也」，一直被視爲輕視婦女的經典根據，而遭到了現代人的激烈批判。然而現代的「女權主義」則早已走到了另一個極端。即便是男女平等的倡導者，也常常忘記了男女之間的差異。——孔子的那句話，其中也包含了一定的價值（而不僅僅像我們以為的那樣是一種倫理判斷），那就是「小人」與「女人」的非理性本質，而這種非理性的力量可以沖決一切、不顧一切、毀滅一切，遠比理性的力量大得多。所以感嘆道：「……難養也！」未必就是輕視婦女，更非將女子等同於小人，只是取其一點（其非理性這一點）而不及其餘罷了。

女性的非理性，並不意味著她們沒有智計。恰恰相反，女人將精力集中在情愛世界中時，她們的敏銳、直覺、智計都是驚人的。不然何以男人會那樣心甘情願地繳械投降呢。

比如《雪山飛狐》中的天龍門北宗掌門人田歸農的女兒田青文，已許配了陶子安，心裏大約也對陶子安有些感情，但她卻又禁不住師兄曹雲奇在身邊誘惑（是她誘惑還是他誘惑，這是一個謎）與曹雲奇發生性關係。此事揭穿以後，按說陶子安與曹雲奇應該看出田青文的不是了吧，這兩個男人也確實都對田青文不滿：一個以爲既然訂婚就不應該與他人私通；然而未久，這兩個男人又不自禁地矛頭對外，一腔仇怨全都傾洩向自己的情敵，也就是自己的同類。

書中寫道

……田青文向他瞧也不瞧，幽幽的道：「你害了我一世，要再怎樣折磨我，我只好由你。陶子安是我丈夫，我對他不起。他雖然不能再要我，可是除了他之外，我心裏決不能再有旁人。」

陶子安大聲叫道：「我當然要你，青妹，我當然要你。」……

……田青文眼望地下，待他們叫聲停歇，輕輕道：「你雖然要我，可是我怎麼還有臉再來跟你？出洞之後，你永遠別再見我了。」陶子安急道：「不，不，青妹，都是他不好。他欺侮你，折磨你，我跟他拚了。」提起單刀，直奔曹雲奇。……

……餘人見田青文以退為進，將陶曹二人耍得服服貼貼，心中都是暗暗好笑。（第八節）

以退爲進，以柔克剛，以守爲攻，這乃是女性的法寶。在這樣的法寶面前，男人自不免要「兒女情長，英雄氣短」。

陶子安、曹雲奇乃至譚公、趙錢孫等等，都不一定算是優秀的男人的代表。但他們是男人，這一點是不可能否定的吧。

是男人，就會有這樣或那樣本能的弱點，只不過是其表現形式不同罷了。

男人的怯弱，不一定是「規律」，在金庸的作品中，我們也可以找出一些相反的例子。不過，男人——對女人——的卑怯、軟弱以及被動、乃至恐懼等等，在金庸的筆下更爲常見。

三　女人：憂傷的情魔

男人的求婚求愛求歡幾乎是全世界大多數民族的風俗習慣，然而主動權卻在女人手中。或者是男人爲強者的神話影響了這一風俗，或者是這一風俗影響了男人爲強者的神話，總之男人爲強者、主動者、追求者這一風俗和神話深深地紮根在我們的生活之中，烙印在我們的心靈裏。很少有例外，也很少有懷疑。

也許只有少數的智者明白，那樣的神話未必是真實的。金庸就是樣一位智者。他寫出了——在情愛世界中的——男人的怯弱與卑污，同時，也寫出了女性的主動、瘋狂和憂傷。只要我們注意，我們也許就能發現，一場成功的戀愛，往往是由女性發起的。男人的追求常常只作爲某種不可缺少的儀式。當然，一場不成功的戀愛，女性承擔的痛苦也常常大於對方，所以自古至今都有「棄婦文學」。

這不是奇談怪論。當天上的七仙女發現人間的美麗，看到董永的誠實可靠，並主動地追求時，董永嚇得不知如何是好，左衝右突，想尋一條逃路，沒找到，就只好做了愛情的俘虜。當然這是一種幸福的俘虜。這也是一種被我們普遍接受和認可的愛情模式。同樣，在《梁山泊與祝英台》中，祝英台反覆地暗示——幾乎是明確得不能再明確了——可是我們的「傻哥哥」梁山伯老兄還在雲裏霧中，不知所云。這是一個很戲劇化的場景，很幽默的場景，同時也是一種很真實的場景，具有深刻的啓示的場景。《白蛇傳》中的兩條「美女蛇」——西方的伊甸園中，蛇只是作爲引誘亞當和夏娃發現對方赤身裸體的「導師」，而在中國的傳說中，伏羲和女媧則都是人面蛇身、人蛇合一。——顯然也要比許仙主動很多，許仙純粹是一種傻乎乎的「接受者」，先是接受了白娘子的熾熱的愛情，後又接受了法海和尙的勸告：不要和那個女人（蛇）相愛……

還有孟姜女哭長城的故事。這些都是女性的故事，女性是真正的主角。如此之多的故事被我們所接受、所欣賞，難道是偶然的嗎？難道沒有深義，不是一種象徵和寓言嗎？

在金庸的小說中，幾乎無數次講述這樣一個寓言：女人是愛情世界的統治者。男人至多是「女王」的丈夫或情人而已。女人是愛情的啓發者、挑戰者、教育者和身體力行的實踐者。

女人爲愛情而生。

情國的悲歌，固然有一部分是因爲「男人的反叛」，而大部分則是女性——情敵——之間的無休止的戰爭。

在金庸的小說中，最主動地追求愛情、最執著地期待愛人回到身邊來的男人是楊過。然而我們也許還記得當小龍女問楊過要不要她做他的妻子的時候，楊過誠惶誠恐地回答說：「不可！那怎麼……配？」當然，那時候楊過還是個孩子。而男人有幾個不是孩子——女人的兒子——呢？老頑童雖然是一個極端的例子，但卻也很說明問題了。

楊過這位最勇敢的男人也是這樣，其他的男人就不在話下了。我們無需舉出張無忌啦、令狐沖啦、狄雲啦、袁承志啦……等等等男人的名字來（還是讓大家去看吧）。

在金庸的小說中，最爲讀者賞識和推崇的愛情莫過於《射鵰英雄傳》中的郭靖與黃蓉了。他倆被認爲是人間最佳配偶，最幸福美滿的姻緣。被看作是愛情美滿的「正格」，即標準情侶或模範配偶。

也正是在這一標準、模範的「正格」情侶中，我們看出了愛情的祕密。看出了男人和女人的角色究竟是怎樣分配的。

郭靖的角色，豈止是「小事」上要黃蓉推一推而已。他在愛情中的「位置」，顯然處於一種被動的地位。他的性格也碰巧是董永（樸實）、許仙（幼稚）、梁山伯（憨厚）這幾位「前輩」——抑或是「同輩」或「後輩」？——的結合體。若非黃蓉處處主動，這樁標準的愛情喜劇早就沒戲了，甚至連開場鑼鼓都不會有。

是黃蓉主動地結識他、誘導他、幫助他（比如向洪七公學藝便是黃蓉一手造成的）、指引他、愛他。甚至在她「主動」地離開他的時候，她也依然在幕後指揮著郭靖用兵，也指揮著郭靖的情感方向，主動權絕對在黃蓉手中。

郭靖當然要不由自主地愛上她，因爲她是那樣的聰明靈秀、善解人意，那樣的溫柔體貼又落落大方。郭靖不僅愛她，簡直依戀她，離不開她（這一直被當成愛，但決不僅僅是情侶之愛）。從而甘願受她操縱、指揮、擺布和欺侮——黃蓉的刁鑽古怪是出了名的。這算是愛的代價或利息吧。

看起來，這對璧人最終獲得美滿的結局，郭靖似乎也起了不小的作用，立了不小的功勞，例如在華箏與黃蓉兩人之間，他明確地表示愛黃蓉而不愛華箏公主。——其實這恰恰能說明另一些問題。——其一，華箏乃草原的女兒，文化粗放疏豪，不似黃蓉江南靈秀，自然就沒有那麼「可愛」了，（男人是需要誘導的，郭靖這位傻哥哥更是如此。）其二，郭靖正是在這一點上犯難，爲了諾言，他已表決心要娶華箏而放棄黃蓉（這使黃蓉傷心之極。但聰明的黃蓉善於等待時機，她胸有成竹，郭靖不可能逃出她的「愛心」。結果機會終於來了——）。其三，在倆的愛情中，作者金庸幫了一個大忙。若非金庸的幫忙，這一對戀人無論如何也不能成爲眷屬。金庸幫忙的具體方法是，讓成吉思汗進攻郭靖的父母之邦（郭靖自己則生長在蒙古草原，已可以說是蒙古人了），這還不夠，又讓華箏去「告密」讓成吉思汗堵住想要逃跑的郭靖母子，從而郭靖母親慘死在成吉思汗的大帳之內，郭靖與成吉思汗父女之間就恩斷情絕了。——在藝術上，讓華箏去告密可以說是一個大漏洞或大敗局。但作者也顧不得許多了。——只有這樣，才能消解郭靖道德上的疑慮和陰雲，從而使郭、黃愛情的天空變得無比的晴朗，格外的日麗風和，美景迷人。這是作者直接幫大忙麼？

即便是這樣，黃蓉也還是飽經曲折的感傷——情郎是這麼個傻哥哥！——這是她一次次面臨郭靖的道德猶疑時，表現得格外的突出。甚至在這部《射鵰英雄傳》快要結束時，還是這樣：

郭靖奔過去握住黃蓉的雙手，叫道：「蓉兒，真想死我了！」心中激動，不由得全身發顫。

黃蓉兩手一甩，冷冷的道「你是誰？拉我幹麼？」郭靖一怔，道：「我……我郭靖啊，你……我沒有死，我……我……」黃蓉道：「我不識得你！」徑自出洞。郭靖趕上去連連作揖，求道：「蓉兒，蓉兒，你聽我說！」黃蓉哼了一聲，道：「蓉兒的名字，是你叫得麼？你是我什麼人？」

黃蓉向他看了一眼，見他身形枯槁，容色憔悴，心中忽有不忍之意，但隨即想起他屢次背棄自己，恨恨啐了一口，邁步向前。

郭靖大急，拉住她的衣袖道：「你聽我說一句話。」黃蓉道：「說罷！」郭靖道：「我在流沙中見到你的金環貂裘只道你……」黃蓉道：「你要我聽一句話，我已經聽到啦！」衣袖往裏一奪，轉身便行。……

黃蓉乍與郭靖相遇，心情也是激蕩之極，回想自己在流沙中拋棄金環貂裘，引開歐陽鋒的追蹤，從西城東歸，萬念俱灰，獨個兒孤苦伶仃，只想回桃花島去和父親相聚，在山東卻又生了場大病。病中無人照料，更是凄苦，病榻上想到郭靖的薄情負義，真恨父母不該自己生在世上，以致受盡這許多苦楚煎熬。待得病好，在魯南卻又給歐陽鋒追到，被逼隨來華山譯解經文。回首前塵，盡是恨事，卻聽得郭靖的步一聲聲緊跟在後。

……黃蓉冷笑道：「你是大汗的駙馬爺，跟著我這窮丫頭幹麼？」郭靖道：「大汗害死了我母親，我怎能再做他駙馬？」黃蓉大怒，一張俏臉漲得通紅，道：「好啊，我道你當真還記著我一點兒，原來是給大汗攆了出來，當不成駙馬，才又來找我這窮丫頭。難道我是低三下四之人，任你這麼欺侮的麼？」說到這裏不禁氣極而泣。……（第三十九回）

在這裏，黃蓉固然也有欲擒故縱，做臉給郭靖看的意思，但顯然大半都是真正的痛苦和感傷。她自幼雖不幸喪母，但一直是父親東邪黃藥師的掌上明珠，幾時受過這等的委屈和淒惶？當她與父一賭氣居然就隻身離家，從桃花島到中原，而郭靖給她的「氣」又何止父親給她的氣的千百倍？難怪她要感傷不已。

不僅是感傷。在黃蓉的愛情中，愛情的排他性及自私本質表露無遺。也許這是她的個性所致，也許這正是女人的天性。江南七怪說郭靖應要華箏公主，江湖中人不應背信棄義，黃蓉將他們罵得狗血淋頭，有機會就要找機會給他們苦頭吃。全真教的丘處機只不過希望郭靖能娶穆念慈，黃蓉便恨了他一輩子——一輩子見了丘處機都沒有好感，雖不至於動手害他，她見到他遇難，卻絕對會幸災樂禍！這還是對待旁人——誰威脅到她的愛情，誰就是她絕對的敵人（她曾將一心想得到她的歐陽克弄得終身殘廢，當然那倒也是歐陽克咎由自取。）——對待她的「

情敵」可就沒有那麼客氣了：

黃蓉拔出匕首，嗤嗤嗤嗤，向她左右臉蛋邊連刺十餘下，每一下都從頰邊擦過，間不逾寸。穆念慈閉目待死，只感臉上冷氣森森，卻不覺痛，睜開眼來，只見一匕首戳將下來，眼前青光一閃，那匕首已從耳旁滑過，大怒喝道：「你要殺便殺，何必戲弄？」黃蓉道：「我和你無仇無怨，幹麼要殺你？你只須依我立一個誓，這便放你。」

穆念慈雖然不敵，一口氣卻無論如何不肯輸了，厲聲喝道：「你有種就把姑娘殺了，想要我出言哀求，乘早別做夢。」黃蓉嘆道：「這般美貌的一位大姑娘，年紀輕輕就死，實在可惜。」穆念慈閉住雙眼，給她來個充耳不聞。

隔了一會，黃蓉輕聲道：「靖哥哥是真心同我好的，你就是嫁給了他，他也不會喜歡你。」穆念慈睜開眼來，問道：「你説什麼？」黃蓉道：「你不肯立誓也罷，反正他不會娶你，我知道的。」穆念慈奇道：「誰真心同你好？你説我要嫁給誰？」黃蓉道：「靖哥哥啊，郭靖。」穆念慈道：「啊，是他。你要我立什麼誓？」黃蓉道：「我要你立個重誓，不管怎樣，總是不嫁他。」穆念慈微微一笑，道：「你就是用刀架在我脖子裏，我也不能嫁他。」

黃蓉大喜，問道：「當真？為什麼啊？」穆念慈道：「我義父雖有遺命，要將我許配給郭世兄，其實……其實……」放低了聲音説道：「義父臨終之時，神智糊塗了，他忘了早已將我許配給旁人了啊。」

黃蓉喜道：「啊，真對不住，我錯怪了你。」忙替她解開穴道，並給她按摩手足上麻木之處，同時又問：「姐姐，你已許配給了誰？」（第十二回）

這只不過是一場虛驚，穆念慈愛上了楊康，根本不可能成爲黃蓉的情敵。這才使這一場真格兒的拚命當一場幽默，大家一笑作罷。並且前衍盡釋。讀者只怕也早忘了。——然而若穆念慈真的也愛上了郭靖（她有義父的遺命及丘處機等人的幫忙）而不願意向黃蓉立誓服輸呢？……

那麼黃蓉的命運及其形象就會是另一個樣子了。

謝天謝地，金庸先生極力爲黃蓉排除萬難，排除一切干擾（也許因為黃蓉是金庸的老同鄉的緣故吧，作者對她顯然十分偏愛些），讓她終獲得愛情、獲得幸福。

當然，黃蓉自已的選擇也是獨具慧眼的。她的郎君看起來雖然笨些，但這恰恰是靠得住啊！焉知他不是大智若愚、大巧若拙？黃蓉慧眼識郭靖，這是她一生的幸福的關鍵。她一生也許只做過這一樁高明而又有益的事，但這就足夠了。

而其他的女子——在金庸的小說中尤其如此——哪一個有她這麼幸福呢？大部分女子，總是遇不見郭靖這樣的誠實君子，而總是遇見薄情寡義的人。

失戀與情魔：何紅藥

多情女子薄情郎。……

這大概是許許多多女性的共同的悲劇吧，可以說是一個模式了。是的，應該承認，這是一種普遍的悲劇模式。在這一模式之中，男人簡直就不是東西、不是玩藝兒，是臭狗屎。

是的，不過——多情女子也格外偏愛薄情郎。

《雪山飛狐》中的南蘭離開苗人鳳而與田歸農私奔，不就是因爲田歸農風度瀟灑、會調情、會逗趣、會賠小心、會低聲下氣（會弄虛作假、甜言蜜語、會「玩兒」）麼？同一部書中馬春花在訂婚的第二天，做了別人的情婦，不也正是因爲她的未婚夫一味魯莽，不解風情而福康安公子則吹得一口好簫，先聽簫聲便覺有千種輕憐、萬種蜜愛……麼？

前面提到的那個穆念慈之所以愛上了輕薄無行的楊康，只怕也有這方面的原因，他顯然比郭靖要占更多的優勢。

而最突出的一個例子，則是《俠客行》中的丁璫——石中玉叫她是叮叮噹噹——她對誠樸大度、真摰熱情的石破天（小叫化）和風流淫蕩、輕薄卑劣的石中玉（石破天與石中玉長得十分的相像，然而形似神不似）的選擇就十分深刻地說明了這一點：多情女子偏愛薄情郎。

薄情沒關係，只要會講情話，就好了。女人的戀愛有多少用「心」而不是用「耳朵」的？

且看石中玉、石破天兩人的不同遭遇：

丁璫搶上前去，顫聲道：「你……你……果真是天哥？」那少年苦笑道：「叮叮噹噹，這麼些日子不見你，我想你想得好苦，你卻早將我拋在九霄雲外了。你認不得我，可是你啊，我再過一千年，一萬年也永遠認得你。」丁璫聽他這麼說，喜極而泣，道：「你……才是真正的天哥，他……他可惡的騙子，又怎說得出這些真心情意的話來？我險些兒給他騙了！」說著向石破天怒目而視，同時情不自禁地伸手拉住了那少年的手。那少年將手掌緊了一緊，向她微微一笑。丁璫登覺如坐春風，喜悅無限。

石破天走上兩步，說道：「叮叮噹噹，我早就跟你說，我不是你的天哥，你……生不生我的氣？」

突然間拍的一聲，他臉上熱辣辣的著了個耳光。（第十五回）

真正的老實人被當成了騙子，而真正的騙子則被當成了「真心實情」的人。流氓成性的石中玉只幾句話，手緊一緊，微微一笑，就使丁璫如坐春風、喜悅無限，而老實忠厚的石破天則得到一個熱辣辣的耳光。其實石破天才是真人說真話。

可是戀愛的女子，只分得清甜話和苦話，又怎麼能分得清真話和假話呢？她們用耳朵戀愛，本能地拒絕不甜的真話，而大量地吸收甜蜜的假話。這又該怪誰呢？

《天龍八部》中的段正淳身邊的那些女人，個個惱他風流浪蕩，但哪一個不是恰恰愛他的風流浪蕩呢？不在一起的時候，她們要抽他的筋兒，剝他的皮兒，然而只要見面，段正淳說兩句「真情實心」的情話兒，她們又一個個眉笑如花、筋酥骨軟了，每一個幾乎都是如此。

喜劇或悲劇的角色從來都是兩個人：薄情郎和喜愛薄情郎的女人。

又怎麼先責怪「薄情郎」呢？忘了薄情就是多情，就是灑脫，就是會調請、會逗趣了？

且回頭來說何紅藥。

何紅藥是《碧血劍》中的一個人物，是金庸創造最早的一個情魔形象。她可以說是金庸筆下的「情魔系列」人物的老前輩或老人姐了。

這位老大姐第一次同讀者見面時已經是又老又醜、滿面疤痕的老乞婆了。——她的滿面疤痕顯然就是對薄情郎的起訴書。——她當年當然也年輕過，而且還出乎意料地有驚人的美貌。她年輕時是雲南五毒教中的紅人，是教主的妹妹，分管教中的三件鎮教之寶；金蛇劍、金蛇錐和藏寶圖。與夏雪宜一見鍾情（夏雪宜後來成了金蛇郎君），夏雪宜對她顯然並無誠意，只是一心報仇，而要利用她去取得五毒教中的三件寶物。何紅藥便一廂情願地將他引進了寶窟，並主動地、情不自禁地將自己的身體也奉獻給他。

她愛他的風流瀟灑，卻不知這正是他的薄情寡義。——只要對「情」根本無所謂的人，才能真正的「瀟灑」。而對情認認真真的人則往往是「肖傻」。——不料他盜得寶物，一去不返，且又與另一位女子相愛（與溫儀，這回是眞正的愛上了）。而她則因爲犯了教規，被罰入蛇窟，讓毒蛇將她咬得疤痕滿面。這樣一來，他更不會用正眼瞧她一眼了。她的遭遇是多麼的悲慘！她的怨恨該有多麼的深刻！從此她便有些瘋癲，性格和心靈也變得像面相一樣的醜惡。

是該同情她呢？還是批評她？

她恨。她恨透了金蛇郎君——的那個女人！怪不怪？她最恨的是她的同類卻不是金蛇郎君本人。卻不想一想，你愛他風流，別人也愛他的風流呀。而風流多情的意思則正是「愛」了你，又去「愛」別人呀！

她不懂得，也不願懂得。她只是恨，恨那個女子，也恨金蛇郎君。

她真的恨金蛇郎君夏雪宜麼？是的，又不是的。誰弄得清楚？只見書中寫到她與夏青青一道去尋找夏雪宜時，是這樣的：

何紅藥心中突突亂跳，數十年來，長日凝思，深宵夢回，無一刻不是想到與這負心人重行會面的情景，或許，要狠狠折磨他一番，再將他打死，又或許，竟會硬不起心腸而饒了他。內心深處，實盼他能回心轉意，又和自己重圓舊夢，即使他要狠狠鞭打自己一頓出氣，那也由得他，這時相見在即，只覺身子發顫，手心裏都是冷汗。

……青青道：「爹爹葬在這裏。」何紅藥道：「哦……原來……他……他已經死了。」這時再也支持不住，騰的一聲，跌坐在金蛇郎君平昔打坐的那塊岩石上，右手撫住了頭，心中悲苦之極，數十年蘊積的怨毒一時盡解，舊時的柔情蜜意陡然間又回到了心頭，低聲道：「你出去吧，我饒了你啦。」

……何紅藥陷入沉思，對青青不再理會，忽然伸手在地下如癡如狂般挖了起來。

青青驚道：「你幹什麼？」何紅藥淒然道：「我想了他二十年，人見不到見見他的骨頭也是好的。」青青見她臉色大變，心中又驚又怕。……

……何紅藥再挖一陣，倏地在土坑中捧起一個骷髏頭來，抱在懷裏，又笑又喜，叫道：「夏郎，夏郎我來瞧你啦！」一會又低低地唱歌，唱的是擺夷小曲，青青一句不懂。

何紅藥鬧了一陣，把骷髏湊到嘴邊狂吻：突然驚呼，只覺面頰上被尖利之物刺了一下。……骷髏牙齒脱落，金釵跌在地下，她撿了起來，拭去塵土，不由得臉色大變，厲聲問道：「你媽媽名叫温儀？」青青點了點頭。

何紅藥悲怒交集，咬牙切齒地道：「好，好，你臨死還是記著那個賤婢，把她的釵子咬在口裏！」一望著金釵上刻著的「温儀」兩字，眼中如要噴出火來，突然把釵子放在口裏，亂咬亂嚼，只刺得滿口都是鮮血。

……她妒念如熾，把骸骨從坑中撿了出來叫道：「我把你燒成灰，燒成灰，撒在華山腳下，教你四散飛揚四散飛揚！永遠不能跟那賤婢相聚！」

……何紅藥哈哈大笑，忽然鼻孔裏鑽進一股異味，驚愕之下，頓時醒悟，大叫：「夏郎，夏郎，你好毒呀！」

青青也覺一股異香猛撲鼻端，正詫異間，突覺頭腦一陣暈眩，只見何紅藥撲在燃燒著的骸骨堆上，猛力吸氣，亂：「好，好，我本來要跟你死在一起。那最好，好極了」！……（第十九回）

何紅藥終於一廂情願與她的「夏郎」合葬在一起。——不過這有三點需要注釋。一是她並非與夏雪宜兩人合葬，而是與夏雪宜、溫儀三人合葬，活著時的情人與情敵沒有生聚，死時卻要糾纏在一起，陰間的法官只怕頭疼得很。二，何紅藥「活葬」，是活人犧牲與死人的骨骸與骨灰合在一處。其三，何紅藥實際上正是夏雪宜害死的，因為夏雪宜正是防止有人（是不是防何紅藥則不得而知）對他的屍骨挫骨揚灰，所以在骨髓中下了劇毒，何紅藥是中毒而死的。當然何紅藥沒中毒而死，也早已中了另一種毒，情癡之毒，也是要死的。而且也可以說她已經死了。可她這樣死卻是心甘情願的。哪怕是一廂情願，她也認了。當然啦，她不認也得認，因為她的一輩子，她的全部的愛情、青春、美麗和生命都搭在這裏，又怎麼可能不認這一點呢？……所以她才在臨死之前說「那最好，好極了！」這裏面自然有歡欣的一面，但更有大大的悲愴。還有恐懼、驚訝、以及更多的無可奈何在裏面。

這就是她的命運。命中注定，她要有這麼一個悲慘的結局。

看到上面的那種奇慘無比的場景，我想每個人都會生出無限的感慨。女性鍾情，一至於斯，那不是癡麼，不是傻麼！

何紅藥是十足的不幸者這不用說。但她這種命運也是自己的一種選擇，她可以把他忘掉，甚至一開頭就應該看穿夏雪宜的本性，是不可能把她記在心上的。因爲那時的夏雪宜完全是一位復仇狂。正如何紅藥被愛情的衝動變得不可理喻的盲目，而夏雪宜則被復仇的衝動弄得神魂顛倒，這兩個盲目的人偶然碰到一起，最終當然是要陰錯陽差南轅北轍了。他們各自都是悲劇的個性，碰到一起，那便是加倍的悲劇。

順便說一句，夏雪宜對何紅藥雖然犯有不可饒恕的過失（他不應該引誘她），但整個兒的情感悲劇，也有何紅藥盲目和固執的原因。夏雪宜並不是一個壞得不可救藥的人。他並不愛何紅藥，只是「權宜之計」地引誘了何紅藥，這當然是不道德的。但卻並非他的「薄情」。

夏雪宜對溫儀、溫青（夏青青）才是真正的薄情，他是真的愛溫儀，而溫儀也是真的愛他。可是，一方面是因爲溫家的五位長輩決不允許，且還要騙取夏雪宜的藏寶圖，因爲溫家和夏家有幾十條人命的血仇，又怎麼能允許他們的相愛（這使人想起羅密歐與朱莉葉的西方悲劇），而另一方面，也由於夏雪宜除了愛溫儀以外，也還愛其他的東西，比如寶藏。他是爲了保護和尋找那個寶藏才離開溫儀的。一去不返，有情人再無相見之日，所以夏雪宜在臨終之際才真正的醒悟，寫下了這樣的遺言「得寶之人，務請赴浙江衢如石樑，尋訪溫儀，酬以黃金十萬兩。此時縱集天下珍寶。亦焉得以易半日聚首，重財寶而輕別離，愚之極矣，悔甚恨甚。」（第七回）——這就是一個男人的個性的寫照，也是一段警醒後人的言語。因爲，男人總是常常把「事業」看得比愛情更爲重要，因而「重財寶而輕別離」，卻不知道「縱集天下珍寶，亦焉易得半日聚首」！

夏雪宜的「悔甚恨甚」應該說是肺腑之言，「愚之極矣」也是準確而又深刻的自我評價。同時，這也是對男人的評價：男人幾乎是是這樣。

只有女人還在癡心地愛著，等待著「他」的到來。這是自人類有史以來就誕生了的悲劇形式。孟姜女、望夫石、等郎石……等等，無不是這一悲劇的雕塑鏡頭。

溫儀其實也是一個十足的悲劇人物，也是夏雪宜的受害者，是「男人」及「愛情」的受害者。但何紅藥不恨夏雪宜，不悔愛情，不怨自己盲目，卻把從沒見過面的溫儀恨得咬牙切齒，你說怪不怪？

怪。但這就是女性。

單戀的情魔：李莫愁

女性最可愛之處，便是一旦愛上，便情深無限，矢志不移。

女人最可怕的地方也正在這裏。

情生癡，癡生妄，妄生怨，怨生毒。情而成怨流毒者，世間無藥可醫，可怕至極。

女性的悲劇——至少在現代文明之前，在「女權運動」之前——就是將愛情當成了事業，當成了人生唯一的支柱，一旦這一支柱不牢靠，則整個的人生就此毀滅。

愛情不應該是一種事業。更不應該是唯一的人生內容。

你越癡，將愛看得太重，超出了人生可能的承受力，它的反彈之力就越重。悲劇的可能性就越大。

雖然如此，還是有無數的癡男怨女，深陷其中而不能自拔。——癡男怨女，這一個詞語很是貼切，男人對愛情（女性）只不過佔一個癡字，而且往往「癡」了一陣子就不幹了，因爲他還有許多別的事情要做。而女性卻不然，一個怨字，就不僅是癡，而且是癡到了極處。癡到了極處便生虛妄之心，生虛妄的幻想或幻像，正因爲這是一種虛妄、一種幻像，自然就與現實合不上榫頭，自然就不堪一擊。於是，幻想破滅的女性，便將癡、妄、怨、毒全都吃了下去——或者獨自品嚐，將自己變成瘋子；或者報復人間讓大家都來嚐一嚐（這實際上也是瘋子）；或者，更多的更可能的情況是，將自己變成了「情瘋子」，然後報復人間。瘋上加瘋，妄上加妄，幻上加幻，怨上加怨，毒中加毒。這可了不得。

《俠客行》中主人翁石破天——石破天只是他借用的一個名字，他的名字原來叫做「狗雜種」——多半是石清、閔柔的次子石中堅。只因梅芳姑對石清由愛而生恨，對閔柔由妒而生怨，所以反目成仇，將石中堅搶了去，過幾天又送回一個孩子的屍體，至使石清夫婦以爲小兒子死了。悲傷不已。但梅芳姑卻並沒有殺死石中堅——她怎麼捨得呢？至少他一半是石清的血脈，對她來說是「香」的，只有閔柔那一半才是「臭」的。——而是將他收養在家中，給他取了一個名字，叫狗雜種，而又讓他叫自己是媽媽（她知道他爸爸是石清，而他又叫自己是媽媽，那麼，在——幻像裏——他面前她不也就與石清成「一對」了麼。此虛妄之極矣！）卻又對他又愛又恨（恨的時候是把他當成「他」了，把兒子當成了父親，這又是一種幻像）。據狗雜種回憶（那時他流浪江湖成為「小丐」）——

……小丐道：「我媽媽常跟我說：『狗雜種，你這一生一世，可別去求人家什麼。人家心中想給你，你不用求，人家自然會給你；人家不肯的，你便苦苦哀求也是無用，反而惹得人討厭。』我媽媽有時吃香的甜的東西，倘若我問她要，她非但不給，反而狠狠打我一頓，罵我：『狗雜種，你求我幹什麼？幹麼不求你那個嬌滴滴的小賤人去？』因此我是決不求人家的。

謝煙客道：「『嬌嬌滴滴的小賤人』是誰？」小丐道：「我不知道啊。」……（第三回）

我們知道，「嬌嬌滴滴的小賤人」者，石清的妻子閔柔也。梅芳姑說話是那樣明白，如關於「求人」之論，便十分的中肯，但她的情感及情緒卻是那樣的不可理喻，那樣的糊塗荒誕。多少年前，石清就對她說他不愛她，不能愛她，而只愛閔柔一人。她也知道這一點，不得不接受這一點，但卻又不甘心、不情願地接受這一點。

所以，自從石清結婚之後，她就自己將自己的容貌毀掉，變成又醜又腫的一張黃臉。自那以後她就瘋了，變態了。

「女爲悅己者容」這句話是對的，石清不再「悅己」了，便乾脆將美麗容貌毀掉。這又何必？

看起來是不可思議的，但像她這樣一位才貌超群、清高自傲的女性怎受得了「他不悅己」的打擊？這不僅是愛情上的失敗，而且是自尊心、虛榮心、人格、人生……的徹底的失敗呀。——她那容貌，像是愛情的招牌，「他不悅己」，便將這召牌砸了，從此不再「營業」。——雖然這未免極端了一些，但這才是女性本能或本質的最徹底的顯現。

再看《神鵰俠侶》中的李莫愁。

她的名字叫「莫愁」，但既生爲女性，又遇上了愛情的失敗，注定要愁一輩子，恨一輩子，直到死。

李莫愁和陸展元之間的關係，大致上像梅芳姑與石清之間一樣，是剃頭挑子一頭熱。不過還有一點不清不楚的地方，那就是李莫愁曾經送過陸展元一方錦帕，上繡著紅花綠葉，紅花是大理國最著名的曼陀羅花，李莫愁比作自己，「綠」「陸」音同，綠葉就是比作她心愛的陸郎了，取義於「紅花綠葉，相偎相倚」。——這方錦帕，顯然是定情之物，李莫愁送給陸展元，意思再明顯不過，而陸展元也接了，並且收藏了多年。這……難道是陸展元不懂其中意思？這不可能。難道是作者的一個遺漏之處？也不大可能。最大的可能，便是陸展元當年極有可能與李莫愁有過一番盟誓，一番交往，爾後再移情別戀；娶了何沅君爲妻。

如果這樣，陸展元可就大大的有問題了。他就要對李莫愁一生的痛苦負些責任。

然而，奇怪的是李莫愁也像何紅藥、王夫人、秦紅棉、甘寶寶、阮星竹……等等所有的女性一樣並不恨男人，不真的恨那「薄情郎」，而是恨自己的同類，恨另一個女子將自己的情郎奪去。以爲別的女人是「小賤人」、「狐媚子」、「騷狐狸」云。

且看李莫愁到陸家來復仇的情形：

……李莫愁……嬌滴滴地道：「陸二爺，你哥哥若是尚在，只要他出口求我，再休了何沅君這個小賤人，我未始不可饒了你家一門良賤。……」……李莫愁眼見陸立鼎武功平平，但出刀踢腿，轉身劈掌的架子，宛然便是當年意中人陸展元的模樣，心中酸楚，卻盼多看得一刻是一刻，若是舉手間殺了他，在這世上便再也看不到「江南陸家刀法」了，當下隨手揮架，讓三名敵手在身邊團團而轉，心中情意綿綿，出招也就不如何凌厲。……（第一回）

直到死時，她對陸展元的愛和對何沅君的恨都沒有消失。她還是那樣——

……她胸腹奇痛，遥遥望見楊過和小龍女併肩而來，一個是英俊瀟灑的美少年，一個是嬌柔婀娜的俏姑娘。眼睛一花，模模糊糊的竟看到是自己刻骨相思的意中人陸展元，另一個卻是他的妻子何沅君。她衝口而出：「展元，你好狠心，這時還有臉來見我？」

……李莫愁一生倨傲，從不向人示弱。但這時心中酸苦，身上劇痛，熬不住叫道：「我好痛啊，快救救我。」朱子柳指著天竺僧的遺體道：「我師叔本可救你，然而你殺死了他。」李莫愁咬著牙齒道：「不錯，是我殺了他，世上的好人壞人我都要殺。我要死了，我要死了！你們為什麼活著？我要你們一起都死！」（第三十二回）

到這個時候，她真是又可恨又可憐、又可惡又可悲，一生倨傲，心中酸苦，愛陸展元而不被其所愛，這本是極令人同情的。但她對何沅君的恨，乃至於「好人壞人都要殺」卻又令人難以理解、難以苟同甚而厭惡和痛恨了。

這一點大約是女人與男的不同之處吧。男人失戀了，因爲頂了一塊「強者」的招牌，從而不敢把痛苦告訴他人，只有默默的承受。當然，男人的理智也不允許他胡亂的發洩。而女人就不同了，她可以隨時隨地地大哭大鬧、發洩心中的悲痛，甚至——像李莫愁這樣——莫名其妙地牽怒於他人。痛恨何沅君本已經是不可理喻的了。然而更有甚者，李莫愁竟所有姓「何」的與叫「沅」的也恨上了：

武三通也是所愛之人棄己而去，雖然和李莫愁其情有別，但算得是同病相憐。可是那日自陸展元的酒筵上出來，親眼見她手刃何老拳師一家二十餘口男女老幼，下手之狠，此時思之猶有餘悸。何老拳師與她素不相識，無怨無仇，跟何沅君也是毫不相干，只因大家姓了一個何字，她傷心之餘，竟去將何家滿門殺了個乾乾淨淨。何家老幼直到臨死，始終沒有一個知道到底為了何事。……

……武三通將栗樹抓得更緊了，叫道：「李姑娘，你也忒狠心，阿沅……」「阿沅」這兩字一出口，李莫愁臉色登變，說道：「我曾立過重誓，誰在我面前提起這賤人的名字，不是他死就是我亡。我曾在沅江之上連毀六十三家貨棧船行，只因他們招牌上帶了這個臭字。這件事你可曾聽到了嗎？武三爺是你自己不好，可怨不得我。」說著拂塵一起，往武三通頭頂拂到（第二回）

這種情形，未免太令人匪夷所思了。恨何沅君恨到了如此地步，竟然殺了與之毫不相干的一家人，又毀掉六十三家貨棧船行，只不過因爲一個「何」字和一個「沅」字而已！當然，這是小說，而且是武俠小說，是大大的誇張與傳奇了的。她真要是殺了上百人那還了得？

然而，這種恨卻是絕對真實的，甚至一點也沒有誇張。如果有可能的話——如果殺人而不犯法的話——不知道有多少女人（男人偶爾也會這樣）要殺死情敵，乃至殺死與情敵有一絲兒關係的人。即便是當今文明、法制社會，不是還有許多女性以身試法，殺了情敵再說嗎？

我們無需過多地追究她的行爲，而應該研究她的行爲方式或及其情感方式：爲什麼她會這樣？爲什麼是這樣？爲什麼她不去恨應該恨的人（拋棄她的男人，薄情的男人或不愛她的男人），而卻偏偏要去恨那不該恨的人（她的情敵、她的同類，那個得到或「奪了」她的情郎的女人）？

難道僅僅可以解釋成爲「女人爲愛情生」以及「女人是毫無理智的」嗎？——女人爲愛情而生這不錯；女人在被愛情或怨恨衝昏頭腦時會毫無理智可言，這也不錯。但這還不夠。

應該還有更深刻的原因。

也許是因爲一種品質。我們不難發展，「失戀」在金庸小說中多次被描寫到。許多男女都曾被它傷害過。——男人且不說——女性對待失戀的態度，基本上分成兩類，一類是認了命，這是軟弱，被動的、不自信的態度；一類是不認命而要抗爭，這是一種積極的、主動的、自信的態度，是一種挑戰者的態度。

對失戀認了命的人很多，也很不常，我們且不去說它。而對失戀不認命、要挑戰的人又有兩類，一類是「想那樣幹，但沒有真幹」，即心裏想去將情敵幹掉，把情郎奪過來，但最終因爲這樣或那樣的原因並沒有那樣做。比如《白馬嘯西風》中的李文秀曾想學了武功之後，將情郎蘇普從情敵阿曼那兒奪過來（如何奪，書中沒有寫），但最終並沒有那樣做，反而救了她的情人和情敵。又如《越女劍》中的越女牧羊姑娘阿青一身驚人武藝，愛上了范蠡，而而范蠡則一心癡愛西施，阿青曾經拿著棍子到吳王宮中試圖將西施殺了。但見西施驚人的美貌我見猶憐，且自慚形穢，便終於沒有這樣做。

另一類則是不但想這樣幹，而且真這樣幹了。一次不成還來二次，二次不成再來三次。乃到了便牽怒他人……如李莫愁。

李莫愁、梅芳姑這些人都是強者，而且本身的條件也強（比如美貌、文才、武功……等各方面）自己也知道，不免便「耍」而且自負得很。而這種要與自負恰恰是她們最大的弱點，也正是她們的悲劇的根源！

只有糊塗的男人才自以爲是強者，而聰明的女人總是不自覺地扮演弱者的角色。男人裝強，內裏實際上卑怯，這就不免尷尬、虛僞、鬧笑話、演悲劇。女人裝弱，卻柔能克剛，內心的耐力承受力很大，便會無往而不勝。

當然，也有聰明的男人假裝糊塗、難得糊塗，知道自己的弱點，從而「抱殘守拙」。

同樣，也有不那麼聰明（不眞正的聰明）的女人自負得了不得。從而從有利的戰略地位，轉到了極其不利的戰略地位，經常迫使自己搞「背水一戰」一套戰術。那一套戰術一般有兩種結果，一種是置於死地而後生，但這畢竟是極少數，而另一種更常見的結果則是置於死地便真的「死」了。沒有生路了。

梅芳姑自信比閔柔樣樣都要強些，也確確實實樣樣都比她強些。卻不知她的「強」真是她的悲劇所在：她不但比閔柔強，而且也比石清要強，這就令石清自慚形穢、望而卻步，敬而遠之了。——《書劍恩仇錄》中的陳家洛對霍青桐也正是如此。——從而梅芳姑的強，反而成了她失戀的原因。這是第一層悲劇。還有一層那就是她知道自己強因而產生自負、因而掉以輕心、背水一戰，不留後路，所以一旦男方（因怯弱）而逃避，便會使她受到雙重的打擊：失戀的打擊和自尊心上的打擊。

遇上雙重打擊而不瘋狂的女人，太少了。因爲她強而又要強，失戀已經夠殘酷，而這失戀同時意味著她的自負、自尊、自強等等變得——出乎她意料之外地——一文不值了！如前所述，她是不留後路的背水一戰，所以一旦戰敗（被另一個不如她的女人打敗了）之後，便只有發瘋發狂了。

李莫愁也正是如此。她「一生倨傲」。可也正因如此而受雙重打擊：

> 這十年來，李莫愁從未聽人叫過自己作「李姑娘」，忽然間聽到這三個字，心中一動，少女時種種溫馨旖旎的風光突然湧向胸頭。但隨即又想起自己本可與意中人一生廝守，哪知這世上另外有個何沅君在，竟令自己丟盡臉面，一世孤單凄涼，想到此處，心中一瞬間湧現的柔情蜜意，登時盡化為無窮怨毒。……（第二回）

失戀固然痛苦，而「丟盡臉面」則更是雪上加霜，苦不堪言了。她背水一戰，男人是逃避而不戰，但另一個女人「乘虛而入」，使她不戰而敗，而且一敗塗地，無法收拾，一世孤單凄沾……。——這大約就是她不恨那個逃避而不戰的男人（在她看來，男人並未傷她。她的傷痕累累的胸懷隨時準備那個男人回心轉意地投入），而恨那個「乘虛而入」的女人（在她看來，那個成功的女人是對她的價值的徹底否定！）的緣故吧。

所以，她終身都要報此不戰而敗的深仇大恨兼奇恥大辱，終身都要找那個同類的情敵決一死戰。此時，愛情不一定是唯一的人生，而「決戰」倒成了她的「事業」，成了她的人生的目標以及主要的、乃至是唯一的生活內容的依據了。她要找人決戰而又找不到，那只有更加怨恨，更加暴躁，自不免要城門失火，殃及池魚，無辜者遭災受難（且不說「那個小賤人」本身就是道地的無辜）便成了「無妄之災」。

無妄之災，正來自女性之妄。那不見得就是情之妄（情只是癡），而是她們的個性之妄，是女性的特徵，當然也是人性的弱點。

男人是怯弱的，但一旦抱殘守拙或「抱頭鼠竄」，反倒受不了多大的傷害。

女人是堅韌的，但一旦自負至妄，背水一戰，反倒受到雙重失敗的打擊。

情感世界中，沒有真正的強者。

因爲在愛著的時候，你永遠不會設防。不論男人女人，都會自動徹底敞開心扉，自動撤掉所有的防衛體系。所以一經打擊，便會受到嚴重的內傷。

男人尙有可以逃避的地方，他的內心、他的事業，他的朋友；而女人的背水一戰，往往連逃避的地方也沒有，她的內心被攪碎，她的事業就是愛情的決戰、她的朋友……都結婚去了。如此，受傷的女性自然比男性更嚴重，而且比例也更大得多。因爲女人的對手不光是男人，而恰恰主要是——她以爲是——她們的同類。男人是女人的情郎，而女人則是女人的情敵。

四　愛之祕

《神鵰俠侶》中的楊過和小龍女是金庸小說中最出名、也最受人喜愛的人物。他們被認爲是天造地設的一對璧人，他們的愛情故事也最爲曲折、最爲生動、最令人激動和癡迷。

這是一個充滿了悲劇意味的故事。自他們相愛之日起，就離多合少，往往舊劫未去，新劫又生，歷盡曲折悲歡，充滿苦澀蒼涼。然而他們又堅貞不渝，鍥而不捨，上九天攬月，下五洋捉鱉，海枯石爛情不變。從而迷醉了無數的讀者。

然而，我要說的是，我們像楊過和小龍女一樣，在這一漫長而艱苦的歷程中，不自覺地墜入了一場迷夢之中。自覺或不自覺地受到了不同程度的欺騙。這場欺騙並非來自小說的作者——也許作者也像其主人翁及讀者一樣受了欺騙——而是來自「愛的幻覺」，來自人性及其愛情心理。

楊過和小龍女當真是值得稱羨的佳侶嗎？答案很可能是否定的。至少不能完全肯定。

這倒並不是因爲楊過比小龍女要年輕幾歲晚一輩，也不是因爲楊過失去一條臂膀和小龍女失去處女的貞操——這一切小說的作者都一一安排了圓滿的解決方法，而主人翁也確實是克服了這些微不足道的障礙。

楊過和小龍女的愛情真正危機是他們倆個性的極端對立，他們的人生理想及其喜愛的生活方式的極端矛盾。他們實質上完全是兩種人，當屬兩個完全不同的世界。他們走到一起本就是一次偶然，一種命運的捉弄，而他們的相愛更恐怕是一場誤會，一場不自覺的自我欺騙。

「異性相吸」，也許是產生這種誤會的第一個重要原因。這裏的「異性」不僅是指男女性別的差異，而且是指男女性格上的差異。我常常見到一個活潑開朗的人愛上一個沉默穩重的人，一個聰明伶俐的人愛上一個木訥剛毅的人，一個外向的人愛上一個內向的人……等等，而都得到了相對完滿的結局，甚至可以歸納爲一種「規律」，即異性相吸、相反相存。我們不否定這一點，也承認性格的相互補充是愛情與婚姻的和諧和妥協的一種較爲有利的情形。但我們也不應該忘記，對「另一極」性格的自然的傾慕，源於一個古老的審美法則，那就是隔岸觀景。我們總是發現與自己不同的、有距離的事物較自己身邊的、眼前的、熟悉的事物更美。我們總容易讓那些使我們「不明白」及我們不具備（沒有或沒見過）的東西謎惑。……可是我們一旦「獲得」，這種審美距離一旦消失，情形大不一樣了。楊過和小龍女的情形大致如此。

在古墓之中，兩人只覺得互相關懷，是師父對弟子間應有之義，既然古墓中只有他們兩人，如果不關懷不體惜對方，那麼又去關懷體惜誰呢？——有意味的是，小龍女第一次離開楊過是因爲楊過根本不懂得愛情：

小龍女正色道：「你怎麼仍是叫我姑姑？難道你沒真心待我麼？」她見楊過不答，心中焦急起來，顫聲道：「你到底當我是什麼人？」楊過誠誠懇懇的道：「你是我師父，你憐我教我，我發過誓，要一生一世敬你重你，聽你的話。」小龍女大聲道：「難道你不當我是你妻子？」

楊過從未想到過這件事，突然被她問到，不由得張惶失措，不知何回答才好，喃喃的道：「不，不！你不能是我的妻子，我怎麼配？你是我師父，是我姑姑。」小龍女氣得全身發抖，突然「哇」的一聲，噴出一口鮮血。（第七回）

這裏有一個小小的誤會，歐陽鋒找到楊過，瘋瘋癲癲地點了小龍女的穴道（那時她正與楊過脫了衣服練「玉女心經」），被對小龍女心儀已久的全真派道士尹志平乘虛而入。小龍女以爲是楊過，也就坦然失身了，等到楊過找到小龍女時，尹志平早已離去。楊過不知就裏，而小龍女則以爲楊過在裝瘋賣傻，不負責任。因而見他仍不叫她是「妻子」（她以為楊過佔有了她）而氣憤急怒，想要殺了楊過，終覺不忍，因而只有轉身疾奔下去，離他而去。

可是楊過確確實實是不知道前因後果。不知道如何得罪了師父，不明白「何以她神情如此特異，一時溫柔纏綿，一時卻又怨憤決絕？爲什麼說要做自己的『妻子』，又不許叫她姑姑。」想來想去也想不出所以然來，只有以「此事定然與我義父有關，必是他得罪師父了。」

楊過對他的師父小龍女，其實只有敬愛之心，卻沒有性愛之情；有親近和依戀的關係，卻沒有熱烈的愛情衝動。

那時他還是一個孩子。不懂愛情，不懂性，不懂男女之愛有別於師徒之愛、姑侄之愛。等到小龍女離開他以後，在尋找小龍女的過程中，才慢慢地意識到小龍女所要的男女之情是什麼。因而，他在追尋「白衣少女」（小龍女也總是一身白衣）的過程中，她結識了陸無雙、完顏萍，並把她們當成小龍女的幻影。他以爲（我們大家都以為）自己愛上了小龍女卻不知小龍女此人也只是一種幻影：愛的幻影。這幻影正是被他情竇初開的心所創造出來的。

同時，這幻影也是最初環境激發出來的。

因爲從此以後，他與小龍女就開始了離多合少，劫難重重的日子。除了這一次分離以外，還有三次重要的、或長久的分離，一是相聚不久，又因「禮教大防」而分離；再一次是小龍女因明白自己失身於尹志平，同時又以爲楊過要娶郭芙而再度悄然離去；最後一次則是小龍女爲了讓楊過吃藥治毒，跳進了絕情谷底，從而使他們之間分離十六年之久。

值得注意的是，所有的分離雖然各有外部原因造成，然而都是小龍女主動離去的。雖然她每一次離去，都有足夠的「爲了愛」的理由，誰能說這不正是她的本能的逃避呢？

無論是理智的迴避或是本能的逃避，造成的結果都是一樣的：分離和懸念。而這種分離與懸念又恰恰是激發楊過強烈的情感及其愛的幻覺最好的動力。分離造成的是美感及其審美心理的距離。一次次分離之後的懸念總會得到自覺或不自覺的誇張和放大。更何況每一次分離，都伴有使楊過不得不去追尋的理由，比如第一次他是要找到小龍女，以便弄清他是怎樣得罪了她；第二次知道小龍女是迫於「禮教大防」而離去，激發了楊過反抗命運的熱情（這在楊過的個性及生命中是一貫的）；第三次知道小龍女對他誤解而離去，使他加倍地歉疚；第四次則是爲了一句諾言……

我們必須看到，在這一愛情——我們權且稱這種模糊不清的激烈情感爲愛情——的追逐中，楊過始終是以熱烈的追求者存在的。而這恰恰合乎楊過的性格，這種大苦大熱的曲折追尋，正合楊過的口味。在他而言——在我們每一個人而言都是如此——追求本身，追求的過程已經比追求的對象更爲重要。追求和期待雖然不無痛苦，但也是一種熱烈而美的生活方式或生存方式。在這一過程中，始終都充滿最美好的期待和幻想。幻想中的情侶，期待中的戀人總是要比真實的人美妙得多。

這一切乃是楊過的性格決定的。命運的障礙和外物的干擾，總會激起他強烈的逆反心理，僅是爲了「反抗」本身，他也會不顧一切不計生死的（這在他反叛全眞派時已經有過充分的顯示）。他和小龍女的關係遭到旁人的非議時，便又是如此。小說中寫道：

……黃蓉道：「好，你既要我直言，我也不跟你繞彎兒。龍姑娘即是你師父，那便是你尊長，便不能有男女私情。」

這個規矩，楊過並不像小龍女那樣一無所知，但他就是不服氣，為什麼只因為姑姑教過他武功。便不能做他的妻子？為什麼他與姑姑絕無苟且，卻連郭伯伯也不肯信？想到此處，胸頭怒氣湧將上來。他本是個天不怕地不怕、偏激剛烈之人，此時受了冤枉更是甩出來什麼也不理會了，大聲說道：「我做錯了什麼事礙你們了？我又害了誰啦？姑姑教過我武功，可是我偏偏要她做我妻子。你們斬我一千刀，一萬刀，我還是要她做妻子。」（第十四回）

這一段充分地表明了他的性格，但並沒有表明他對小龍女的愛本身。——在這樣一個激動的時刻，你就是讓楊過為了反抗命運而娶任何人為妻他都會毫不猶豫地這樣幹的。這就是他的性格。因此，如果沒有這些衝突，如果沒有這種強烈的衝突所引起的強烈的逆反心理及反叛精神，那又如何呢？如果沒有一次次的分離，那又會如何呢？——這樣的疑問是意味深長的，也是觸及本質的。

強烈的愛與期待美化了愛的對象。熱情的愛和追求掩蓋了對愛的對象及愛本身的無知。這才是楊過與小龍女的真正的悲劇。

十六年以後，這時情人重新聚首，恍若隔世。經過數十年的曲折和分離，這一對有情之人大概能不再分離地過幾天平安的日子了。

然而，也許到了這個時候，他們（會不會發現）之間的愛情悲劇及無法調和的性格衝突才會真正地拉開序幕。而以前這幾十年的故事只僅僅是這一悲劇的長長的「引言」？——遺憾的是，小說到這裏就結束了。這正是作者的聰明之處，使我們保留了最爲美好而強烈的印象，而無法猜度他們的「後事如何」。對此，我們不能責怪作者。因爲小說不是生活的教科書，它只負責將美麗的情感悲喜（無論眞正的結局如何）帶給我們，將最爲華采的樂章展示給我們，至於真實而鎖細的平凡生活麼，那就不是作者的事了。

我們說過楊過和小龍女是不會幸福的。這有以下幾點原因。

其一，楊過是一個多情的人，而小龍女則是一個「無情無欲」的人。——這是她的古墓生涯的結晶，也是她的武功的必要基礎。——那古墓派玉女功養生修練，有「十二少、十二多」的正反要訣「少思，少念，少欲，少事，少語，少笑，少愁，少樂，少喜，少怒，少好，少惡。行此十二少，乃養生之都契也。多思則神怠，多念則精散，多欲則智損，多事則疲，多語則氣促，多笑則肝傷，多愁則心懾，多樂則意溢，多喜忘錯昏亂，多怒則百腸不定，多好則專迷不治，多惡則焦煎無寧。此十二多不除，喪生之本也。」（第三十九回）顯然，小龍女將此要訣練得很好，否則她無法在古墓中長大，尤其無法在絕情谷底一個人生活十六年之久。

其二，楊過是一個熱情如火、活潑激烈的人，而小龍女則是一個寧靜沖虛、恬淡幽閉的人。這使他們的生活方式必然出現極大的反差和衝突。楊過曾說：「不錯，大苦大甜，勝於不苦不甜。我只能發癡發癲，可不能過太太平平安安靜靜的日子」（第二十九回）。而小龍女則恰恰相反。所謂「水至清則無魚，人至清則無徒」小龍女則至淡至虛，如何爲伴？

其三，楊過屬於這個風塵勞苦、多劫多難的蒼涼人生，而小龍女則屬於古墓。她像是幽靈，又像是仙女。總之，她屬於空谷，屬於絕域，是花瓶加溫室裏的花，一經人間風雨就會惶然失措，本性迷失，如墜地獄。

以此種種，學者曾昭旭先生也有過很好的論述：「現在我們要談到像楊過、小龍女這樣的結合，中間含有怎樣的困難與缺憾呢？我們前文已提到這種沖虛的理想不是人生究極圓滿的，這剛猛的生命也不是沖虛和清暢的生命。因此在本質上這種結合就只是暫時的。小龍女之下凡是暫時應跡，楊過之要求平息其生命的衝動也只是一種心靈受傷時的暫時要求。到末了，小龍女還是要回歸空境，楊過也還是要再涉人間的。所以他們的相遇，最好就是如浮雲之聚散，緣盡了，彼此揮揮手，各奔前程，則小龍女不失其應跡渡化，楊過也如其暫時小憩。而一定要歸宿於此，而謀長久的結合，則不但處境磨難多多，內在的缺憾也是極深沉的。而楊過因種種外緣，畢竟決心歸宿於小龍女了。於是，這一份感情便顯現出悲劇性質來。這悲劇從楊過這邊來說，便是他原可以憑借自己衝至道德理境，如今限於清虛的格局而不能出頭了。而從小龍女那邊來說，則是她對楊過的許多言行表現有根本的不解。遂顯出二人的結合，有著隱隱的危機。」（曾昭旭〈金庸筆下的性情世界——論〈神鵰俠侶〉中的人物形態〉，見《諸子百家論金庸》，台灣遠景出版事業公司版）

從本性來說，小龍女已是忘情滅欲的世外仙靈（只有小說中才會有這樣的人物），而楊過則是凡腸如火、風流熱烈、活潑多變、偏激剛烈的世間英雄。小龍女之愛楊過，那是因爲楊過熱情依戀並不斷「追求」（她則常常迴避或逃避）；楊過之愛小龍女，則是隔岸觀景、追光逐影要比蒼涼的人間更有魅力。他們的戀愛起於古墓中沒有外人孤獨的自然，而後飽經磨難、生死相許，歷盡塵劫，反而顯得格外的多姿，加強了追求本身的意義而誇張了情感的度數。

當然，我們只能提出自己的疑問和意見，只能按照我們的思路去分析或綜合。我們無法也不能去「判斷」：他們是否存在愛情？他們是否感到幸福？他們是否能在一起過和平寧靜的日子？這一切小說中都沒有寫，而我們也不是楊過或小龍女本人，所以我們無法判定。這些也不能讓任何外來判定，因爲愛情與幸福乃是（當事者）心理的感受。感受如何？甘苦寸心知。這便是愛情的神祕處、誘人處。

我們只能說，他們的這種感情，至少有相當一部分是被分離所造成，被期待所激發，被磨難所鞏固、所推動。我們只能說，這兩個主人翁都是毅力驚人的人。尤其是楊過、小龍女因爲無欲少情，反而能寧靜長久。

然而不論怎樣，我們都還要感謝金庸，他爲我們寫出了這種若即若離、曲折懸念的愛情故事。展示了「越是得不到的東西就越覺得美好、越是想要」這人性心理的真實，深刻地表現了人類情感的祕密和人性的祕密。

五　愛之謎

有一句話，叫做「初戀時我們不懂愛情」，這是極有道理的。我想，我們每一個都有可能經歷這樣的事，少年情竇初開時，莫名其妙地迷戀上一個異性，欲仙欲狂，夜不能寐，興奮不已也痛苦不堪。過不多久，只要有一個小小的變故（比如搬家、升學等等）——有時甚至沒有任何變故——這種迷戀又莫名其妙地消失了。真是莫名其妙啊！正是「來如流水兮逝如風；不知何處來兮何所終！」待到他年想起，無論如何也想不通：當時怎麼會……？只有自己對自己說「真是荒唐」。

這種「真是荒唐」的情感迷戀，我想大概不應該叫做愛情。不過，什麼是、什麼不是？又有誰能說得清楚呢？無論是當年，抑或是以後，都難以解釋。「此情可待成追憶，只是當時已惘然」。

《倚天屠龍記》中便記述了這樣的感情故事，那是在第十五回寫少年張無忌第一次見到朱九真的情形。張無忌第一次見到朱九真，「胸口登時突突突地跳個不住，但見這女郎容貌嬌媚，又白又膩，陡然之間，他耳朵中嗡嗡作響，只覺得背上發冷，手足忍不住輕輕顫抖，忙低下頭，不敢看她。本來全無血的臉忽地漲得通紅。」「張無忌是情不自禁地迷上這位姑娘啦」！「張無忌有生以來，第一次感到美貌女子驚心動魄的魔力，這時朱九真便叫他跳入火坑之中，他也會毫不猶豫地縱身跳下。」從此「只是將小姐的一笑一嗔，一言一語在心坎裏細細咀嚼回味」。

是迷上了，還是愛上了？其實並非像我們想像的那樣簡單明了，容易分清。在這個故事中，若非張無忌偶然發現朱九真父女對他的關愛是一個純粹的圈套，從而在憤怒與失望之中驀然清醒，擺脫了心頭的迷戀魔法，那還不知道此事該如何結局呢——假如朱九真父女是好人呢？假如朱九真沒有騙他呢？他還會那樣絕情離去，並——在多少年以後——甚覺莫名其妙的荒唐麼？

事實上，張無忌迷戀的對象是一個壞人，這才是一種偶然現象。有許許多多的初戀的情人或迷戀的對象，都是普普通通的人，至少不是壞人。

讓我們來看《神鵰俠侶》中郭芙的故事。

老實說，我不大喜歡這位郭大小姐，但這恰恰說明作者寫得好、寫得妙。因爲作者正覺得郭靖與黃蓉的愛情與人生不免過於圓滿，因而在下一部書中要給他們添一點麻煩。讓他們生一個孩子，而且還是一個避開父母長處、結合了父母短處的女孩子。這也是因果報應，黃蓉這樣聰明伶俐的人偏偏生一個像丈夫一樣愚蠢笨鈍的女兒，郭靖這位仁厚大度的俠之大者，偏偏女兒像她媽媽那樣刁蠻專橫。

當然，郭芙也是一個美麗的少女，同也還真稱得上心地純潔（少女麼）。儘管她智力不太發達，但中人之資還是馬馬虎虎有的，儘管她的個性有嬌橫、刁蠻、浮躁等等缺陷，但她還是有其可愛的一面。

不然，何以她父親的兩位徒弟，武敦儒、武修文這對親兄弟（如今又是師兄弟）會同時愛上她呢？——這一對同胞兄弟從小因母親去世，父親瘋癲出走，被郭靖黃蓉夫婦收為徒弟，養在家中，自然是手足骨肉之情不淺。可是，他倆同時愛上了師妹郭芙，而偏偏郭芙對他倆也難以取捨，弄得一對兄弟終於到了手足相殘的地步，相約到城外去決鬥，只許勝者回來見郭芙。

這也正是郭芙的頭疼之處。——不論是大武或小武，世間倘若只有一人，豈不好？偏偏有二人，各有各的好處。一個活潑伶俐，一個敦厚樸實；一個說了一千遍一萬遍的愛，一個愛了千遍萬遍但並不說一個字；一個可愛可親，一個可敬可感……若是嫁了其中的一個，另一個豈不是要傷心欲絕？

這的確是生活中的一個兩難問題。《紅樓夢》的讀者不就為林黛玉與薛寶釵誰更「可愛」而爭得面紅耳赤，並分成了「擁林派」和「擁薛派」嗎？生活在現代的人們也同樣可以碰到這樣的兩難選擇。

且說武氏兄弟相約要郊外比武，弟弟武修文說：「大哥，今日相鬥，我若不敵，你便不殺我，做兄弟的也不再活在這世上。那手報母仇、奉養老父、愛護芙妹這三件大事，大哥你便得一肩兒挑了。」哥哥武敦儒說：「彼此心照，何必多言？你如勝我，也是一樣。」弟弟又說了：「大哥，你我自幼喪母，老父遠離，哥兒倆相依為命，從未爭吵半句，今日到這步田地，大哥你不恨兄弟吧？」哥哥說：「兄弟，這是天數使然，你我都做不了主。」……然後雙雙握手，兄弟倆黯然相對，良久無話，忽聽兩兄弟同時叫道：「好，來罷！」——這就真刀真劍地幹了起來，劍招狠辣，決不留情，對付強仇亦不過如此。

這便是「情」的魔力了。

然而，楊過一番軟硬兼施，真假摻半的勸說之後，兩兄弟重歸於好，以為郭芙要嫁給楊過，而他兄弟倆「白忙了一場」。

郭芙聞知此事，氣憤填膺，大怒之下，軟斷了楊過的右臂！

看起來楊過為了救武氏兄弟的命而說的一番話，成了破壞他們三位一體的真摯愛情的罪魁禍首了。因為武氏兄弟為之痛苦不堪，決定從此不見郭芙。而郭芙的痛苦和憤怒則亦從她斬斷楊過之臂這件事上推想出來。然而，曾幾何時——

武敦儒愛上了耶律燕；

武修文戀上了完顏萍；

郭芙則對耶律齊幾乎一見傾心。

——等到這幾對人相會之時，其情形倒真是發人深思，又使人感慨：難怪黃蓉心中暗笑：

「好呵，又是一對！沒幾日之前，兩兄弟爲了芙兒拚命，兄弟之情也不顧了，這時另行見了美貌的姑娘，一轉眼就把從前的事忘得乾乾淨淨。」

書中如此寫道：武氏兄弟和郭芙同在桃花島上自幼一起長大，一來島上並無別個妙齡女子，二來日久自然情生，若要兩兄弟不對郭芙鍾情，反而不合情理了。後來楊過說郭芙對他們原來絕無情意，自是心灰意懶，只道此生做人再無樂趣，哪知不久遇到了耶律燕和完顏萍竟分別和兩兄弟投緣。——

這時二武與郭芙重會，心中暗地稱量，當真是情人眼裏出西施，只覺自己的意中人非但並無不及郭芙之處，反而頗有勝過。一個心道：「耶律燕姑娘豪爽和氣，哪像你這般扭扭捏捏，盡是小心眼兒？」另一個心道：「完顏萍姑娘楚楚可憐，多溫柔斯文，怎似你每日裏便叫人嘔氣受罪了？」

郭芙心中，卻盡是想適才自已被公孫止所擒、耶律齊出手相救之事，幾次偷眼瞧他，但見這人長身玉立，英秀挺拔，不禁暗自奇怪：「去年和他初會，事過後也便忘了，哪知這人的武功竟如此了得。媽媽和他相對大笑，卻又不知笑些什麼？」（第二十九回）

無疑地，郭大姑娘對耶律齊也戀上啦！

這真是天上浮雲，少男少女的心，此一時也，彼一時也。郭芙的「芙」，不就同浮雲「浮」一念一個音麼。而那武敦儒、武修文竟然也是這般。這真是絕妙的一個場景！

只是，究竟哪時才是真正的愛情呢？是知「今日之是，而覺昨日之非」的現在的戀愛才是真情，還是「曾經滄海難為水，除卻巫山不是雲」的過去為之拚命的才是真？

兩者都是？

兩者都不是？

恐怕誰也不能回答。意亂情迷，時真時幻似真似幻。先前有先前的熱情，而今有而今的溫馨，誰又能說得清楚？固然，正如黃蓉所責備的那樣，這幾個小輩實在是沒什麼定性，怎能比得上郭靖對她的一片「富貴不奪，艱險不負」的堅定和忠貞？然而，卻也應該看到，天上浮雲聚而又散，散而又聚，時而像是蒼松鶴舞，時而又像雞鳴狗盜，這少男少女的情愛心理的世界，誰能描繪得全面，誰能辨識得透徹呢？恐怕不能。

武氏兄弟分別和耶律燕、完顏萍結為夫婦，從此過上了和美幸福、相親相愛又相安無事的日子。不知他們想到兄弟拚命的情形，心裏有何感受？想來必定是大罵自己荒唐。

郭芙也終於找到了自己的心上人，與之順理成章地結為夫妻。耶律齊的人品武功，確實超過武氏兄弟遠矣。這位老頑童的嫡傳弟子，性格竟像郭靖那樣老成持重、端方守禮。這正是郭芙所傾慕的那種性格——許多敬愛父親的少女，都將「父親那樣的男人」，當成自己的理想的偶像——她找到了。她雖浮躁刁鑽，但正是如此，恰恰需要一個能愛又能敬的人來做她的支柱倚靠。她喜歡愛人聽話、體貼，更希望丈夫持重而有威嚴。

她找到了理想的伴侶。這樣，這個人的故事（愛情故事）就應該到此結束了。如果到此結束，想來大家決不會有什麼意見，也說不出有什麼遺憾。這幾個人的愛情故事已經夠豐富，夠美好，夠發人深思的了。

但是，金庸的大手筆，到這部小說的最後才真正的——出人意料的——顯示出來。

十六年後，郭芙已是一位年過三十的少婦了。應該說她是一個幸福的少婦。雖生逢亂世，但外公、父母都是當世高人，天下知名的大俠，而夫婿亦如願地做了天下第一大幫丐幫的新任幫主，顯然他的前程無量。而且她的生活也平靜而又光采。……

這一次襄陽城危。耶律齊身陷對方的千軍萬馬之中。蒙楊過相救，郭芙感激不已。——其實以往楊過曾數次救她性命，但郭芙對他始終存著嫌隙，明知他待己有恩，可是厭惡之心總是難去。常覺他自恃武功了得，有意示勇逞能，對己未必安著什麼好心。當年武修文說她父母要將她許配給楊過，她曾激烈地表示：「我爹娘便將我終身許配於他，我寧可死了，也決不從爹爹。若是迫得我緊，我會逃的遠遠的。楊過這小子自小就飛揚跋扈，自以爲了不起，我偏偏就沒瞧在眼裏。爹爹當他是寶貝，哼，我看他就不是好人。」（第二十一回）——直到此番救了她丈夫，郭芙才真正感激，悟到自己以往之非。

郭芙走到楊過身前盈盈下拜，道：「楊大哥，我一生對你不住，但你大仁大義，以德報怨，救了……」……楊過急忙還禮，說道：「芙妹，咱倆從小一起長大，雖然常鬧彆扭，其實情若兄妹。只要你此後不再討厭我、恨我，我就心滿意足了。」

郭芙一呆，兒時的種種往事，剎時之間如電光石火般在心頭一閃而過：「我難道討厭他麼？當真恨他麼？武氏兄弟一直拚命的想討我歡喜，可是他卻從來不理我。只要他稍為順著我一點兒，我便為他死了，心所甘願。我為什麼老是這般沒來由的恨他？只因為我暗暗想著他，念著他，但他竟沒有半點將我放在心上？」

二十年來，她一直不明白自己的心事，每一念及楊過，總是將他當做了對頭，實則內心深處，對他眷念關注，固非語言所能形容。可是不但楊過絲毫沒明白她的心事，連她自己也不明白。

此刻障在心頭的恨惡之意一去，她才突然體會到，原來自己對他的關心竟是如此深切。「他衝入敵陣去救齊哥時，我到底是更為誰擔心多一些啊？我實在說不上來。」（第三十九回）

這真是驚人的一筆！也揭示了一個驚人的心理祕密。一個人愛了二十年，不但連對象不知道，而她自己居然也不知道！這乍看起來似乎像是神話，可是，只要我們認真地品味，卻不能不佩服作者的獨特與深刻。我們不能不恍然大悟，或，若有所悟。一個人並不總是——像自己以為的那樣——明白自己的心思，並不總是知道「我到底要什麼」。我們經歷過許許多多的無名的狂喜，也經歷過許許多多無名的狂躁，我們並沒有弄清過它的意思。許許多多的情結莫名其妙地出現，又莫名其妙地消失，而我們的心理的祕密卻依然沉睡在潛意識的茫茫世界之中。

便是在這千軍萬馬廝殺相撲的戰陣之中，郭芙陡然間明白了自己的心事：

「他在襄妹生日那天送了她這三份大禮，我為什麼要恨之切骨？她揭露霍都的陰謀毒計，使齊哥得任丐幫幫主，為什麼我反而暗暗生氣？郭芙啊郭芙，你是在妒忌自己的親妹子！他對襄妹這般溫柔體貼，但從沒有半分如此待我。」

想到此處，不由得喜恚又生，慎慎地向楊過和郭襄各瞪一眼，但驀然驚覺：「為什麼我還在乎這些？我是有夫之婦，齊哥又待我如此恩愛！」不知不覺幽幽地嘆了口長氣。雖然她這一生什麼都不缺少了，但內心深處，實有股說不出的遺憾。他從來要什麼便有什麼，但真正要得最熱切的，卻無法得到。她這一生中，常常自己也不明白：為什麼脾氣這般暴躁？為什麼人人都高興的時候，自己卻會沒來由的生氣著惱？

郭芙臉上一陣紅、一陣白，想著自己奇異的心事。（第三十九回）

這一番「心事」實在是一篇很好很好的愛情心理學及性格心理學的學術論文。

不遠處的千軍萬馬在相互廝殺撲鬥，看來似與這番「心事」應有的氛圍不大和諧。其實恰恰相反，正是在這生死玄關之際，人類才能真正地直面人生，打通許多原本不通的關節，悟出自己原本不知的心思。正是在這樣的環境中，人的心靈才被真正的淨化了。變得單純、透明然而又異乎尋常——絕對異乎尋常——的深刻。其次，那千軍萬馬的廝殺聲及其動地震天的背景，正與這番驚人的心理祕密相吻合、相伴奏。這一心理祕密驚人的程度，也正好只有這樣的背景才能相配。

讓我們回到問題本身。

其一，郭芙的心事清楚地表明了，她一生要得最熱切的是楊過的愛情，她一生愛得最深的，是楊過（深到連自己都沒發現：二十年悠悠歲月過去了）。那麼，她對武敦儒、武修文以及對她的丈夫耶律齊的感情呢？

要麼，前二者都不是愛。只是「好感」與「尊敬」。也就是說，每一次她的以爲是愛的情感其實都是虛幻，都是感覺的自我欺騙。

要麼，前二者都是愛。只是層次的深淺程度各不相同。尤其是她對丈夫耶律齊的情感，應該說是真摯的、充滿愛意的。也就是說，人的愛情是多層次的。

要麼，她與武敦儒、武修文的感情是少男少女間的迷戀；她與丈夫耶律齊之間的感情是婚姻之戀（婚姻之戀猶如今日的「談」戀愛、「搞對象」，它有明確的指向性，而且有很大程度上的理智支配，主觀傾向性等等，不完全像純粹的愛情那樣具有盲目性，自發性及其本能特徵以（非理性）等等）；而對楊過才是——一般被認爲人的一生只有一次的——那種刻骨銘心的愛。

以上三種可能性，無論是哪一種，都會導致愛情心理學的深入。

其次，平常的愛情心理學中的描述的愛情心理，一般都只有傾慕、愛戀、好感、希望被注意、膽怯……等等特徵。似乎很少看到——厭煩、憎惡、氣憤……等等這些「敵對」的情緒，居然二十年來一直掩蓋著真正的愛情！

或許，這種愛情是在特定的環境背景下（如極端的感激等）突然暴發的，它如原子能般的巨大力量，摧毀了過去二十年築起的對敵工事。

或許，這種愛情確實早就存在著，只是因爲連自己都不明白，因而越是有「求近之心」便越是表現爲「疏遠之意」（在某種程度上有些像《紅樓夢》中的賈寶玉與林黛玉，不過林黛玉從未這樣厭惡過賈寶玉）。

或許，這種愛情在雙方的心中都存在著，只是由於一方的任性、另一方孤傲，因而發生性格衝突，致使雙方無法真正地和平共處、以真心相對。雙方都要強，誰也不甘示弱，是以用疏遠來表達自己的清高。

或許，以上三種可能性同時存在。而無論怎樣，這種描寫都顯然在藝術上是獨特的，而在學術思想上則是十分深刻的。

其三，這裏揭示了郭芙的性格——心理的真相。她之所以總是那樣脾氣暴躁，那樣沒來由的生氣著惱，那正是因爲她看起來什麼也不缺少，但內心總感到某種遺憾（是什麼遺憾呢？卻又說不出來）；她從來便要什麼有什麼，但真正要得最熱切的，卻無法得到（同樣，到底要什麼，又始終鬧不明白！）……如此她的心理自然難以處於真正的平衡狀態，而長期的心理不平衡、不充實，則必然要找自己的平衡方式，積累起的莫名的鬱怨之氣，必然要找到宣洩的口徑。如此便只有沒來由的生氣，沒來由的脾氣暴躁了。這種心理的長期的不平衡顯然還會導致性格上的輕微的變態。

最後，也許我們還應該在上述種種話題之外，對郭芙的個性及其影響做些討論。顯然，郭芙的性格是受到這種深刻的愛情不如意的心理缺憾所影響的，但，反過來，她的（在此之前的）個性難道不也是導致她的愛情缺憾的真正原因嗎？

總不能樣樣都歸因於宿命。

如前所述，郭芙在其性格上幾乎是取了其父母的短處。這是一種有很多缺陷的性格。首先，作爲性格發展的基礎，郭芙的智力水準實在是不高的。這在書中有很多的例子。比如陸無雙跟她鬥氣，說：「郭大俠是忠厚長者，黃幫主是桃花島主的親女，他二位品德何等高超……」這話明明是說郭芙不像父母，但郭芙以爲是拍馬屁，說：「那還須說得？也不用你稱贊我爹娘來討好我。」陸無雙只得接著再說「你自己呢？你斬斷楊大哥手臂，不分青紅皂白的便冤枉好人，這樣的行徑跟郭大俠夫婦有何相似之處？令人不能不起疑心。」這話已挑明了說郭芙不像郭大俠的女兒，而是「野種」。可郭大姑娘還是反應不過來：「疑心什麼？」這一問就問出了她自己的智力機變的低下。耶律齊在一旁，知道郭芙性子直爽，遠不及陸無雙機靈，口舌之爭定然不敵，耳聽得數語之間，郭芙便已招架不住，說：「郭姑娘，別跟她多說了。」她瞧出郭芙武功在陸無雙之上，不說話只動手定可取勝。豈料郭芙盛怒之際，沒明白他的用意，說道：

「你別多事，我偏要問她個明白。」

——這就又暴露了郭芙的性格的一大不是，那就是她心氣浮躁。

當耶律齊幫郭芙而受到她的搶白時，陸無雙向他看了一眼，道：「狗咬呂洞賓，將來有得你苦頭吃的。」耶律齊臉上一紅，心知陸無雙已瞧出自己對郭芙生了情意，這句話是說，這姑娘如此蠻不講理，只怕你後患無窮。而郭芙瞥見耶律齊突然臉紅，疑心大起，追問：「你也疑心我不是爹爹、媽媽的親生女兒？」耶律齊忙道：「不是，不是，咱們走罷，別理會她了。」陸無雙搶著道：「他自然疑心啊，否則何以要你快走？」郭芙滿臉通紅，按劍不語，已氣壞了。假設說，說話聽聲，鑼鼓聽音，而這位郭大姑娘，心智不高，心氣又浮，哪裏還來得及聽什麼聲、什麼音？——更不必說聽見自己的內心的真實的聲音了。

郭芙的性格還有一大弱點，那就是她的驕縱，蠻橫。自幼受到父母喜愛（她斬斷了楊過的臂膀，如此大事，郭靖想要責罰她，黃蓉卻還是將她救出逃難），兩小伴武氏兄弟又對他千依百順，自然就養成了她的公主脾氣。偏偏楊過「不識好歹」，經常要頂撞她，這還不把她氣壞了？所以在她的印象，楊過從來就不是好人。只要一想到楊過，自然地就要想到楊過對她的頂撞，自然就心裏不舒服，久而久之，這「不舒服」便成了她對楊過的情感態度。這種情感態度的不利之處有兩點，一是蒙蔽了自己真正的內心世界及隱密的情感，以「不舒服」輕而易舉地取代了一切；二是拒楊過於千里之外，每一次與楊過相見都只增加新的不愉快，從而形成了一種新的惡性循環——她越是「不舒服」，楊過就愈是要頂撞她、離她越遠；而楊過離她越遠，越頂撞她，她自然是心裏越「不舒服」。她是一個以自我爲中心的人，加之心氣浮躁，智力不高，所以她的「心事」自然是非要等到二十年後，三十多歲時才能真正地明白過來。這一情感的悲劇狀態，看起來似是命運在捉弄人，實則正是她個性的悲劇所造成的，也可以說正是她的性格悲劇本身的一種獨特的表現形式。

六　愛之癡

像郭芙那樣，自以爲愛著武氏兄弟，不分軒輊的情況有的是，進而，轉眼之間發現原先對武氏兄弟的愛只是「小兒科」，只有對耶律齊的愛才是真的，這種情況也是有的。因爲對武氏兄弟，她完全是一位驕橫的公主，他們千依百順，而她可以爲所欲爲，只要她想要的便一定得到，往往，這並不是真正的愛情，而只有對耶律齊產生情意，「存了患得患失之心，旁人縱然說一句全沒來由的言語，只要牽涉到她意中人，不免要反覆思量，細細咀嚼」，這才像是真的愛。但是，這並不一定是最後的愛，或者——說《神鵰俠侶》中所寫的那樣——這還不是真的愛。真愛的祕密甚至連她自己也要到很多年以後才明白，到她真正成熟的時候。

生活中像這樣的事情應該說是很多的。我們熟悉的一句話：「恨不相逢未嫁（娶）時，」大致便表示了這種巨大的遺憾。

一個人覺得自己愛上了一個人，同時又爲對方所愛，於是兩人情投意合、相愛、甚至結合了。可是，在一段（或很長很長，或很短很短）時間以後，又發現了自己真愛的人並非自己身邊的這一位，而是另一位原來不認識的、或是早已認識但壓根兒便沒往「那上面」想的人（如郭芙對楊過）。——這正是人世間的愛情與婚姻的悲劇的最常見的一種形式。

他或她終於在茫茫人海之中，發現了真正愛的對象（不論男女，也不論老少），對於一個人總算是一件幸福的事，因爲他或她可以真正地嘗到那種刻骨銘心、欲仙欲死真正愛的滋味（這並不是每一個人都能嘗到的）。然而，對於一個已經結婚、或已經有了愛的承諾的人來說，真正的愛的出現，無疑又是一種無法避免的悲劇。就以郭芙而言，她是繼續與耶律齊相敬相親、和睦共處，把對楊過的愛依舊深埋心底？還是離開耶律齊而去追求真正愛著的楊過？——顯然，無論是哪一種都會是極大的痛苦。保持原來的狀況麼，一經發現自己的真情，又豈能再輕易地深埋心底？拋開現實婚姻而去追求麼，一則對已婚的對象負有無可疑義的道德歉疚（特別是對方依然在愛著），一則是你所愛的人又有了自己的戀人或婚姻；從而，要麼是獨自心裏煎熬，要麼乾脆將自己變成炸彈，毀滅現存的一切……

《神鵰俠侶》沒有寫下郭芙發現內心祕密之後如何，恐怕也無法寫了。看來，郭大姑娘怕是要帶著此生唯一的、然而也是（恰恰是）最大的遺憾和痛苦度過自己的餘生了。她的脾氣只會更加暴躁，她的生活只會更多的「沒來由的生氣」，她的內心和她的家庭只會從此更加不得安寧。悲劇已經鑄成。這就是生活。這就是所謂的人生。

然而，生活和人生之中，還有比以上更複雜的情況。相比之下，郭芙還算是運氣的，她至少還發現了自己內心的祕密，知道了自己沒來由的發脾氣、沒來由的生氣氣惱、與眾不同的脾氣暴躁的背後，是因爲內心深處愛著楊過而不自知。——至少後來終於知道了。現在知道了。

比郭芙更不幸的大有人在。他們被深深的痛苦所纏繞，將甜蜜的愛情生活變成了黑暗的煉獄，而自始至終都還不明白是怎麼回事。

《天龍八部》中有這樣一個極爲悲慘的故事。

大理王子段譽初歷江湖，即遭風險。在無量山中跌下懸崖，歪打正著，使他發現了一個幽深古洞，在洞中看到了一座白玉雕成的宮裝美女的玉像。這玉像與生人一般大小，身上一件淡黃色綢衫微微顫動；玉像臉上白玉的紋理中隱隱透出紅暈之色，與常人肌膚無異，更奇的是一對眸子瑩然有光，神采飛揚，玉像的眼光似乎也對著人移動。段譽口中只說：「對不住，對不住！我這般瞧著姑娘，忒也無禮。」明知無禮，眼光卻始終無法避開她這對眸子。此時段譽神馳目眩，竟如著魔中邪一般。——段譽此後也確實如中了邪魔一般，對此雕像念念不忘。日後碰到了長相如同雕像一般的王語嫣姑娘，便從此癡醉，窮追不已，經歷了人間諸多難以克服的困難及難以忍受的痛苦，方才終於遂了心願。這是從雕像到人的故事，我們這裏是由人到雕像的故事。

那座被段譽看到的雕像，是世人所知不多的逍遙派掌門人逍遙子爲他的師妹李秋水雕塑的，如同真人一般。——我們從他們的門派及人名中可以看到，這是一對具有道家風貌的神仙眷屬。「逍遙遊」與「秋水」乃是《莊子》中最有名的篇章，而這一派的「北冥神功」亦出自這部道家著名的經典。其生活的智慧、精神及其方式的特徵就是要逍遙適意，胸襟博大。自由自在，神遊於天地之間。

然而，說起來容易做起來難。逍遙子才高萬丈、無所不通，風度翩翩而又懂得輕憐蜜愛，正是古今女性所愛慕的理想化身。正因如此，他的師姐天山童姥（那時還沒有成為「童姥」，而是在與李秋水爭風吃醋、互相陷害之後才成為身有殘疾，永遠也長不成成人身體的童姥）與他的師妹李秋水，為了爭得逍遙子的愛而互相攻擊、陷害、無所不用其極。結果師姐變成了永遠的童身，而師妹亦被劃破了面皮。兩人一生為情所障，永遠生活在煉獄之中。──哪有半點「逍遙」之態？──這大概是誰也沒有想到的。奈何人情如此、人性亦是如此。逍遙派的門人，終身不得真正的逍遙。

且說逍遙子，因其師姐變成了一個殘疾人（心理也隨之多少有些變態），愛上了美貌的師妹李秋水。在大理無量山中開闢洞府，自然是兩情相洽、恩愛無比。洞中牆上刻下了許多「逍遙子為秋水妹書。洞中無日月，人間至樂也」可以為證。

想像一下，與情人廝守，開闢如此世外仙府，那是多麼的令人羨慕。真是洞中無日月，人間至樂吧。

然而，好景不長。

也許是為了永恆的愛，逍遙子（他精通百藝）將李秋水的形貌體態，雕成一塊玉雕，立在洞中（就是後來段譽發現的玉雕美人）。這本是一件極其優雅，又極其感人之事，只是自從這座雕像成功之後，逍遙子便對雕像入了迷，而對身邊活著的會說、會笑、會動、會愛他的愛侶師妹李秋水卻不再注意了。似乎是他愛上了自己的雕像而對她的模特兒似乎再無興趣了（這對於許多藝術家來說倒也是完全可能的事情）。於是，李秋水從此吃起了玉像的醋，爲了報復師兄的無情，故意出洞去找了許多俊秀的少年郎君來，在逍遙子面前跟他們調情。逍遙子一怒而去，再也不回來。而李秋水並不愛那些美少年，將那些少年一個個地殺了，沉入了湖底。然而，妙絕人寰的一對情侶，從此分手，終身未再相見。

爲什麼會這樣？恐白連逍遙子本人也無法解釋清楚，直到他死，他也不明白自己做了什麼，爲什麼這麼做。爲什麼會對雕像那麼入迷那麼如癡如醉，而對同雕像一模一樣活生生的人卻那樣冷漠，以至於一場情愛終於成了永遠也無法彌補的遺憾結局？

這大概有幾種可能：一是，如前所述——逍遙子是一位真正的藝術家，他的全部熱情都熔鑄於自己的創造過程之中，都附著於自己的作品之上，因而對自己創造物的寵愛，自然要比對模特兒的情感深厚得多，甚至簡直無法相比。其二，也可能是他漸漸覺得不會說話、不會耍脾氣，但又像真人那樣美麗的玉像，集中了人間的至美至善的理想（正如段譽看到雕像以後也是如醉如癡），而真正活著的人總是有這樣或那樣的缺陷。人們對藝術精品的鍾愛是永恆的，而對人的感情則如天上的浮雲，終難有「定」。人們對完美理想的追求，導致全神貫注的癡迷，而對有缺陷的人生（包括他人及其世界）則自覺或不自覺地逃避著。

然而，這一切只是我們的猜想。書中提示的奧祕卻並不是這樣。

這就要說到另一件藝術品，一幅畫了，畫中的人還是李秋水。逍遙子臨終之際，要覓一個長得英俊的少年，攜此畫為憑去找李秋水學藝，以便光大門派。——逍遙子之所以要找英俊少年去學藝，那是他以為李秋水專門喜歡英俊少年，實際上，李秋水之所以要找英俊少年當著他的面調情，正是要「氣氣他」，也就是說正是因為李秋水摯愛逍遙子，才會想辦法報復，同時也是想辦法引起師兄兼情郎的注意，從而再度煥發他的愛情。誰料事與願違，非但沒有使情郎回心轉意，反倒使他一怒而去，想必也氣憤而又灰心到了極點。進而，還留下了一個表面的印象，即覺李秋水專門喜歡與英俊少年調情逗愛。這對李秋水是多大的誤解！而這對情人之間的「相知」又是多麼的膚淺，多麼的可憐！——只可惜逍遙子並沒找到什麼英俊少年（或許這正是天意），而是讓像貌頗為醜陋的少林寺和尚虛竹誤打誤撞地成了逍遙子的傳人。當虛竹拿著這幅李秋水的畫像。恰逢童姥與李秋水這一雙情敵力拚之後，雙雙進入彌留之際。

書中寫道：

虛竹將圖取了過來。童姥伸手拿過，就著日光一看，不禁「咦」的一聲，臉上現出又驚又喜的神色，再一審視，突然間哈哈大笑，叫道：「不是她，不是她，不是她哈哈！哈哈！哈哈！」大笑聲中，兩行眼淚從頰上滾滾而落，頭頂一軟，腦袋垂下，就此無聲無息。……

……李秋水……將那畫展開，只看得片刻，臉上神色大變，雙手不住發抖，連得那畫也是簌簌顫抖，李秋水低聲道：「是她，是她，是她！哈哈，哈哈，哈哈！」笑聲中充滿了愁苦傷痛。

虛竹不自禁的為她難過，問道：「師叔，怎麼了？」心下尋思：「一個說『不是她』，一個說『是她』，卻不知到底是誰？」

李秋水向畫中的美女凝神半晌，道：「你看，這人嘴角邊有個酒窩，右眼旁有顆黑痣，是不是？」虛竹看了看畫中美女，點頭道：「是！」李秋水黯然道：「她是我的小妹子！」……

……李秋水長長嘆了口氣，說道：「師姊初見此畫，只道畫中人是我，一來相貌甚像，二來師哥一直和我很好，何況……何況師姊和我相爭之時，我小妹子還只十一歲，師姊說什麼也不會疑心到是她，全沒留心到畫中人的酒窩和黑痣。師姊直到恰死之時，才發覺畫中人是我小妹子，不是我，所以連說三聲『不是她』。唉，小妹子，你好。你好，你好！」跟著便怔怔地流下淚來。

虛竹心想：「原來師伯和師叔都對我師父一往情深，我師父心目之中卻另有其人。……」

她提起那幅畫像又看了一會，說道：「師哥，這幅畫你在什麼時候畫的？你只道畫的是我，因此叫你徒弟拿了畫兒到無量山來找我。可是你不知不覺之間，卻畫成了我的小妹子，你自己也不知道罷？你一直以為畫中人是我。師哥，你心中真正愛的是我的小妹子，你這般癡情地瞧著那玉像，為什麼？為什麼？現在我終於懂了。」

李秋水……突然尖聲叫道：「師姊，你我兩個都是可憐蟲，都……都……教這沒良心的給騙了，哈哈，哈哈，哈哈！」她大笑幾聲，身子一仰，翻倒在地。

逍遙子死了。童姥也死了。李秋水又死了。這三個人被情感糾纏了一生，有的人至死還不明白這一場悲劇的真相。似乎只有李秋水明白了，但她也不是完全明白。她說「師姊，你我兩個都是可憐蟲」，這話並不完全正確。

逍遙子更是一個大大的可憐蟲。

因爲事情不完全像虛竹想像的那樣，是童姥與李秋水都愛逍遙子，而逍遙子又愛上了李秋水的妹妹——「秋水妹」變成了「秋水的妹妹」——不是的，不完全是的，因爲逍遙子至死也沒有明白真相，他甚至到死也不知道，他畫的那一幅畫，如何在不知不覺之間變成了李秋水的妹妹。他是想畫李秋水的，可是卻畫成了她妹妹（這對姐妹長相極像，只有一些細微的差異，如小黑痣、小酒窩等）。他到死也不明白，自己爲什麼會癡癡地看上了雕像，而對李秋水的情感一落千丈——他們在無量山中曾經相愛，且逍遙快活，勝過神仙。李秋水爲他生了一個女兒（王語嫣的媽媽），他們之間的熱戀是不容置疑的。——只是，這種愛，逐漸地通過這座原本是按照李秋水的形體而雕成的玉像，而轉移了。

逍遙子只知道是轉移了，但他至死也沒有明白爲什麼會有這樣的轉移，至死也沒有明白的知道：他愛上了李秋水的妹妹。他如果知道了，也許還要痛苦，但那至少要比這樣稀里糊塗地離開愛他的人，又離開他所不愛的人世要好得多。他只知道他「不愛」什麼，但卻不知道他「愛」什麼。——這常常是人性普遍的悲哀。——所以，李秋水說她和童姥都被逍遙子「騙」了，這是不公道的。因爲逍遙子自己也被生活所騙，而且還被「蒙」了。

這個驚心動魄的愛情故事，並不那麼簡單，並不是「道德品質」方面的原因所能解釋的。它牽涉到人類愛情心理的複雜奧祕。

小說中所揭示的是一種特殊的、悲劇性的心理現象及情感狀態，人有時並不知道自己愛什麼人，從而陷入了「無名」的痛苦之中，這種無名的痛苦才是一種真正的內心隱痛，是一種道道地地的內傷。相比之下，童姥與李秋水的痛苦只不過是一種較爲膚淺的「有名」的痛苦，即自己所愛的人並不（像原先希望的那樣）愛自己。這是一種可以能摸得到的傷痛，且這種傷痛可以通過「爭風吃醋」而得到部份的緩解，而又可以通過「恨」方式來轉化。雖然這種傷痛至死也難以獲得全部的消解，但總比逍遙子的那種無名的傷痛要好得多。

逍遙子一輩子都沒有獲得名符其實的逍遙。那種無名的隱痛纏繞著他。他熱烈的愛過，但不久發現那並不是自己真正的愛，不以真正地使自己（在家中）獲得超度、升華與逍遙。可是他又不知道自己該去愛什麼。

——李秋水的妹妹？那也可能只是一種幻像。就像李秋水的玉雕那樣。逍遙子將李秋水雕成了玉像，結果癡迷地愛上了自己的藝術作品。那麼，他——不自覺地——將李秋水的妹妹畫進了圖畫，是否還是像以前那樣愛藝術作品（雕像、圖畫）更甚於愛人（模特兒）本身呢？也就是說：他是愛圖畫中的李秋水的妹妹呢，還是（在潛意識中）真的愛李秋水的妹妹那個人呢？

是愛雕像，而不愛真人（李秋水）。

是愛圖畫，還是愛真人（李秋水的妹妹）？

這是一個問題。而且是一個很深很深的問題，同時，又差不多可以說是一個永恆的問題。是人性中的一種難以解決的深刻矛盾和衝突。

一般的讀者，可能理解爲逍遙子這傢伙騙了童姥，也騙了李秋水，而愛上了李秋水的妹妹。比這更深一些的讀者，則知道逍遙子並沒有欺騙李秋水，因爲他倆真地熱戀過。至少是在戀愛的時候自以爲是這樣。後來才發現他不那麼愛她了，但他並不明白自己愛上了她的妹妹（那幅畫不是有意的）。然而，這還不是最後的答案，也不是問題的實質。——問題的實質是，逍遙子是一個有著極深刻的藝術修養同時又具有至性至情的、多才多藝的藝術家，對於這樣的人，對於這樣的人的愛情及其心理世界，我們無法以常情去測度。他是更愛自己的情人，還是更愛以情人爲模特兒的藝術傑作？從某種意義上來說，藝術是他的另一個情人，更重要的情人。藝術家對於唯美和完滿的追求，使他們超凡脫俗，他們心中至愛的情侶，也許是一件又一件——而且永遠也無法「滿足」、「滿意」或「完美」的——藝術作品。李秋水只是他的一個——美與愛的——夢。（也許先前童姥也曾經是他的一個夢）他對她愛應該說也是真的而且是美的，由於他對美的追求更甚於真，所以玉像一旦雕成，他與李秋水這個人之間的美與愛之夢就結束了。只有雕像才是這個美與愛的夢境的結晶、見證及紀錄。那麼，李秋水的妹妹（此人在書中並未出現）是不是他的又一個夢呢？

永遠也沒法再知道了。因爲他死了。

他死了。他的情感與心理的謎還留在人間，折磨著後人。也許同時還啓發著後人。這就要看誰能真正地悟到這個謎的答案了。顯然，對此心理與情感世界的祕密，僅靠我們的理智及邏輯推理是無能爲力的。

七　愛之妄

多少人都想給愛情尋找一個合適的定義，但最終都歸於徒勞。那種熾熱而又迷亂的情感，那種甜蜜而又輕狂的心態，那種如癡如醉、意亂情迷的衝動，那種幻想、誇張，「記得綠羅裙，處處憐芳草」的不自覺的固執……都是無法「定性」，更無法「定量」的。那是一種憂心忡忡的喜悅，是一種喜氣洋洋的痛苦，是一種無法描繪的心靈的不規則顫動。

愛是一種不自禁的激情，它拒絕理智的監督或提示，進行沒有導航的飛行。——愛是盲目的、本能的、不自禁的、不自覺的。那是一片神祕又神祕的世界。源於神祕，終於神祕。

所以佛家乾脆就說：色即是空，空即是色。紅粉骷髏，愛就是虛妄。這也有一定的道理，不然怎麼會有那麼多人在失戀之後，就想到要出家當和尚（尼姑）呢？

有時候，愛情簡直就「開頭是錯，結尾還是錯」。——大詩人陸游唱道：「紅酥手，黃滕酒，滿城春色宮牆柳。東風惡，人情薄，一懷愁緒幾年離索。錯，錯，錯！春如舊，人空瘦，淚痕紅浥鮫綃透。桃花落，閒池閣。山盟雖在，錦書難托。莫，莫，莫！」——然而，「錯」也罷，「莫」也罷，卻還有無數後人「做」。完全是前仆後繼，前赴後繼，永無止息。

愛是一個無法預知世界。

《碧血劍》一書中，溫儀的六叔殺了夏雪宜一家，姦污了他的姐姐，夏雪宜懷此血海深愁要溫家以十倍的代價償還血債，又誰料，見到溫儀之後，卻反而會愛上了她？

袁承志小時候曾在安大娘家小進幾天，同安小慧也算是青梅竹馬了，大家原以爲這兩人必成一雙，早早伏筆，誰料完全不是那麼回事。儘管安大娘常想「小慧跟他是患難舊侶，他如能做我女婿，小慧真是終身有托。」而一心愛戀袁承志的夏青青則恰恰怕小慧「終身有托」，所以妒心極盛，防犯極嚴，一有機會便要來一番潑醋……其實，各人有各人的緣法。書中寫道：

　　袁承志道：「我幼小之時，她媽媽待我很好，就當我是她兒子一般，我自然感激。再説，你不見她跟我那個師侄很要好麼？」青青嘴一扁，道：「你説那個姓崔的小子？他又傻又沒本事，生得又難看，她為什麼喜歡？」袁承志笑道：「青菜蘿蔔，各人所愛。我這姓袁的小子又傻又沒本事，生得又難看，你怎麼卻喜歡我呢？」青青嗤的一聲笑，啐道：「呸，不害臊，誰喜歡你呀？」……（第十三回）

這就是了，「蘿蔔青菜，各人所愛。」這話雖然俗點，但卻道出了真意。世人都覺得自己愛的這一個是世間最好的，而總覺得「他怎麼會有人愛？」或「她怎麼會看上他？」對別人的愛總是大不理解。有些自然不是真不理解，而是要借此虛張自己的聲勢，給對方來點難堪。而其中的大部分人卻是真正的不理解：他（她）怎麼會愛她（他）？

安小慧這麼好的一個姑娘怎麼會愛上崔希敏這個傻乎乎的傢伙？這是夏青青怎麼也想不通的。但這並不是最難理解的愛情。

比這奇異得多的、不可理解的愛情故事還多的是呢！

比如《射鵰英雄傳》中的穆念慈，怎麼會死心塌地地愛上了輕狂涼薄、忘恩負義的楊康？——安小慧愛上崔希敏，至少他還是直爽誠樸的一條好漢，而楊康呢？——楊康之父楊鐵心化名穆易，帶著義女穆念慈，走遍江湖，原是爲了郭靖，打著「比武招親」的旗號，也是想找郭靖。不料在金國的都城被楊康撞見。其實在比武開始，楊康的輕狂個性便顯露無疑，而且明擺著是不想與穆念慈結合，爲此，郭靖路見不平，同楊康大大的打了一架。何以穆念慈對楊康這種輕薄浪子居然一見鍾情呢？

是因爲楊康地位顯赫，身爲金國王爺麼？不是的，穆念慈對黃蓉說「他是王爺也好，是乞兒也好，我心中總是有了他。他是好人也罷，壞蛋也罷，我總是他的人了。」（第十二回）

還真叫她說對了，楊康並非真正的王爺，當然也不是乞兒，但卻是一個貪戀榮華、忘恩負義的大壞蛋！而穆念慈竟也真的九死不悔地跟著他、愛著他。其中也不知經歷了多少屈辱，多少曲折，多少傷懷，多少憤恨，穆念慈對楊康應該是看得透的。楊康這傢伙不可救藥啦！壞事做盡了！謊話說盡啦！楊康將穆念慈誘姦之後又將她拋棄，以至於她歷盡艱辛，幾遭丐幫彭長老的踐踏。但當郭靖、黃蓉見了她，救了她，對她說起楊康自做自受，死於嘉興鐵槍廟中之時，只見「穆念慈淚如雨下，大有舊情難忘之意」（第四十回），以至於黃蓉再不敢述說楊康詳情。

穆念慈對楊康的愛實在已經到了一種不可理喻的地步。

而像這樣的人，像這樣的故事，在金庸的小說中竟然還有不少。如《飛狐外傳》中的南蘭愛上了人品武功都無法與苗人鳳相比的田歸農；而馬春花則對逢場作戲、涼薄殘忍的福康安一往情深，至死不變。

馬春花在訂婚的第二天便做了福康安的情婦，這倒也罷了，或許是一時的衝動。可是在與徐錚結婚之後，卻依然對福康安舊情不斷，待福公子遣人來召，便欣然前往——丈夫已被商寶震殺了——這也還可以理解，愛是不能忘記的。但是，福康安明知其母要害死馬春花，卻見死不救，殘忍到了何等地步！馬春花這回總讓夢醒了吧？

然而不然。在她臨死之前，有這樣一幕：

……馬春花道：我死了之後，求你……求你將我葬在我丈夫徐師哥的墳旁……他很可憐……從小便喜歡我……可是我不喜歡……不喜歡他。」

胡斐道：「好，我一定辦到。」沒料到她臨死之際，竟會記得丈夫，傷心之中倒也微微有些喜歡，他深恨福康安，聽馬春花記著丈夫，不記得那個沒良心的情郎，那是再好不過，哪知馬春花幽幽嘆了口氣，輕輕的道：「福公子，我多想見你一面。」

陳家洛進房之後，一直站在門邊暗處，馬春花沒瞧見。胡斐搖了搖頭抱著兩孩兒，悄悄出房，陳家洛緩步走到她的床前。

胡斐跨到院子中時，忽聽得馬春花「啊」的一聲叫。這聲叫喚之中，充滿了幸福、喜悅、深厚無比的愛戀。

她終於見到了她的「心上人」……（第十九章）

有意思的是，那「心上人」是假的。是由陳家洛扮的。陳家洛長得與福康安很是相像，但照理馬春花總應該分別得出來。但她卻竟然沒有分辨出真假，她就要死了，頭昏眼花，這是可能的。然而，她的一生不都是在愛著一個假象麼？陳家洛固然是假，福康安又何嘗不假？否則，又何至於要陳家洛來給她送終，又何至於有送終這回事呢？

愛之妄，此之謂也。

你若說馬春花所愛非人，愛上了一個不該愛的、不值得愛的人，她將如何回答呢？

她恐怕不屑於回答。哪怕開頭是錯，結尾還是錯，那是她自己的事。她願意。她愛。她情不自禁。這與旁人無涉——當然這與她的丈夫有些關係，她知道對不住丈夫，所以要胡斐將她埋在丈夫的墳旁，但那只是她的屍體。而她的心——不論是活著還是死去——都是屬於福公子、福康安的。都只屬於福康安。

這就是虛妄麼，那就讓它「妄」吧。她見到了「心上人」——真假又何妨，善惡又何妨，對錯又何妨——她感受到幸福、喜悅，無比深厚的愛戀。這是她的感受也是她的奉獻，與對象又有什麼關係呢？

更有甚者，是《笑傲江湖》中的岳靈珊。如果說馬春花一心愛戀福康安而不愛徐錚，是因為徐錚個性愚魯頑劣，簡直不能與福公子相比；南蘭之所以離開苗人鳳而追隨田歸農，是因為苗人鳳不會調情逗趣、低聲下氣；穆念慈愛戀楊康是因為郭靖有了黃蓉，而她自己已經「別無選擇」……則岳靈珊卻完全不是這樣。令狐沖對岳靈珊的愛，幾乎所有人都知道，都感動。令狐沖聰明機智，神采飛揚，武功卓絕，人品絕佳，無論哪一方面都非林平之可比，然而岳靈珊一往無前地愛著林平之，而對令狐沖棄若蔽屣。這倒也罷了，愛情本就是這樣奇妙，岳靈珊愛上林平之也有其可以理解的一面。那就是林平之端莊老成，一如她的父親岳不群儒雅風度（戀父情結大約在此起了作用），而令狐沖則是一副江湖浪子風度、草莽豪傑之態，此岳靈珊所不喜也。再則，令狐沖與岳靈珊自幼一起長大，青梅竹馬，但令狐沖對她千依百順，照顧得無微不至，一派大哥哥的溫情，反不如林平之負血海深仇，著實堪悲可憐（在愛情之中，女性對男人的憐愛往往會激發出巨大的熱情，因為女人的母性是無邊的）。而林平之初來乍到，性格耿介孤傲，又正合岳靈珊的胃口，正所謂氣味相投、從中可獲無窮的樂趣。……這些，都還是可以理解的。

不可理解的是，林平之在與岳靈珊成親之前就已開始「揮刀自宮」練習「辟邪劍法」，從而與岳靈珊一直只有夫妻之名，而無夫妻之實。林平之實際上已經不是一個男人了（只不過一開始岳靈珊不明就理）。

進而，林平之對岳靈珊的一片深情，非但沒有絲毫的回報，卻全然視若睹，在他喪心病狂的復仇之時，明知岳靈珊遇險危亡，依然忍心不救，而照樣賣弄自己的武功和輕狂。若非任盈盈出手相助，岳靈珊早已死在青城弟子的手下，魂銷污濁無情的大水之中了。這乃是岳靈珊親身經歷的，照說總應該醒悟了吧？

不然。林平之雙眼俱盲，岳靈珊仍是忠貞相伴。林平之一路上對她百般辱罵，岳靈珊仍是曲意忍受，決心嫁雞隨雞。林平之說明了他已揮刀自宮並對岳不群恨之入骨，岳靈珊仍是一邊感嘆自己的命苦，一邊決意此生相隨、矢志不移。

最後，林平之被勞德諾邀請上嵩山左冷禪處，臨行之前，為了「向左掌門表明心跡」，竟一劍將岳靈珊刺成重傷，眼見神仙也難相救！——楊康再壞，也還不至於對穆念慈下此毒手；田歸農雖人品不善，對南蘭仍是一往情深；就連福康安雖殘忍怯弱，不敢違抗母親的旨意，但畢竟總還沒有親自下手毒死馬春花，相反倒畢竟還有一絲憐憫憂傷之痛……——林平之可是親手殺死岳靈珊的呵！此人已完全喪失了人倫人性，豬狗不如了。你猜岳靈珊怎樣？斷情絕望？反目成仇？痛悟非非？……都不是！

書中寫道：

岳靈珊道：「我……我這裏痛……痛得很。大師哥，我求你一件事，你……千萬要答允我。」令狐沖握住她的手，道：「你說，你說，我一定答允。」岳靈珊嘆了口氣，道：「你……你……不肯答允的……而且……也太委屈你……」……

令狐沖道：「我一定答允的，你要我辦什麼事，我一定給你辦到。」岳靈珊道：「大師哥，我的丈夫……平弟，他……他……瞎眼睛……很是可憐……你知道麼？」令狐沖道：「是，我知道。」岳靈珊道：「他在這世上，孤苦伶仃，大家都欺侮……欺騙他。大師哥……我死了之後，請你盡力照顧他，別……別讓人欺侮了他……」

令狐沖一怔，萬想不到林平之毒手殺妻，岳靈珊命在垂危，然還是不能忘情於他。令狐沖此時恨不得將林平之抓來，千刀萬剮，日後要饒了性命，也是千難萬難，如何肯去照顧這負心的惡賊？

岳靈珊緩緩的道「大師哥，平弟……平弟他不是真的要殺我……他怕我爹爹……他要投靠左冷禪，只好……只好刺我一劍……」

令狐沖怒道：「這等自私自利、忘恩負義的惡賊，你……還念著他？」

岳靈珊道：「他……他不是存心殺我的，只不過……只不過一時失手罷了。大師哥……我求求你，求求你照顧他……」月色斜照，映在她臉上，只見她目光散亂無神，一子渾不如平時的澄澈明亮，雪白的腮上濺著幾滴鮮血，臉上全是求懇的神色。

……霎時之間，令狐沖胸中熱血上湧。明知只要一答允，今後不但受累無窮，而且要強迫自己做許多絕不願做之事，但眼見岳靈珊這等哀懇的和語氣，當即點頭道：「是了，我答允便是，你放心好了。」

盈盈在旁聽了，忍不住插嘴道：「你……你怎可答允？」

岳靈珊緊緊握著令狐沖的手，道：「大師哥，多……多謝你……我……我這可放心……放心了。」她眼中忽然發出光采，嘴角邊露出微笑，一副心滿意足的模樣。

令狐沖見她這等神情，心想：「能見到她這般開心，不論多大的艱難困苦也值得為她抵受。」

忽然之間，岳靈珊輕輕唱起歌來，令狐沖胸口如受重擊，聽她唱的正是福建山歌，聽到她口中吐出了「妹妹，上山採茶」的曲調，那是林平之教她的福建山歌。……她這時又唱了起來，自想著當日與林平之在華山兩情相悅的甜蜜時光。

她歌聲越來越低，漸漸鬆開了抓著令狐沖的手，終於手掌一張，慢慢閉上眼睛。歌聲止歇，也停止了呼吸。（第三十六回）

——有何話說？

——沒有話說。

這簡直是一件匪夷所思的事情。實在無法想得通。岳靈珊之愛，妄之極矣！她一直憂心林平之「瞎了雙眼，無人照顧」（實際上林平之恰恰覺得自己的眼瞎心明），但卻絲毫也沒有想到，真正瞎了雙眼的是她自己！她的雙眼瞎得不能再瞎了。否則怎麼會這樣？怎麼會愛上林平之，怎麼會對他的喪心病狂、人性全無如此視而不見，又如此執迷不悟？……

岳靈珊之愛，妄之極矣！

然而，這愛情的妄，也正是她的真。妄之極矣，亦真之極也！

真正的愛情，都只著眼於愛本身，而不計利害、不計得失，超越價值（它本身就是唯一的價值），超越理智。真正的愛情都是這樣盲目，都是這樣妄。也只有真正的愛情才會這樣盲目、才會這樣妄。

也正是在這令人不可思議的盲目而妄的愛情中，我們才見到了真正的愛情。見到了什麼是忘我，什麼是奉獻，什麼是將對方的一切看得比什麼都重；什麼是忠貞不渝，至死不悔；什麼是海枯石爛、江水竭，冬雷震夏雨雪，乃敢與君絕……

只有在這樣的一種令人難以置信的絕境之中，才能考驗真正的愛情。——如果是一帆風順，如果是兩心相悅，如果是其樂融融……那還分辨得出什麼真的和假的、深的和淺的、虛應故事的和癡迷執著的。

當然，生活中也許極少有岳靈珊這樣的人，——只是「極少」，而絕非沒有！——因爲我們生活在庸碌紅塵之中，名繮利鎖之內，但凡有所言行，無論大小輕重，無不被功利心所支配。即便是愛情這種無價的物事，也被功利價值所偷換了。在我們塵世之中，「才」變成了一種價值，「貌」也變成了一種價值，權尊位高是一種價值，高樓華屋，萬貫家財更是一種價值……從而，愛情早「價值化」了。甚而，還有明確的「價格」（「高價姑娘」我們一點也不陌生）。

在紅塵生活之中，我們總要將「他（她）值得愛嗎？」拽在一切愛情、婚姻、家庭關係的首要位置。

其實，這一點兒也不難理解，我們的愛情常常只不過是一種欲望，所謂愛情——早已變成了「談」戀愛、「搞」對象、「處」朋友甚而「泡」……——只不過是結婚的或長或短、或難或易的談判而已。在我們的世界中，我們的「我」永遠是核心，「爲我」永遠是目的。「我愛你」早已變成了「請你愛我吧」的兌換券。

我們知道，馬春花、穆念慈、南蘭、岳靈珊……這些撲火的飛蛾是多麼的愚妄。然而又是多麼的壯烈，多麼的真誠，多麼的令人感動，又是多麼的令人深思。

我們也看見了，令狐沖本不該、也不願答應岳靈珊，要照顧林平之這種狼心狗肺的人一輩子。可是，聰明的令狐沖竟然愚蠢地答應了，憤怒的令狐沖竟然充滿溫柔的答應了。無他，唯愛而已。這是一種真正的愛，無私無我的愛。一切都是爲了「她」——儘管她不能嫁給自己反而要自己去照顧她那喪盡天良的丈夫——只爲了她的高興神情在臉上出現，就「不論多大的艱難困苦也值得爲她抵受」！這樣做「值不值」？他沒有考慮，也不可能去考慮。只要他愛著她，就永遠也不會考慮。永遠。

令狐沖是這樣，岳靈珊更是這樣。又想，假如岳靈珊也是一個「壞人」，也殺了令狐沖，令狐沖會不會也托付任盈盈照顧岳靈珊呢？——不會的，我想，實際上岳靈珊曾經對令狐沖很不好很不好，冷淡他、冤枉他、侮辱他、譏罵他……都幹了，令狐沖痛苦不堪，但他都忍受了，並沒有絲毫改變對岳靈珊的愛。若是那樣，令狐沖還要盡一切可能幫助她、照顧她，自己要死，也會托任盈盈照顧她。而任盈盈也一定會（像令狐沖答允岳靈珊那樣）答允令狐沖。令狐沖爲「她」（岳靈珊），而任盈盈則是爲「他」。——這都是一個愛字，當然，是真正的愛。看起來，是傻，是蠢，是愚妄，是頑劣，是固執己見，是執迷不悟……然而若是沒有這些，那「愛」又在哪裏呢？

八　愛之惑

金庸的小說處女作《書劍恩仇錄》雖然總體的藝術成就還不算高，與他後來的作品相比差了一截。然而，因爲是第一部作品，作者的技巧雖還未臻圓熟，但作者對人生的感受卻寫得自然、真實、而又豐富。幾乎金庸所有作品中的成熟思想，在這一部作品中都有了萌芽。從而，這是最值得我們注意，也最值得我們研究的一部作品。

比如在愛情生活中「選擇的困惑」，在此中便已初露端倪，即主人翁陳家洛對翠羽黃衫霍青桐、香香公主喀絲麗這一對姊妹花的愛情。撇開個性、命運及道德、倫理等等因素或評價，我們看到，這對於陳家洛來說也確是一個難題：「我心裏真正愛的到底是誰？」這一問題無時無刻不在陳家洛的心頭縈繞。因爲這一對姊妹各有各的好處，而又都對他一往情深，儘管一個說了，一個沒有說，但都能使他感受到，當真是「一個可敬可感，一個可親可愛，實在難分輕重。」——這正是我們每一個人在人生中都有可能遇到的難題。

正如《紅樓夢》中的賈寶玉面對林黛玉與薛寶釵，一個木石前盟，一個金玉良緣；「玉帶林中掛，金釵雪裏埋」，雙峰並峙，二水分流，實在是難以抉擇。——後世評家簡單地認定賈寶玉只愛林黛玉而「不愛薛寶釵」，這恐怕是太簡單了，也太武斷了。沒有看到，賈寶玉之所以更偏向林黛玉，那是包含著自由的嚮往，以及對婚姻不能自主的家庭環境和命運的反抗。若是沒有父母之命，兩個都可以自由抉擇，賈寶玉恐怕要反而感到爲難。——不說這個，讓我們還是回到金庸的小說上來。

金庸在《書劍恩仇錄》中提出了這一兩難的抉擇，最後因爲命運的撥弄，香香公主慘死，陳家洛失敗，又與霍青桐失散，從而不了了之了。但這種選擇的困惑一直都存在著。

只不過，在此後的創作中，金庸——像許多古典作家一樣——小心翼翼地迴避著這種兩難的抉擇。實質上是採取一種較爲簡單的方式將「愛」與「不愛」明確地區分開來——如郭靖愛黃蓉，而不愛華箏公主；胡斐愛袁紫衣，而不愛程靈素；楊過愛小龍女，而不愛程英、陸無雙、公孫綠萼、郭襄……；如此等等，我們也不必一一列舉了。

這樣做，自然有各種各樣的原因。首先是藝術敘事方面的考慮，中心突出，旁枝不至喧賓奪主，讀者也看得明白。其次，是基於一種創作的「嚴肅性」，以防將戀愛變成了「亂愛」（當代的暢銷小說中確有不少這種不嚴肅的作品）。再次，這樣寫，還有一個客觀的依據，那就是一個人只能愛一個人。——這無疑是受了一夫一妻現代婚姻制度的潛移默化之影響。再說由愛到結婚也正是我們的習慣心理及其定勢。——最後，可能還有更深的一種信念。即「一個人一生只能愛一次（當然只愛一個人）」……這樣，我們就能夠理解，也能夠接受。

其實，上述的理由多少有些似是而非。只不過是一種習慣性的文化心理及其審美定勢發揮了作用。並不是真理，人性的真實狀態也並不是這樣簡單明了。

男女之間的愛情常常表現爲「一對一」的形式，這是受到了現實的制約，諸如婚姻制度、法律、道德觀念、文化背景、生活習慣等等。但這不一定符合真實的（深刻的）人性本質、愛情真相及人心的真實願望。

男女的相愛，常常總是事先有過一番理想（或幻想）的藍圖，總希望其對象十分完美。而生活中的男人和女人，卻往往都不是完美的，實際上也不可能是完美的。且不說每一個具體的對象身上有優點也有缺點，僅是優點，也只能符合我們心目中的「理想藍圖」的某一部份，而另一部分則可能在另一些（異性）對象身上發現了，於是就出現了「一個可敬可感，一個可親可愛」或一個溫柔賢惠、一個活潑開朗；一個英雄豪邁，一個儒雅敦厚的……等等狀況，令我們難以抉擇。

我們「只能」取其中之一，但我們「希望」的卻是合二而一。合二而一實際上是不可能的，於是，我們就必然面臨著選擇的困惑。

金庸畢竟是一代宗師。他不可能總是迴避這樣一種人性的願望和真實的「隱祕」。他不可能總是迴避；袁承志對阿儿、令狐沖對儀琳、楊過對程英、郭襄……的情感的真實態度和真實的情感性質。——楊過追逐陸無雙這位「白衣少女」，又欣賞完顏萍的楚楚可憐之態，對程英的溫柔體貼銘感於內，對郭襄的靈性知己倍力贊讚……難道能簡單地以「不愛」一言以蔽之？黃蓉說郭靖與華箏是「莫原上的一對大鵰（佳侶的意思吧）」，而她自己則只是「江南屋檐的鳥雀」，這難道不是有意思的嗎？夏青青對阿九的嫉妒，難道純粹是有毛病、無理取鬧的嗎？

以上的這些都已成定局。過去了的就只能讓它過去。

金庸不能迴避，他也沒有迴避。於是，我們就看到了小說《倚天屠龍記》的男主人翁張無忌的愛情故事，看到了他面對著小昭、殷離、趙敏、周芷若這四位少女而感到難以抉擇的真實情形。

……張無忌惕然心驚，只嚇得面青唇白。原來他適才間剛做了一個好夢，夢見自己娶了趙敏，又娶了周芷若。殷離浮腫的相貌也變得美了，和小昭一起也都嫁了自己。在白天從來不敢轉的念頭，在睡夢中忽然都成為事實，只覺得四個姑娘人人都好，自己捨不得和她們分離。他安慰殷離之時，腦海中依稀還留有著夢中帶來的溫馨甜意。

這時他聽到殷離斥罵父親，憶及昔日她說過的話，她因不忍母親受欺，殺死了父親的愛妾，自己母親因此自刎，以致舅父殷野王要手刃親生女兒。這件慘不忍睹的倫常大變，皆因殷野王用情不專、多娶妻妾之故。他向趙敏瞧了一眼，情不自禁地又向周芷若瞧了一眼，想起適才的綺夢，深感羞慚。……（第二十九回）

上面的那個夢無疑是真實的，是張無忌真實願望的再現。同時，後面的「羞慚」也是真實的，那是一種道德理性的自責。人的道德理性是與人性本能的願望相矛盾的，人之所以需要道德理性，正是要對人性本能及其願望進行監督、防護、遏制。從而，我們所「做」的（含有道德理性監督的）與我們心裏所「想」的（人性的本能及其願望）總是不能夠一致，總是相互衝突，最終獲得某種程度的妥協。——這種妥協的程度，首先取決於整個社會的文明程度，其次取決於人物所在的具體環境；再次取決於人的不同個性意志。

張無忌面臨著這樣一種狀況，並不僅僅是一種夢想，而且也正是一種真實，他在白天也會想這件事的。如書中所寫：

當日張無忌與周芷若、趙敏、殷離、小昭四人同時乘船出海之時，確是不止一次想起：「這四位姑娘個個對我情深愛重，我如何自處才好？不論我和哪一個成親，定會大傷其餘三人之心。到底在我內心深處，我最愛哪一個呢？」他始終彷徨難決，便只得逃避，一時想：「韃子尚未逐出，河山未得光復。匈奴未滅，何以為家？盡想這些兒女私情做什麼？」一時又想：「我身為明教教主，一言一行，與本教及武林興衰均有關連。我自信一生品行無虧，但若耽於女色，莫要惹得天下英雄恥笑，壞了本教的名聲。」過一時又想：「我媽媽臨終之時，一再叮囑我，美麗的女子最會騙人，要我這一生千萬小心提防，媽媽的遺言豈可不謹放心頭？」

其實他多方辯解，不過是自欺而已，當真專心致志地愛了哪一位姑娘未必便有礙光復大業，更未必會壞了明教的名聲，只是他覺得這個很好，那個也好，於是便不敢多想。……

……有時他內心深處，不免也想：「要是我能和這四個姑娘終身一起廝守，大家和和睦睦，豈不逍遙快樂？」……張無忌生性謙和，深覺不論和哪一位姑娘匹配，在自己都是莫大的福澤，倘若再娶姬妾，未免也太對不起人，因此這樣的念頭在心中一閃即逝，從來不敢多想，偶爾念及，往往便自責：「為人須當自足，我竟心有此念，那不是太過卑鄙可恥麼？」（第四十回）

這一段敘述已經十分精辟。我們無需多言。應該理解張無忌的困惑和願望，他內心的矛盾和衝突。面對這樣一種矛盾衝突，任何一個人都會感到大大爲難的。同樣，我們每一個人都有可能面臨著這樣的矛盾衝突。

怎麼辦呢？

金庸，給張無忌安排了一條「無爲而治」的自然之法。那就是將這種選擇交給命運。讓蒼天來爲他作出安排。——在小說中，曾出現了兩種局面：一種是，小昭被迫去了波斯，殷離逝世，又認定殷離是趙敏所害，那麼順理成章，自是要與周芷若成婚。另一種是，不料突生不測，小昭還是遠去，殷離不知生死。但周、趙二女原來善惡顛倒，真相逐步揭露，幸好張無忌並未與周芷若成婚，趙敏更公然與父兄決裂，決心嫁雞隨雞，於是張無忌又毫不猶豫地選擇了趙敏。當然也因爲趙敏是他唯一可以選擇的婚姻對象。

這是一個絕妙而又深刻的故事。

不過，我們也看到，金庸在寫這樣一個故事的時候，還有些遮遮掩掩，半推半就，總怕給人造成不良的印象，或者怕讀者看不懂，看不明白，所以要處處加以解釋。對最後，還是「言歸正傳」地添上一段「明白結局」。——那是周芷若故意出一個題目，問倘若小昭、殷離、周芷若和趙敏四位姑娘都好端端地在他面，張無忌「你便如何？」書中寫道：

張無忌道：「芷若，這件事我在心中已想了很久。我似乎一直難決，但到今天，我才知道真正愛的是誰。」周芷若問道：「是……是趙姑娘麼？」

張無忌道：「不錯，我今日尋她不見，恨不得自己死了才好。要是從此不能見她，我性命也是活不久長。小昭離我而去，我自是十分傷心。我表妹逝世，我更是難過。……你後來這樣，我既痛心，又深感惋惜。然而芷若，我不能瞞你，要是我這一生再不能見到趙姑娘，我是寧可死了的好。這樣的心意，我以前對旁人從未有過。」

他初時對殷離、周芷若、小昭、趙敏四女似是不分軒輊，但今日趙敏一走，他才突然發覺，原來趙敏在他中所佔位置，畢竟與其餘三女不同。（第四十回）

這樣，似乎讀者就更能理解，也更能接受了。因爲，「畢竟……人總是要一個人的。」

當然，我們不能排斥，張無忌在四女之中對趙敏的感情略深一籌（尤其是在她出走之後，倍感寶貴），但這並不能否認他對這四位姑娘同樣有深深的愛情。如若是那樣，便有些假做真，真當假了。

金庸其實也明白這一點。所以在〈後記〉中又來「訂正」說「張無忌卻始終拖泥帶水，對於周芷若、趙敏、殷離、小昭這四個姑娘，似乎他對趙敏愛得最深，最後對周芷若也這般說了，但在他內心深處，到底愛哪一個姑娘更多些？恐怕他自己也不知道。作者不知道，既然他的個性已寫成了這樣子，一切發展全得憑他的性格而定，作者已無法干預了」。——說得好！金庸之所以要張無忌在小說的最後「表態」（究竟最愛哪一個？）那恐怕是從讀者的接受心理方面去考慮的，當然張無忌當時的處境（趙敏出走對他打擊很大）也導致了他表態的內容。不過後來似乎又覺得不大妥當，所以在〈後記〉中又來一次訂正的訂正，說明的說明。其苦心可想而知。

只不過，金庸將張無忌所面臨的這種困惑尷尬的處境，全然地推給他的個性上的「拖泥帶水」，這又在一定的程度上掩蓋了其人性的普遍意義及其人性的真實與深刻性。張無忌固然是有些拖泥帶水，然而即使不拖泥帶水的郭靖和楊過碰到這樣的境況又如何呢？——郭靖碰到黃蓉與華箏，覺得愛與不愛十分清楚，這一半是出於他的個性，一半也是出於作者的安排。正如作者甚至不願意正視楊過與程英、陸無雙、郭襄……之間的情感真實性與矛盾心理，以便保持楊過的「個性」及其愛情的「純潔性」，其實是有較多的人爲的痕跡的。

相比之下，作者對張無忌的情愛心理的描述就要真實得多，也要深刻得多了。因爲這涉及了（也正視了）人性的隱祕。

在寫張無忌的情愛心理及其人性隱祕的時候，金庸多少還有些遮遮掩掩，吞吞吐吐，似想叫人明白又怕人家不明白，想說清楚又覺得還是不說清楚爲好。

而這種猶豫，到《天龍八部》中，在寫到大理國皇帝段正淳的風流韻事時，就煙消雲散了。一來因爲段正淳不是小說的主人翁，因而少了一些道德的束縛，多了一些「人生自由」。二來是因爲段正淳是一國儲君，風流浪蕩一些也是可以諒解的；三來是因爲《天龍八部》這部書本來就是一部風月寶鑒式的「破孽化癡」的寓言教化之作，所以作者盡可以放開來寫，而最後卻可以「收」。當然，最後一個原因，也應該說是最重要的一個原因，恐怕還是作者對人性的隱祕的認識又深了一層。

段正淳在金庸小說人物中可以說是獨一無二的，他的愛情故事一反常態，這是一位風流情種，幾乎是一位「見一個愛一個」的人。但與《笑傲江湖》中的大淫賊、萬里獨行田伯光卻又不同，他不是「淫」而是「情」。與《鹿鼎記》中的兼收並蓄、艷福齊天的韋小寶就更加不可同日而語了。

其實作者完全可以讓他娶上五六位嬪妃，在自己的宮廷裏談情說愛。但小說中偏偏沒有這樣，而是讓段正淳在江湖上四處奔波，尋芳獵艷，造愛播情。與妻子刀白鳳以及江湖上的王夫人、甘寶寶、秦紅棉、阮星竹、康敏等六位女性（還有沒有？書中沒有寫，只怕段正淳自己也不很清楚）都分別有過不同尋常的性愛關係，並且都還（有可能的情況下）保持一定的聯繫，不願意失去，更不願意斷絕，而那一些女性（除康敏之外），無論是否與他人結婚，無論與其他的女性之間有著多麼深的忌恨或仇怨，但對段正淳竟也是一往情深。——她們在沒見到段正淳之時，對他「恨」得要死，似乎要剝他的皮、吃他的肉這才解恨，甚而連「大理」與「段氏」都恨上了，但只要一見到段正淳這個人，她們便又都將恨意拋到九霄雲外，一個個眉花眼笑、纏綿悱惻，只恐時月無多，恩愛不盡。……

「段正淳現象」在金庸的小說裏是顯得特別突出的。

問題不在於段正淳與這許多女性發生性愛關係本身，而在於作者對此現象的認識和評價。——作者的認識和評價是明確的。

> 段正淳縱起身來，拔下了樑上的長劍。這劍鋒上沾染著阮星竹、秦紅棉、甘寶寶、王夫人四個女子的鮮血，每一個都曾和他有過白頭之約、肌膚之親。段正淳雖然秉性風流，用情不專，但當他和每一個女子熱戀之際，卻也是一片至誠，恨不得將自己的心掏出來，將肉割下來給了對方。眼看著四個女子屍橫就地，王夫人的頭擱在秦紅棉的腿上，甘寶寶的身子架在阮星竹的小腹，四個女子生前個個曾為自己嘗盡相思之苦，心傷腸斷，歡少憂多，到頭來又為自己而死於非命，當阮星竹為慕容復所殺之時，段正淳已決心殉情，此刻

更無他念，心想譽兒已經長大成人，文武雙全，大理國不愁無英主明君，我更有什麼放心不下的？回頭向段正淳夫人道：「夫人，我對你不起。在我心中，這些女子和你一樣，個個是我的心肝寶貝，我愛她們是真，愛你也是一樣的真誠！」……（第四十八回）

段正淳殉情而死了。他的夫人刀白鳳在他生前一直不原諒他的風流放蕩，但在他死後，卻對著的屍體說：「淳哥，淳哥，你便有一千個、一萬個女人，我也是一般愛你。我有時心中想不開，生你的氣，可是……那是從前的事了……那也正是為了愛你……」。段正淳為情婦們而自殺，刀白鳳又為自己心愛的丈夫而殉情。

這真是一幕人間慘劇。

問題是：這是真的嗎？段正淳說：「這些女人和你一樣，個個是我心肝寶貝，我愛她們是真，愛你也是一樣的真誠！」——這是真的嗎？可信的嗎？人難道可以這樣嗎？

這恐怕是許多讀者心中難解的困惑。愛之惑。

段正淳這樣做顯然是不道德的，不說別的，就說他給這些女性造成的痛苦和傷害，也是驚人的。段正淳占有了她們的青春、愛情，使她們從此變得嫉妒、變態和瘋狂，承受了巨大的痛苦，且最終因為他而犧牲了生命。

然而，從個性的角度去考察，從愛情心理及其「可能性」方面去探討，則又是一回事了。

我們不能懷疑段正淳的真誠，因為他為之付出了自己的生命，在他殉情之前，又何必說假話呢？他是那樣做的，那樣想的，也就那樣說了。

作者對「段正淳現象」的認識和評價，也正是這樣。即「段正淳雖然秉性風流，用情不專，但當他和每一位女子熱戀之際，卻也是一片至誠」。而且「愛她們是真，愛你也是一樣真誠！」

其實，這一切不僅是可能的，而且是真實的。是深刻的，人性的隱祕。

如前所述，就人性而言，「人一生只能愛一次」，只是一種受到一夫一妻制及其道德倫理觀念所制約、支配、潛移默化的影響而導致產生的一種社會規範化的觀念，是一種人爲的似是而非的觀念。但又是一種長期流傳、積淀深厚的觀念，從而讓人難辨真僞，自覺或不自覺地將它作爲一種信仰來接受了。它的真正的意思是人只准愛一個，而不是只能愛一個。前者是文明社會的明確規範（法律與道德的雙重規範），後者才是人性本身。

當然，我們這樣說，並不是要否定人只能愛一次或人只能愛一個的現實情感可能性。無論在生活中還是在藝術作品中，這種只愛一個或只愛一次的人和事都是存在的（在金庸的作品中也大量存在，如《天龍八部》中的蕭峰等等，舉不勝舉）。同時，我們更不是主張無休無止的「亂愛」。金庸寫段正淳的故事，正是要揭示這種用情不專所造成種種痛苦與罪孽。

我們提出這一問題、分析這一問題，只是希望能深入地了解人性，認識人性及其在愛情世界中的種種可能性與真實面目。只是想提出從道德或人性等不同的角度去看同一件人事，往往會得出截然不同的認識與評價。只是想說，我們所習以爲常的、「不惑」的未必是真實的、合理的，而對真實的事物（如人性）則常常是大惑不解——這就是我們爲什麼需要藝術家和哲人的最根本的原因了。

九　愛之疑

愛是不能忘記的。這已成了一句名言，它也確實反映了愛的某種本質。反映了人性的一個方面。

然而愛之不被忘記，那只是人性的一個方面。人性的另一個方面——與之相反——則又表明：愛是可以被忘記，甚而可以被拋棄的。

情愛世界充滿了矛盾，那是因爲人性本身就是種種矛盾的統一體。人性及其情愛世界，固然有許多可歌可泣的故事，但同時又存在許多缺陷、遺憾與弱點，從而造成了種種悲劇與不幸。

《連城訣》正是一部深刻地揭示人性弱點的小說。它所敘述的愛情故事，便有了許多讓人惶惑和遺憾的地方。而這種惶惑與疑慮，恰恰是小說的深刻之處。

作者在這部小說中的〈後記〉中寫道，這部書是在一件真事上發展出來的，是「紀念在我店幼小時對我很親切的一個老人」。——那個老人叫和生。他是江蘇丹陽人，家裏開一家小豆腐店，父母替他跟鄰居一個美貌的姑娘對了親。家裏積蓄了幾年，就要給他完婚了。這年十二月，一家財主叫他去磨做年糕的米粉，只爲了趕時候，磨米粉的工夫往往做到晚上十點、十一點鐘。這天他收了工，已經很晚了，正要回家，財主家裏許多人叫了：「有賊！」有人叫他到花園去幫著捉賊。他一奔進花園，就給人幾棍子打倒，說他是「賊骨頭」。他頭上吃了幾棍，昏暈了過去，醒轉來時，身邊有許多金銀首飾，說是從他身上搜出來的。又有人在他竹籮的米粉底下搜出了一些金銀和銅錢，於是將他送進知縣衙門。賊贓俱在，他也分辨不出來，給打了幾十板，收進了監牢。本來就算是作賊，也不是什麼大不了的罪名，但他給關了兩年多才放了出來。在這段時期中，他父親、母親都氣死了，他的未婚妻給財主少爺娶了去做繼室。——原來栽贓說他做賊，原因是財主少爺看中了他的未婚妻！

《連城訣》的男主人翁狄雲的遭遇，與這位叫和生的人確有幾分相似之處。

狄雲是一位老實巴交的鄉下小伙子，又是一位無父無母的孤兒，自幼從師學武，在師父家長大，與師父的獨生女兒戚芳是青梅竹馬、兩小無猜，長大了也是心心相印、互生愛情。誰也不會懷疑這一對佳偶終於會喜結良緣。

不料當狄雲隨師父、師妹一同到荊州城給大師伯祝壽，大師伯的兒子萬圭看中了戚芳，因而設下了圈套，將狄雲送進了州府的大牢，幾年之後，戚芳終嫁給了萬圭——其間經過與和生的差不多。

狄雲的故事與和生的故事最大的不同之處，在於和生的未婚妻只是家裏給他訂的親，未必對和生有什麼愛情，因而她在和生進獄之後嫁給財主的少爺是自然而然、無可厚非的。但戚芳與狄雲的關係，卻是一種心心相印的愛情關係。戚芳對狄雲的情義，處處都表現出來，誰都可以看得明白。否則萬圭也就不必費心將狄雲送進牢獄，而可以直接向戚芳的父親戚長發求親了。

狄雲入獄之後，對戚芳仍滿懷深情，以爲戚芳肯定知道他是受了冤枉，這一信念，成了他生存的唯一支柱。可是，在幾年之後，狄雲的冤屈仍未昭雪，而戚芳卻竟然真的嫁給了萬圭！……得之此信，狄雲絕望地自殺了。幸而同獄的丁典將他救活。

這是一個値得玩味的故事。

問題在於：戚芳究竟是否真的愛狄雲？

回答應該是肯定的。從戚芳的言行舉止中不難看出這一點。看來她是受了蒙騙。對狄雲的冤獄不但全不知情，反而不自覺地信以爲真，因爲她畢竟是一個涉世不深且在鄉下長大的少女，又哪懂得城市裏、官場上、人世間有如此惡毒的計謀、如此深刻的心機？

然而，這又有了一個大大的疑惑：那就是她從小與狄雲一起長大，何以對狄雲的人品也產生如此「誤會」？她既然愛著狄雲，又何以要——雖然「等」了幾年——嫁給萬圭？或許她是經不住萬圭的一再的誘惑，多少又有些慕戀萬圭的家世和人品，有些安於萬圭所給她的繁華又富足的生活？

看來她是在不知不覺之間，將對狄雲的愛轉移到了萬圭身上，但她又何以要將萬圭和她生的女兒取名為「空心菜」——這是她給狄雲取的綽號，因為狄雲像空心菜那樣直率和老實巴交——呢？是表明她對狄雲仍有舊情？是情愛的追憶，還是歉疚的表示呢？是心中的懷念（為了忘卻的紀念）還是一種心滿意足之餘的憐憫？……

是愛？是不愛？這是一個問題。

——我們都以為，我們都希望（不知不覺地像狄雲那樣以為、那樣希望）戚芳只不過是中了圈套，上了賊床。待她明白這是一個圈套時，她一定會恍然大悟、痛悔前非。

小說中也真的寫到了這一點，在狄雲復出之後，萬圭的師弟吳坎終於向戚芳透露了當年陷害狄雲的真相。書中寫道：

戚芳回到房中，只聽得萬圭不住呻吟。顯出蠍毒又發作起來。她坐在床邊尋思：「他毒害狄師哥，手段卑鄙之極，可是大錯已經鑄成，又有什麼法子？那是師哥命苦，也是我命苦。他這幾年來待我很好，我是嫁雞隨雞，這一輩子總是跟著他做夫妻了。吳坎這狗賊這般可惡，怎麼奪到他的解藥才好？」眼見萬圭容色憔悴，雙目深陷，心想：「『三哥』（按，指萬圭）傷重，若是跟他說了，他一怒之下去和吳坎拚命，只有把事情弄糟。」……

……（第十一章）

原來，這才是戚芳的情感的真相。她無疑是愛——或「愛過」——狄雲的。可是，她已身入圈套，嫁給了萬圭，那就只有嫁雞隨雞，「這一輩子總是跟著他做夫妻了」。至於萬圭陷害狄雲、迷惑戚芳一事，如今得知真相，那也只有怨「師哥命苦，也是我命苦」。如此而已，只有「認命」罷了。萬圭這幾年「待我很好」，這才是重要的。與狄雲事情已經過去了，過去了的就讓它過去吧。而與萬圭的夫妻生活乃是現實，所以現在要操心的應該是如何拿到解藥，治好萬圭病毒，而決非向萬圭報復當年陷害之仇。

然而，不料事情又有了新的轉機。萬震山、萬圭父子凶相畢露，不僅承認了他們殺死了戚芳之父戚長發的事實，而且還要將戚芳和她的女兒也殺死、砌進牆洞，以便「斬草除根，以絕後患」……在生命垂危之際，幸虧狄雲及時來救（狄雲一直在暗中保護著戚芳，他對戚芳的愛並未因她嫁了他人而改變），並將萬氏父子「以其人之道，還治其人之身」，也砌進了牆洞之中。這一回，戚芳應該真正地清醒、真正的決絕了吧？

然而並不。書中寫了一個出人意料的結局。在狄雲要帶著戚芳母女遠走高飛之時，戚芳要狄雲等她一下，她要「回去拿些東西」——

> 狄雲向來聽戚芳的話，見她神情堅決，不敢違拗，只得抱過女孩，見戚芳又躍進了萬家，便走向祠堂，推門入內。
>
> 過了一頓飯時分，始終不見戚芳回來，狄雲有些擔心了，便想去萬家接她，但生怕她不快，抱著空心菜，在廊下走來走去，想著終於得和師妹相聚，實是說不出的歡喜，但內

心深處，卻隱隱又感到恐懼；不知師妹許不許我永遠陪著她？心中不住許願：「老天爺保佑，我已吃了這許多苦頭，讓我今後陪著她、保護她、照顧她。我不敢盼望做她丈夫，只要天天能見到她，她每天叫我一聲『師哥』。老天爺，我這一生一世也不求你什麼了。」

……

……狄雲越牆而入，來到萬家的書房。其時天已黎明，朦朦朧朧之中，只見地下躺著一人，依稀便是戚芳，狄雲大驚，忙取火刀火石打了火，點著了桌上的蠟燭，燭光之下，只見戚芳身上全是鮮血，小腹上插了一柄短刀。她身旁堆滿了磚塊，牆上拆開了一洞，萬氏父子早已不在其內。……

……戚芳緩緩睜開眼來，臉上露出一絲苦笑，說道：「師哥……我……我對不起你。」……狄雲只急得無計可施，連問：「怎麼辦？怎麼辦？是……是誰害你的？」戚芳苦笑道：「師哥，人家說：一夜夫妻……唉，別說了，我……你別怪我。我忍心不下，來放出了我丈夫……他……他……」狄雲咬牙道：「他……他……他反而刺了你一刀，是不是？」

戚芳苦笑著點了點頭。

狄雲心中痛如刀絞，眼見戚芳命在頃刻，萬圭這一刀刺得她如此厲害。無論如何是救不活了。在他內心，更有一條妒忌的毒蛇在隱隱地咬嚙：「你……你終究是愛你的丈夫，寧可自己死了，也要救他。」

戚芳道：「師哥，你答允我，好好照顧空心菜，當是你……你自己的女兒一般。」

狄雲黯然不語，點了點頭，咬牙道：「這賊子……到哪裏去啦？」

戚芳眼神散亂，聲音含混，輕輕地道：「那山洞裏，兩隻大蝴蝶飛了進去，梁山伯，祝英台，師哥，你瞧，你瞧！一隻是你，一隻是我，咱們倆……這樣飛來飛去，永遠也不分離，你說好不好？」聲音漸低，呼吸慢慢微弱下去。（第十二章）

戚芳死了。她是去救自己的丈夫，反而被丈夫一刀刺死。她明知丈夫陷害過師兄狄雲、蒙騙了她，害死過她父親，而且還曾要將她和她的女兒殺死……卻仍禁不住要去救他；只因爲他是她的丈夫！「一夜夫妻百日恩」，他和她做了多年的夫妻，所以，明知她不該，卻仍要情不自禁地去救。於是，她死了。……

這是一個出人意料的結局。

然而，仔細地、探入地探究起來，則又會發現，這是一個極其真實的結局。

在這一結局中，非常深刻而又非常生動地表現了愛情心裏的矛盾現實及其真實的人性弱點。

她愛不愛狄雲？愛的。愛不愛萬圭？也是愛的。這種矛盾，看起來荒唐，但卻是真實。要她在狄雲和萬圭之中做一選擇，這只不過是我們的一種一廂情願的假設，一種不真實的幻想。而真實的情況是，她在這二人之間做任何的選擇都是痛苦的，她愛她的師兄狄雲，但畢竟又嫁給了萬圭——不管是否受了蒙騙——萬圭對她總還有過真情，他們總還有過恩愛的日子。他們做了多年的夫妻，這一現實就足以使戚芳做出她認爲應該做的事情。

要戚芳一心一意地愛狄雲，而不去救萬圭甚至殺了萬圭（她也有理由殺萬圭），那是簡單化的思維和想像，是不真實的，至少是膚淺的。同樣，要戚芳爲了萬圭去同狄雲決鬥，乃至從心理上與之一刀兩斷，也是困難的。

一個是心裏的愛人，一個是現實的夫妻。恐怕連戚芳也不明白，她究竟是愛誰，或者，究竟更愛誰？所以當狄雲說她「你終究是愛你丈夫；寧可自己死了，也要救他」時，她只有環顧左右而言他，要狄雲答允她「好好照顧空心菜，當是你……你自己的女兒一般。」

要說她愛丈夫多些，她又在彌留之際對狄雲說：「梁山伯，祝英台，師哥，你瞧，你瞧！一隻是你，一隻是我。咱們倆……這樣飛來飛去，永遠也不分離，你說好不好？」——應該說，彌留之際的心靈幻像，才是她內心最真實也是深刻的情感。

要說她愛狄雲多些，可她又爲救丈夫而被丈夫所殺，而且，看來她並不後悔自己的行爲，只不過感到有些對不住狄雲罷了。她的這種行爲，無疑也是她內心真實情感的外露和證明。

戚芳只是一個普普通通的女性。所以，她也有普通人性的弱點。那就是她對命運盲目的認同或依順。她爲萬圭所做的一切，包括最後爲他去死，都成爲一種命運，她接受了。她甚至沒有想過要與這種命運相對抗。實際上，與命運相對抗也不是她力所能及的。

你讓戚芳怎麼辦？要她不上當、不嫁給萬圭，那她就不是戚芳了。要她嫁了萬圭之後，又像拋掉一隻爛襪子那樣將萬圭拋掉？再嫁狄雲？……這些設想可能是美好的，但卻未必是真實的。至少對戚芳而言是這樣。

我們爲狄雲感到遺憾而且悲痛，因爲他深愛戚芳，絲毫未變，但卻在最有可能將理想變爲現實的時候，永遠地失去了她。我們爲之而痛恨戚芳、大罵戚芳的糊塗、混蛋……麼？那恐怕也是不公平的。戚芳已經死了，她是被丈夫殺死的。同時也是被自己的人性弱點所殺死的。戚芳是一個弱者，是一個無辜的人、善良的人，她應該得到深切的同情。

是愛，還是不愛？——人類的愛情心理，又怎麼能像1+1=2那簡單，怎麼能像黑與白那樣點的深刻悲劇。

在同一部小說中，作者還給我們講述了另一個愛情故事，也是一個悲劇的故事。故事的主人翁是江湖上大大有名、人人稱羨的「鈴劍雙俠」汪嘯風和水笙。這二人兩情相悅，年貌相當，又是表兄表妹，青梅竹馬。長大之後，在江湖上同行同止，形影不離，這才有了「鈴劍雙俠」的美稱，他們的愛情是無可疑義的，他們的結合是指日可待的。

不料天有不測風雲，水笙被血刀老祖這位萬惡不赦的淫賊所擄，從此鈴劍分開，達半年之久，等到他們相見之時，已是人間蒼桑，恍如隔世。但無論如何，他們還是相見了，相見的情形，使人感動萬分。

只聽得汪嘯風大叫：「表妹，表妹」的聲音又漸漸遠去，顯是沒知眾人在此。水笙奔出山洞，叫道「表哥，表哥！我在這裏，我在這裏」；汪嘯風又叫了聲：「表妹，表妹，你在哪裏？」水笙縱聲叫道：「我在這裏！」

東北角上一個人影飛馳而來，一面奔跑，一面大叫：「表妹！」突然間腳下一滑，摔倒在地，水笙「啊」的一聲，甚是關切，向他迎了上去。原來汪嘯風聽到了水笙的聲音，大喜之下，全沒留神腳下的洞坑山溝，一腳踏在低陷之處，摔了一跤，隨即躍進，急奔而來。水笙也向他奔去。

兩人奔到臨近，齊聲歡呼，相擁在一起……

……汪嘯風低聲道：「表妹，自今而後，你我再也不分開了，你別難過，我一輩子總是好好地待你。」水笙自幼便對這位表哥十分傾慕，這番分開了更是思念殷切，聽他這麼說，臉上一紅，心中感到一陣甜甜之意。……（第八章）

這一情景是十分感人的。也是我們所能想像到的。然而，相見未久，另一種情形慢慢地出現了。那就是，這半年，水笙一直與血刀僧及狄雲（被誤認為是血刀僧的徒孫）這兩位「淫僧」在一起，因而不免使人產生種種猜測，善意的人，爲水笙感到惋惜，而惡意的人則不免添油加醋，議議紛紛。從而，使汪嘯風與表妹相見的歡悅之情，漸漸地蒙上了一層陰影。

書中寫道：

……只見水笙退開了兩步，臉色慘白，身子發顫，說道：「表哥，你莫信這種胡說八道。」

汪嘯風不答，臉上肌肉抽動，顯然，適才那兩個人的說話，便如毒蛇般在咬嚙他的心。這半年中他在雪谷之外，每日每夜總是想著：「表妹落入了這兩個淫僧手中，哪裏還能保得清白？但只要她性命無礙，也就謝天謝地了。」可是人心苦不足，這時候見了水笙，卻又盼望她守身如玉，聽到那二人的話，心想：「江湖上人人均知此事，汪嘯風堂堂丈夫，豈能惹人笑話？」但見到她這般楚楚可憐的模樣，心腸卻又軟了，嘆了口氣，搖了搖頭，道：表妹，咱們走吧。」……（第八章）

汪嘯風的這一段心理，被作者寫得十分的真實而又十分的細膩。第一層次，他在谷外，只希望表妹能保住性命，至於她是否失身於淫僧，那並不重要。第二層次，見了她又希望她能守身如玉。而這（在當時他看來）顯然是不可能的，於是內心裏逐漸起了疑惑、起了變化而且痛苦不堪。第三層次，聽到眾人的議論，立即想到「江湖上人人皆知，我汪嘯風堂堂丈夫，豈能惹人恥笑？」實際上，除了內心的妒忌之外，怕失了「面子」，惹人「恥笑」才是他最大的痛楚及其根源。……可是，他畢竟還是愛水笙的。因而看到她楚楚可憐的樣子，心腸便軟了下來，答應水笙「好吧，我不信便是」，其實內心仍是堅信不疑的。只是因爲對水笙的愛，而又礙於情面，這才勉強地答應不去相信他人的胡說八道（實際上哪能做到呢？）……這是他心裏活動的第四層了，看起來似乎有了轉機，實際上只不過是一時的緩解。——

汪嘯風見那件羽衣放在她臥褥之上，衣服長大寬敞，式樣顯是男子衣衫，心頭大疑，問道：「這……這是什麼？」水笙道：「是我做的。」汪嘯風澀然道：「是你的麼？」水笙衝口便想答道：「不是我的。」但隨即覺得不妥，躊躇不答。汪嘯風道：「是件男子衣衫？」聲音更加乾澀了。水笙點了點頭。汪嘯風又道：「是你織給他的？」水笙又點了點頭。

汪嘯風提起羽衣，仔細地看了一會，冷冷地道：「織得很好。」水笙道：「表哥，你別胡猜，他和我……」但見他眼神中充滿了憤怒和憎恨，便不再說下去了。汪嘯風將羽衣往被褥一丟，說道：「他的衣服，卻放在你的床上……」

水笙心中一片冰涼，只覺這個向來體諒溫柔的表哥，突然間變成了無比的粗俗可厭。她不想再多做解釋，只想：「既然你疑心我，冤枉我，那就冤枉到底好了。」（第八章）

如果說在這以前，汪嘯風還只不過是一種不由自主的猜測，聽了他人胡說八道的一種本能的反映，那麼，這件羽衣，在他眼中顯然成了一件無法否認的「物證」——證實了他心裏的猜測。於是，他的眼神和表情便開始變了。變成了苦澀、憤怒、憎恨，同時——在水笙的眼裏——也變得粗俗不堪。

偏偏這時候，狄雲為水笙感到委屈，又跑出來替水笙解釋道：「汪少俠，你全轉錯了念頭。」——他不出來還好，他這一出來，便在物證之外，又加上了「人證」。當真是鐵證如山，不可推翻。狄雲哪裏知道世人對此男女苟且之事，一向是「寧信其有，不信其無」的。而且此事越描越黑，越解釋越不清楚，越辨析越使人疑惑。

——這就是人性的弱點。

當真是：假作真時真亦假，無為有處有還無！

我們——讀者，旁觀者——知道，水笙與狄雲之間完全是清白無污的，水笙仍是守身如玉，冰清玉潔。

可是，他們——劇中人，當事人——又怎麼能知道這種清白呢？更主要的是，他們，又怎麼全相信水笙的這種「奇跡般的」清白呢？

也許由於人心都是卑污的，所以大多數的人都不敢相信人世間居然有水笙和狄雲這樣的清白，這正是人性的弱點在做怪。

以假當真，以無作有，偏偏對男女之事，人們不但格外的感興趣，而且還總是要情不自禁地加以誇張放大。戀愛中的人誇張放大自己的愛；而旁觀或猜測的人則不自覺地誇張放大其「不堪」的程度與情形……在這一方面，當事人一旦起了疑心，便再也難以抹去。能找出一千條理由、一千種證據來支持自己、證實自己的謬見。他們固執己見，而且理性全失——無論如何不願意從相反的角度去探索，也不相信與自己的想像不相符合的事實。

平心而論，汪嘯風並非不愛水笙。只是，遇上了這種不幸和尷尬的事，他也只能像凡夫俗子那樣疑慮重重，一反文雅溫柔的常態，顯出粗俗可厭的原形。只有極少數的人，才能夠相信愛的堅貞，相信愛人的品質，願意冷靜地聽取愛人的解釋，能夠理智地分辨事情的真僞。然而，汪嘯風不是這極少數人中的一個，他的反應，像是絕大多數凡人一樣，一旦起疑，便難以平息心中妒憤交加的情緒，以及在這種情緒下無端的想像。他禁不住要寧可信其有，不可信其無。

進而，汪嘯風對水笙的疑慮，一部分源於內心的妒忌和憤怒，並又加深了這種憤怒與妒忌；而另一部分（往往是更主要的部分）則是因爲怕「江湖上人人皆知，堂堂大丈夫，豈能惹人恥笑？」——只有極少又極少的人能夠正視這種失面子的恥笑（哪怕是眞實），而不改其愛心。只可惜，汪嘯風又不是這樣的人。他表面上是那樣堅強的一個劍俠，然而內心裏卻仍然是一個怯懦的小男人。——他怕丟了面子，從今不好做人，再加上本能的妒忌，所以他和水笙的愛情，便只能以分手的悲劇而告結束。

也許我們會一廂情願地說：「真正的愛情是應愛而不疑的。」是的，是這樣的，世間上有過不少堅貞不屈、信而不疑，歷盡曲折而始終不渝的愛情，所有的誤解最終都在事實面前煙消雲散了。

然而，我們更應該看到，也有更多的事實表明，愛情與妒忌，愛情與疑惑常常總是結伴而行，彷彿是一把兩面刀。沒有愛固然也就沒有了愛的疑慮，然而沒了疑慮與妒忌往往也就沒有愛……。——世間上，有多少這樣的愛情和婚姻的悲劇？世間上有多少汪嘯風這樣的男人和女人？

有。而且有很多很多。疑慮正是愛情的死敵，但又是愛情的近鄰乃至密友。

無可奈何，因爲這不是理性所真正解脫和消滅的。因爲這是人性的弱點。除非你消滅了人性，否則便難以消除這種伴著熱烈而又真摯的愛情而來的妒忌的疑慮、疑慮的妒忌。

汪嘯風當然不是一位「真正的男子漢大丈夫」，但世界上這樣的人卻比「真正的……」要多得多。

同樣，戚芳也不是一位「真正堅貞的女性」，然而正因如此，她的悲劇才格外地值得同情和憐憫。

狄雲和水笙當然都是無辜的受害者，但戚芳和汪嘯風也都不是壞人哪！他們——像所有平凡的人一樣——只是有缺點和弱點的人。他們無法與命運抗衡，也無法真正地主宰自己的命運。他們身不由己、情不自禁。這才是真正的悲劇。也是真正悲劇產生的根源。

十　愛之幻

在情愛世界中，神祕、奇跡、意外以及不可思議、不可理喻等等這些詞語的意思沒有在其它領域那樣驚人。在這裏「神祕」乃是一種「正常」，「奇跡」也並非少見，各種意料之外的事情都是可能。這一世界本就是個不可思議的世界。

在金庸的筆下，正是由各種各樣神祕的、奇跡般的愛情人事，組成了一個不可思議的多姿多彩的世界。

最不可思議的事情之一，便是小說《倚天屠龍記》中殷離的愛情心理現象。——「不識張郎是張郎」。（小說的最後一回就是以此命名的。）

殷離是個不幸的少女。她本是張無忌的表妹（是張無忌的舅父殷野王的女兒），因殺死了父親的愛妾，坑死了自己的母親而不容於家門。自幼流落江湖，被靈蛇島的金花婆婆收養。一次陪同金花婆婆到蝴蝶谷去找醫仙胡青牛報仇，第一次在此谷中見到張無忌，就想把他抓到靈蛇島上去陪她玩，幾次抓住了張無忌的手臂穴道（那時張無忌的武功還不值一哂），張無忌情急之下，張口就咬。不僅使殷離放開了手，且在殷離的手上留下了一個永遠的疤痕，同時在殷離的心上也刻下了無法磨滅的影子。

此後，殷離愛上了這個影子，一生追逐著這個影子。

幾年之後，張無忌學會了九陽真經，從懸岩跌下，改名曾阿牛（他怕張無忌這個名字給他惹來麻煩，人家要逼他去找謝遜及屠龍刀）。而殷離因練「千蛛萬毒手」的功夫，將一張臉也練毀了，名字也改成了蛛兒。兩人見面時已互不相識了。張無忌只知道她是這一帶來找自己的心上人的，卻壓根就沒想到，她的情郎竟然就是張無忌！

更奇妙的是，在「曾阿牛」和「蛛兒」之間也有一場「婚約」。那是殷離去幫張無忌殺朱九真，引來了一大幫追擊者。她知自己必死無疑，就提出一個要求，臨死之前再見一次曾阿牛，那些人答應了她。殷離問張無忌：「那一天你跟我說，咱兩人都孤苦伶仃，無家可歸，你願意跟我作伴。你這句話確實是出於真心麼？」張無忌見她淒然欲泣的神情，心中大感不忍，一陣衝動之下，答應願意娶她爲妻，並「從今而後，我會盡力愛護你，照顧你，不論有少人來跟你爲難，不論有多麼厲害的人來欺侮你，我寧可自己性命不要，也要保護你周全。我要讓你平安喜樂，忘了從前的種種苦處。」——

……少女臉露甜笑，靠在他胸前，柔聲道：「從前我叫你跟著我去，你非但不肯，還打我、罵我、咬我……現在你跟我這般說，我真是歡喜。」

張無忌聽了這幾句話，心中登時涼了。原來這村女閉著眼睛聽自己的話，卻把他幻想作心目中的情郎。

那村女只覺得他身子一顫，睜開眼來，只向他瞧了一眼，她臉上神色頓時變了，顯得又是失望，又是氣憤，但隨即帶上幾分歉疚和柔情，她定了定神，說道：「阿牛哥哥，你願娶我為妻，似我這般醜陋的女子，你居然不加嫌棄，我很是感激。可是早在幾年之前，我的心早就屬於旁人了。那時候他尚且不睬我，這時見我如此，更加連眼角也不會掃我一眼。這個狠心短命的小鬼啊……」她雖罵那人為「狠心短命的小鬼」，可是罵聲之中，仍是充滿不勝眷戀低徊之情。……

那少女慢慢站起身來，對張無忌道：「阿牛哥哥，我快死了。就是不死我也決不能嫁你。但是我很喜歡你剛才跟我說過的話。你別惱我，有空的候，便想我一會兒。」這幾句話說得很溫柔，很甜蜜。張無忌忍不住心中一酸。（第十六回）

原來她是來找那種慰藉，而奇妙地把真正的張無忌當成了曾阿牛，作爲她心中的情人張無忌的「代用品」。她把張無忌的話閉著眼睛聽下去，明知道自己不可能嫁給這位「阿牛哥」，但又喜歡聽他的情話。

那時，她還不知道曾阿牛便是張無忌，便是她心目中無日或忘的「狠心短命的小鬼」。當然，張無忌此時也還不知道她這位「村女阿蛛」便是表妹殷離。

直到很久以後，張無忌才發現蛛兒就是殷離，而且她心目中的情郎就是自己（少年時），但他一直沒有機會說出。殷離便被周芷若害死了——大家都以爲她死了——張無忌便給她埋在樹枝、石塊中，並立下了一塊木條，上面寫著「愛妻蛛兒殷離之墓。張無忌謹立」。而殷離至死都還不知道阿牛哥便是張無忌，直到她從（**埋得不緊的樹枝**）墓中甦醒過來，看見了那塊墓碑……

在小說的最後一回中，殷離又找到了張無忌，並見到了趙敏、周芷若等人。情形又怎麼樣呢？——書中寫道：

殷離恨恨地道：「我從墓中爬了出來，見到這根木條，當時便糊塗了，怎麼，是那個狠心短命的小鬼張無忌？我百思不得其解，直到後來偷聽到你二人的說話，『無忌哥哥』長『無忌哥哥』短的，這才恍然大悟。原來張無忌便是曾阿牛，曾阿牛便是張無忌。你這沒良心的，騙得我好苦！」說著舉起木條，用力往張無忌頭上擊了下去。拍的一聲響。木條斷成數截，飛落四處。

趙敏怒道：「怎麼動不動便打人？」殷離哈哈一笑說道：「我打了他，怎麼樣？你心疼了是不是？」趙敏臉上一紅，道：「他是在讓你，你別不知好歹。」

殷離笑道：「我有什麼不知好歹？你放心，我才不會跟你爭醜八怪呢，我一心一意只歡喜一個人，那是蝴蝶谷中咬傷我手背的小張無忌。眼前這個醜八怪啊，他叫曾阿牛也好，叫張無忌也好，我一點也不喜歡。」她轉過頭來，柔聲道：「阿牛哥哥，你一直待我很好，我好生感激。可是我的心，早就許給那個狠心的、凶惡的小張無忌了。你不是他，不是他……」張無忌好生奇怪，道：「我明明是張無忌，怎地……怎地……」

殷離神色溫柔地瞧著他，呆呆地看了半晌，目光中神情變幻，終於搖搖頭，說道：「阿牛哥哥，你不懂的。在西域大漠之中，你與我同生共死，在那海外小島之上，你對我仁至義盡，你是個好人。不過我對你說過，我的心早就給了那個張無忌啦。我要尋他去。我若尋到了他，你說他還會打我、罵我、咬我嗎？」說著也不等張無忌回答，轉身緩緩走了開去。

張無忌陡地領會，原來她真正所愛的，乃是她心中所想像的張無忌，是她記憶中在蝴蝶谷所遇上的張無忌，那個打她咬她，倔強凶狠的張無忌，卻不是眼前這個真正的張無忌，不是這個長大了的，待人仁恕寬厚的張無忌。

他心中三分傷感、三分留戀，又有三分寬慰，望著她的背影消失在黑暗之中。他知道殷離這一生，永遠會記著蝴蝶谷中那個一身狠勁的少年，她是要去找尋他，她自然找不到，但也可以說，她早已尋到了，因為那個少年早就藏在她的心底。真正人、真正的事，往往不及心中所想的那麼好。（第四十回）

這就是「不識張郎是張郎」。——我們可以稱之爲「殷離現象」或「殷離情結」。因爲我們是從殷離的生活和愛情故事中首先發現的。

不可思議嗎？是的。但並非完全不可理解，殷離的故事中雖不無傳奇的情結（如死而復生等），但她的這種特殊的愛情心理狀態，這種情感現象，卻並不是不可理解的。她的故事可能是虛構的，但這種「殷離情結」卻是真實而深刻的。

殷離恐怕多少有些瘋瘋癲癲，有些精神毛病，不然也不至於將心裏的張無忌與客觀的張無忌分得如此截然清楚。然而，「愛情使人瘋狂」。真正的愛情心理，又有幾種是正常的、理智的，可以憑理智解說清楚的呢？在這一意義上，殷離情結或殷離現象不但是真實的，而且可以給我們以極多的啓示。——這絕不僅僅是一種純粹虛構的藝術奇觀，儘管它的藝術獨創性及其審美意義已經足夠使我們嘆服。——

首先，正如小說中所寫的那樣，「真正的人，真正的事，往往不及心中所想的那麼好」。這可以說是一種普遍規律。愛情心理特殊的激情狀態可以製造神祕的光環，自覺或不自覺地罩上愛的對象。在戀愛人的眼裏，愛的對象一切都是美好無瑕的。所謂「情人眼裏出西施」便正是如此，並非「她」真的有西施那麼美，而是「他覺得」她有西施那麼美。因而，這時的「美感」並非「對象的特徵」，而是「審美者的心理感覺」，是一種主觀的意象，一種幻覺。——大多數婚姻都是「因誤解而結合，因了解而分手」，即對神祕世界的主觀想像投注於蜜月熱戀之中，一旦發現「真的」沒有、或遠遠沒有「想像的」那麼美好，就會加倍地失望。由此情緒冷落，甚而反目成仇，彷彿自己是受了欺騙，——他或她是受了欺騙。但並不是受對方的欺騙，則是受自己（感覺）的欺騙。

人能愛上自己的影子，也能愛上自己的幻像。愛的對象，像一尊偶像一樣樹在自己的心中，已經最爲穩妥，而由於自己可以隨時隨地對此偶像加以修整和粉飾，自然更加完善和美妙。比真的人生要美妙得多。

其次，最美好的愛情往往是一種愛的期待。這正是「愛之幻」或「殷離情結」的第二個特徵。愈是得不到的，便愈想得到；愈是不可能實現的，就愈得美好而又寶貴。於是便產生了——對幻覺的——無限的期待和無盡的追求。這種期待追求甚至會慢慢地取代愛的對象，而成爲期待者，追求者的目標。因爲期待者的心靈可以創造無窮無盡的美妙的形象幻覺和情感溫馨。而追求這個活動本身又使她活得充實活得情緒飽滿。她已經得到了生活的賜予，因而是否能獲得愛的對象已經變得不那麼重要了。（那愛的對象就如她心中活著，再也不會失去，她可以隨時隨地與之交流，與之共嘗愛的芬芳和甘甜）

其三，愛是一種期待，同時也是一種回憶，也就是說，美妙的回憶比真實的（正在進行時的）愛情要美妙得多。出於同樣一種原因，那就是心理機能的幻覺，它可以不斷地加以補充修飾、誇張、放大、創造乃至完全的虛構。我們聽人述說自己的愛情故事，無論此人是不是小說家、是不是愛誇張、是不是喜歡虛構，他的故事中總是自覺或不自覺地、或多或少地帶有「小說」的性質（虛構、修飾、誇張、創造等等特徵）或成份在內。——從小說中我們看到，當年殷離所經歷的「蝴蝶谷之戀」的真實場景並不那麼美妙，完全稱不上是一場戀情，而是兩個小孩子打架，男孩子咬了女孩子一口，誰能料到會變成愛的記憶？——後來趙敏也學著樣兒咬了張無忌一口，其實這完全是可笑的，形似而神非的，因爲咬人或被咬並不構成愛的因素。——事情正是如此，張無忌不跟她去，張無忌是不可企及的。張無忌變成了她的偶像。從而在期待中，得不到的東西變成了至寶，而在回憶中，那個場景卻變成了記滿了愛的信息的活動。這種回憶，正是一種（幻覺中的）愛的創造活動，是一種幻化的過程。這自然是一個美妙無比的過程，生活中的「醜八怪曾阿牛」（當時張無忌衣衫不整、頭髮鬍鬚亂七八糟）如何能與回憶與想像中的精靈匹敵？

其四，殷離心理現象還表明了，了解得越少（只需要一粒可以萌生愛的幻覺的種子便成）便愛得越多（幻）、越熱。而對對象了解得越多，這種愛的幻覺便會縮小地盤，因而這種隨幻覺而來的熱情也就會隨之大大的減退。這也是我們前面的「因誤解而結合。因了解而分手」的真正原因。許多熱烈而衝動的愛是建立在一種「誤解」的基礎上，是因爲對愛的對象了解得很少（其他部分則由愛者主觀去補充），如霧裏看花，只看見一些模模糊糊的影子，當然會比清清楚楚的花要美得多了（比如那花上幾隻蟲子，幾片枯葉，我們就看不見）。殷離對張無忌了解多少呢？這恰恰是她愛的基礎。而她對「曾阿牛」了解得倒不少，有過很長時間的共處、的經歷，甚至一起同生共死，但這些了解反而激不起她的愛的熱情。只是在理智上，她覺得他是一個好人，可敬可親，如此而已，這就是她寧愛心中的張無忌，而不愛真正的張無忌（曾阿牛）的重要原因之一。若是沒了幻覺，「愛」就會大大的減色了。

其五，對殷離而言，還有一個重要的心理原因，那就是強烈的專一、忠貞及獨享、獨佔的觀念與希望。她對於愛的專一和忠貞是有特殊的概念的，她爲此殺了她父親的第二房太太（由此引起的變故，成了她內心的一條死結），其理由就是愛一個人就應該忠貞、專一，而不能娶了一個又一個。從而，一方面，她覺得自己已經「許」給了那個「狠心短命的小鬼」張無忌，從而不能再嫁給曾阿牛（眞張無忌）——在她的心目中，「小鬼」張無忌與「曾阿牛」是兩個人，兩個沒有多少共同之處的人（在某種意義上講，這也對，一個是幻像，一個是眞實，可不是兩個人麼）——另一方面，她自然也發現張無忌處於趙敏、周芷若等少女的包圍之中，即便張無忌願意娶她，她嫁了張無忌，即便張無忌只娶她一個人（但這怎麼可能呢），張無忌心中對其他的姑娘也是決難忘情的，而趙敏、周芷若焉有不來騷擾之理？所以，無論如何，她也不可能完整地得到張無忌的忠貞與專一，那麼又何必與趙敏她們「爭」呢？所以她說：「你放心，我才不會跟你爭這醜八怪呢，我一心一意只歡喜一個人，那是蝴蝶谷中咬傷我手背的小張無忌。」因爲這個「小張無忌」是完完全全屬於她的，屬於她一個人的（正如她也一心一意只屬於「他」一個人）。從而，這也就成了祕密中的祕密。

最後，我們在殷離的心理現象情結中，或許還能看到「愛」的另一種隱祕：即在「那個打她咬她、倔強凶狠的張無忌」與「這個長大了的、待人仁恕寬厚的張無忌」之間，不只有一個小與大的問題，也不只一個幻與真的問題，還有一個「惡」與「仁」的差別。殷離所愛，正是那個又打、又罵、又咬她，又不聽她話的沒良心的「狠心短命」的「惡」張無忌，而不是這個又關懷、又體貼、又仁恕、又寬厚忍讓「老大哥式的」張無忌。這恐怕又是愛的一種特有的心理幻覺，一種特有的非理性狀態的證明。除了殷離本人自小到大都在「魔教」的「惡人圈」中長大，因而對「惡」有一種自然的親近與信任之感外，一般地說，一個女性是否在愛情生活中更偏向於「惡」的那一面呢（自然，此惡並非眞惡，非但不是醜惡，而是惡得有趣，有個性，有刺激性……）？固然不排斥許多女性還是更喜歡「好人」，但她們（內心深處）更「愛」的恐怕並非如此吧？不是有句俗話說「男人不壞，女人不愛」麼？當然，這或許只是「殷離現象」的一個注腳，不一定是一種「規律」。

十一　愛之澀

愛是一種承諾嗎？

愛，需要一種承諾嗎？

我們追愛情，是追求承諾嗎？

也許是的，愛是一種承諾，愛也需要一種承諾，我們也常常是追求承諾。因爲愛情本身多少是有些不可捉摸的，它需要承諾來保護或自我監督，需要承諾來作一種明確的表白，也需要承諾來證實。——但這只是也許，只是有時。有時是這樣，有時並不是這樣。

愛需要承諾，但承諾的愛並不總是真正的發自內心的愛。——那種真正的發自內心的愛情，又何須做出承諾？

有時，這種承諾只會導致內心的苦澀。對於承諾者及對象而言，都是如此。這是一種無法言表、甚至是難以自覺的苦澀，是一種無形無影，不被人知的情愛悲劇。

《碧血劍》中，金蛇郎君夏雪宜對五毒教中的少女何紅藥作出過愛的承諾，何紅藥爲他獻出了青春的肉體和真情，爲他犯了教規而受到了極嚴酷的懲罰。但夏雪宜卻早已將這種承諾忘得一乾二淨。他的承諾原本就是權宜之計，並非出自真心真情，他可以隨時承諾，也可以隨時地毀諾。癡心的何紅藥，被愛的幻想所迷惑，被花言巧語的承諾毀掉了自己的一生。她的青春、美貌、愛情乃至正常的人生都從此失去。這無疑是一幕人間悲劇，是始亂終棄的典型例子，也是輕於言諾、輕信於承諾的悲劇。

何紅藥的悲劇是顯然易見的，無需我們多說。我們要說的，是一種更爲複雜的、幾乎看不見的悲劇，那是一種無名的內心苦澀。

《碧血劍》中敘述了袁承志與夏青青的愛情故事，看起來，這是一段美滿的姻緣。儘管夏青青的嫉妒和任性導致了一些小小的波折，但她與袁承志的愛情，顯然會獲得幸福的結局。

然而，這種幸福的結局，是以袁承志內心的苦澀爲代價的。

袁承志之於夏青青，可能是愛的對象，但夏青青對於袁承志而言，則只是一種承諾的對象，這是一種不平衡的關係。如果我們不注意甚至無法看出這一點。

夏青青是袁承志成年之後，藝成下山時碰見的第一個姑娘。有趣的是，那時候夏青青女扮男裝，而且名叫溫青，涉世未深的袁承志竟然稀里糊塗地與她結拜爲兄弟，承諾要「有福共享，有難同當」。然而，值得注意的是，不僅袁承志不知夏青青是一個少女，而且結拜之事也是被逼無奈、勉強答應的。書中寫道：

溫青低下了頭，忽然臉上一紅，悄聲道：「我沒親哥，咱們結拜為兄弟，好不好？」

袁承志自幼便遭身世大變，自然而然的諸事謹細，對溫青的身世實在毫不知情，雖見他對自己推心置腹，但提到結拜，那是終身禍福與共的大事，不由得遲疑。

溫青見他沉吟不答，驀地裏站起身來，奔出亭子。袁承志吃了一驚，連忙隨後追去，只見他向山頂直奔，心想這人性情激烈，別因自己不肯答應，羞辱了他，做出什麼事來，忙展輕功，幾個起落，已搶在他面前，叫道：「溫兄弟，你生我的氣麼？」

溫青聽他口稱「兄弟」，心中大喜，登時住足，坐倒在地，說道：「你瞧我不起，怎麼又叫人家兄弟？」袁承志道：「我幾時瞧你不起？來來來，咱們就在這裏結拜。」

（第五回）

明顯地，袁承志是不大願意與夏青青結拜兄弟的，不明他的身世云云，只是一個方面而另一方面，則恐怕還是覺得溫青這個人的脾氣不可捉摸，心裏有點怕他又氣他。袁承志與她相遇之初，便產生過多次不快。「暗想你既已得勝，何必如此心狠手辣」；「心想這人實在不通情理」；「只覺這美少年有禮時溫若處子，凶惡時狠如狼虎」……這些都表明袁承志不大習慣、也不大喜歡溫青的性格。與這樣一個人結拜兄弟，生死與共，當然是要大費躊躇的。然而，袁承志畢竟是一個心腸很軟，爲他人著想，寧可克制自己的人。這才勉強自己與他（她）結拜了兄弟。

袁承志對夏青青的第二次承諾，是在夏青青的母親溫儀垂危之際。

袁承志見此情景，不禁垂淚。溫儀忽然又睜開眼來，說道：「袁相公，我求你兩件事，你一定得答應。」袁承志道：「伯母請說，只要做得到的，無不應命。」溫儀道：「第一件，你把我葬在他的身邊。第二件……第二件……」袁承志道：「第二件是什麼，伯母請說。」溫儀道：「我……世上親人，只有……只有這個女兒，你……你們……你們……」手指著青青，忽然一口氣接不上來，雙眼一閉，垂頭不動，已停了呼吸。……（第七回）

這又是一次別無選擇的承諾，在那樣一種情形之下，袁承志這種人自然是「無不應命」的。更妙的是，夏青青的母親只說了：「你們……你們……」就咽氣了。「你們」什麼？是結爲兄妹？是結爲夫妻？是患難與共？是相親相愛？……不知道。也不可能有人知道。

袁承志的這兩次承諾，顯然都不是愛的承諾。第一次遲鈍的結拜，那只是兄弟間的禍福同當；第二次無可選擇的應諾，那也只是要照顧夏青青這樣一個遺孤而已。相信他那時從未想到過「愛」字。

然而這一切對夏青青而言，就有了完全不同的意義，有完全不同的解釋。第一次結拜，她以女兒之心與「哥哥」盟誓；第二次母親垂危之際，則將自己托付給「他」了。在夏青青而言，這些無疑都是愛的承諾。因而，從此之後，她就有權力要求袁承志為此愛的承諾付出應有的代價。

因而，在溫儀死後不久，袁承志帶著夏青青一道，同他的大師兄黃真及崔希敏、安小慧等人告別之後，發生了令袁承志感到莫名其妙的一幕：

青青哼了一聲，道：「幹麼不追上去再揮手？」袁承志一怔，不知她這話是什麼意思。青青怒道：「這般戀戀不捨，又怎不跟她一起去？」袁承志才明白原來生的是這個氣，說道：「我小時候遇到危難，承她媽媽相救，我們從小就在一塊兒玩的。」

青青更加氣了，拿了一塊石頭，在石階上亂砸，只打得火星直迸，冷冷的道：「那就叫做青梅竹馬了。」又道：「你要破五行陣，幹麼不用旁的兵刃，定要用她頭上的玉簪？難道我就沒簪嗎？」說著拔下自己頭上玉簪，折成兩段，摔在地下，踹了幾腳。

袁承志覺她在無理取鬧，只好不作聲。青青怒道：「你和她這麼有說有笑的，見了我就悶悶不樂。」袁承志道：「我幾時悶悶不樂了？」青青道：「人家的媽媽好，在你小時候救你疼你，我可是個沒媽媽的人。」說到母親又垂下淚來。

袁承志急道：「你別盡發脾氣啦，咱好好商量一下，以後怎樣？」青青聽到「以後怎樣」四字，蒼白的臉上微微一紅，道：「商量什麼？你去追你那小慧妹妹去，我這苦命人，在天涯海角飄泊罷了。」袁承志心中盤算，如何安置這位大姑娘，確是一件難事。」（

第八回）

這一幕令袁承志莫名其妙，覺得夏青青簡直是無理取鬧。他之所以想不通怎麼會這樣，一方面固然是他對「女兒心」的不了解，對夏青青的妒性不了解——今後夏青青的醋性時常大發，袁承志可有得領教的啦！——另一方面，更主要的是，他沒想到「愛」上面去。他對安小慧、夏青青都很關心，但都遠遠談不上愛。他甚至也完全不知道夏青青如此「潑醋」及是因爲愛上了他的緣故，這才如此患得患失、斤斤計較、喜怒無常。

一個有心，一個無意，陰差陽錯，這才有這一幕使人哭笑不得的場景。袁承志說的「以後怎樣」，只不過就事論事，考慮「如何安置這位大姑娘」如此而已；而夏青青聽到「以後怎樣」，則自然而然地想到終身大事、戀愛婚姻這方面去了。

袁承志越是「難解女兒心」，夏青青自然便越是要發無名火（她不以為他是真的不知道，還道他是裝瘋賣傻或無情無義）；而夏青青越「無理取鬧」，袁承志便越是莫名其妙！……這種陰差陽錯的情形，持續了很久。且這種情形，彷彿就像是某種命運的寓言圖式。反覆地出現在袁承志與夏青青的生活之中。

直到走了很長的路之後，袁承志這才聽明白了「原來她是愛著我」，於是一驚又一喜，生平第一次領略少女的溫柔，心頭一股說不出的滋味，又是甜蜜，又是羞愧。可是袁承志仍無表示，以至於青青忍不住想道：「我說了喜歡他，他卻又怎地不跟我說？」

袁承志一直都沒有說，這不僅是因爲不好意思，而是因爲在潛意識中有許多說不清道不明的因素，使他本能地謹愼不言。夏青青一步一步地緊逼，又是撒潑，又是撒嬌，袁承志哪裏經得住這種陣式？最終還是說了——做出了他的第三次承諾，也是他的最關鍵性的承諾。——那是在袁承志夜訪安大娘並救了安大娘之後，青青一如既往地生氣潑醋，搞得袁承志既莫名其妙，又無可奈何：

隔了良久，青青道：「你那小慧妹子呢？」袁承志道：「那天分手後還沒見過，不知道她在哪裏？」青青道：「你跟她媽說了一夜話，捨不得分開，定是不住地講她了。」袁承志恍然大悟，原來她生氣為的是這個，於是誠誠懇懇的道：「青弟，我對你的心，難道你還不明白嗎？」青青雙頰暈紅，轉過頭去。

袁承志又道「我以後永遠不會離開你的，你放心好啦！」……（第十三回）

袁承志終於說啦。夏青青要的就是這個。袁承志此時也以爲自己對青青負有責任，青青是他的拜弟，又是他唯一的紅顏知己，他對安小慧、宛兒這幾位姑娘都不相愛，那麼，與夏青青的盟誓和表白，就是一件自然而然的事情了。至於其中有多少是出於愛情，多少是因爲要安慰夏青青焦灼的心，報答她的一腔真情，這就誰也弄不清楚了。

初戀時，誰能懂得愛情？

更何況像袁承志從小在男人堆裏長大、又在華山絕頂之上學藝十年的人。眼見得夏青青一片癡情，如若沒有報答，似乎已是天理不容。而自己原本就答應與她禍福與共，又答應她母親臨終囑托，要照顧她一輩子。……

直到阿九的出現，直到他無意闖進皇宮，發現阿九不僅是崇禎的女兒太平公主，而且還對他暗暗傾心，將自己的畫像擺在床頭……從此他的心中就多了一個祕密，也多了一份苦澀。這是一種無名的苦澀。他只能用「青弟對你如此情意，怎可別有邪念？」這樣的話來進行自我暗示，自我監督和自我克制。因爲阿九是仇人的女兒，自己又怎能與她……？

可是，他還是不知不覺地爲了阿九而救了他的殺父仇人崇禎，幫助平息了一場宮廷叛亂。表面上是爲了國家的安危、民族的大義，內心深處則多少是因爲阿九才這樣做的。只是他還不明白，也不願明白罷了。

可是，夏青青卻憑著本能的敏感，發現了這一點。——她的妒忌固然是毫無理性、不可理喻的，但不能不承認，她的妒忌也往往是一種自然情感探測器，她能憑著自己的女性本能發現，許多連當事人都還不太明白的情感真相。——於是，就有了最後這樣一幕：

袁承志見大事已了，懸念義兄，便欲要下山。對青青道：「青弟，你在這裏休養，我救出義兄後即來瞧你。」青青不答，只是瞧著阿九，心中氣憤，眼圈一紅，流下淚來。

阿九突然走到她眼前，黯然說道：「青青弟弟，你不要再恨我了吧？」伸手拉下皮帽，露出一個光頭。原來她父喪國亡。又從何惕守口中得知了袁承志對青青的一片情意，心灰意懶，在半路上悄悄自行削髮，出家為尼。眾人見她如此，都大感意外，青青更是心中慚愧。袁承志心神大亂，不知如何是好，待要說幾句話相慰，卻又有什麼話好說？……

……袁承志走到阿九面前，說道：「阿九妹子……你……你一切保重。」阿九垂下頭不語，過了良久，輕輕的道：「我是出家人，法名叫做『九難』。」過了一會，又輕輕的道：「你也一切保重。」（第二十回）

這是一幕苦澀的悲劇，無可挽回。袁承志心裏更加不是滋味。他之所以要「心神大亂，不知如何是好」，絕不僅僅是因爲阿九出家，而且也意味著他對阿九之情「不知如何是好」的惆悵與苦澀。

夏青青之所以受傷，乃是因爲袁承志在李自成攻破北京，打進皇宮之際，袁承志並沒有殺崇禎，只是從崇禎的劍下救出了被砍斷一隻手臂的阿九。他之所以要救阿九，完全是一種下意識的行爲，他是一個俠，自是不忍傷害無辜而不救；他是一個男人，也不能不救一個受難的少女……。可是青青從他的神情看出了——憑著她本能感覺到了——袁承志對阿九的那番深摰的情意，是關懷、是愛憫，更是一種不自禁的深情。所以夏青青這才再次絕望地出走，以至於碰到了瘋狂的溫氏五老和何紅藥，這才幾歷生死，身受重傷。袁承志爲之氣苦不堪，卻又無可奈何。

袁承志能幹什麼呢？他甚至不明白自己是刻骨銘心地愛上這位阿九、這位仇人的女兒。可是也卻不敢承認，也不能承認。阿九不僅是仇人的女兒，而他則又對青青早有過愛的承諾。

袁承志滿心苦澀，確實不知如何是好，只有徒然的心神大亂。可是，我們從他無意識的言行之中，還是能發現他內心的隱祕。他稱呼夏青青：是「青弟」，而叫阿九則是「阿九妹子」！——應該叫「妹」的他叫「弟」，而應該叫「姑娘」或「公主」的他叫「妹子」，孰為義，孰為愛，在此不知不覺間充分地流露了出。——不錯，他對夏青青一直以「青弟」稱呼之。這固然是他開始與女扮男裝的夏青青結拜兄弟，從而難以改口之故；但同時也不無把夏青青一直當成是同胞兄弟（妹）的因素。而這一弟字，道出了他的義，他的情，只不過是手足之情，卻未必是情人之愛。對阿九卻不是如此，阿九是他的真正的無可懷疑的「妹子」，是他內心深處的戀人。那是一種刻骨銘心的戀愛。正因如此，他才對崇禎有如此之多「反常」的舉動。連他自己也不真正的明白那是為什麼。

可是，一切都無可挽回，一切都無可奈何。袁承志不可能違背他對夏青青愛的承諾，儘管這不是男女情愛的愛的承諾，但袁承志也只能一諾千金，只有將他對阿九妹子的愛永遠地埋在心底。只有獨自品味他的內心的苦澀，承受著自己諾言帶來無名的悲傷和惆悵。

小說至此就結束了，小說中始終沒有言明袁承志對夏青青與阿九之間的選擇和衝突，更沒有言明袁承志在此後的人生中，如何面對那一份無望的悲傷和得到的一份愛的苦澀。小說將所有的這一切都寫進了它的字裏行間，沒有明言，但（只要認眞品味）卻處處都能感受到……

人世間有多少這種兩難的悲劇？——如果袁承志拋棄夏青青而與阿九結合，那將受到道德的抨擊和良心的譴責。而像現在這樣，袁承志將自己對阿九的這一份甚至還沒有真正萌芽的愛扼殺、埋葬在心底，他的苦澀和悲哀又有誰知？他的道德與良心是平衡了，可他的愛情卻悄然失落。——也許袁承志與夏青青的結合，在世人的眼中會被看作是圓滿美妙的天合之作（如果夏青青少一點嫉妒，使袁承志少一點難堪的話），然而卻不知道在這天合之作的幸福姻緣之中包含了多麼深廣的苦澀和悲哀。甚至連夏青青也早已直覺到了這一點。她的不斷的潑醋，固然是她小心眼兒的個性所決定的，同時也有她對與袁承志之結合的本能的憂慮和疑惑。人們看起來很圓滿的姻緣，實質上未必像它的表面上那麼美妙和幸福。

在《笑傲江湖》一書中，主人翁令狐沖與任盈盈的姻緣，同袁承志、夏青青的姻緣有著異曲同工之處。

與袁承志的遭遇不一樣的是，令狐沖明白自己愛著的是自己的小師妹岳靈珊，而對任盈盈卻沒有這樣刻骨銘心的愛。

可是，岳靈珊並不愛令狐沖，而是愛上了林平之。並且最終被林平之所殺，臨死之時，她竟還要令狐沖照顧林平之一生一世。

任盈盈也知道令狐沖的情感始末，她對令狐沖傾心相愛，令狐沖感激不已，一時不知如何報答。但任盈盈似乎全不在意，憑著女性的本能和機智，她知道令狐沖最終還是會投向自己的懷抱。這多少有些一廂情願，但事實的發展卻又果真並沒有出乎她之所料。

與青青不同，任盈盈非但沒有表現出絲毫的嫉妒，相反卻表現出了十分的大度——這可以說是一種勝券在握的大度。——她知道令狐沖是一個心腸很軟、情感很脆，而又一諾千金的人。她知道令狐沖對岳靈珊的愛很深很深，但那是一份無望的愛；令狐沖對她的愛很淺很淺，但卻是一種現實可行的情愛關係。

因而，任盈盈便處處因勢利導：

過了好一會，盈盈道：「你在掛念小師妹？」令狐沖道：「是。許多情由令人好生難以明白。」盈盈道：「你擔心她受丈夫欺侮？」令狐沖嘆了口氣，道：「他夫妻倆的事，旁人又怎管得了？」盈盈道：「你怕青城弟子趕去向他們生事？」令狐沖道：「青城弟子痛於師仇，又見到他夫婦已經受傷，起意圖加害那也是情理之常。」盈盈道：「你怎地不設法前去相救？」令狐沖又嘆了口氣，道：「聽林師弟的語氣，對我頗有疑忌之心。我雖好意援手，更怕傷了他夫妻間的和氣。」

盈盈道：「這是其一，你心中另有顧慮，生怕令我不快，是不是？」令狐沖點了點頭，伸出手去握住她左手，只覺得她手掌甚涼。柔聲道：「盈盈，在這世上，我只有你一人，倘若你我之間也生了什麼嫌隙，那做人還有什麼意味」……（第三十五回）

這一段表面上似乎看不出什麼。但盈盈關於「你心中另有顧慮，生怕令我不快，是不是？

」的話題，卻是十分的巧妙。這既是一種試探，又像是一種暗示；既像是對令狐沖知之甚深，又像是對令狐沖逼迫表態……於是，令狐沖真的就有了那一番表白。這一番表白，也是一種承諾，從此令狐沖——不管他對任盈盈的情意如何——與任盈盈的關係算是深了一層。

進而，在追趕林平之、岳靈珊的路上，又有以下一段：

盈盈道：「你在想什麼？」令狐沖將適才心中所想說出來。盈盈反轉左手，握住了他右手，說道：「沖哥，我真是快活」。令狐沖道：「我也是一樣。」盈盈道：「你率領群豪攻打少林寺，我雖然感激，可也沒此刻歡喜。倘若我是你的好朋友，陷身少林寺中，你為了江湖上的義氣，也會奮不顧身前來救我。可是這時候你只想到我，沒想到你小師妹……」

她提到「你小師妹」四字，令狐沖全身一震，脫口而出：「啊喲！咱們快些趕去！」

盈盈輕輕的道：「直到此刻我才相信，在你心中，你終於是念著我多些，念著你小師妹少些。」……（第三十五回）

恐怕盈盈的「結論」下得過早了些，也過於一廂情願了些。以上一段，我們能看出，盈盈始終處於「主動」地位，不斷地挑起話題，而令狐沖始終處於「應對」的地位上，這種情形幾乎貫穿了他倆關係的始終。而盈盈的「你終於是念著我多些，念著你小師妹少些」結論，決不是一種客觀評價，而是一種主觀感受，同時，她說話的意思，也不一定在於陳述一種「事實」，而是一種新的暗示。對令狐沖的一番新的「火力偵察」——前一回是「你心裏顧慮我」，這一回升了一級，要求「你念著我多些」——這一回令狐沖沒有回答。

盈盈也不急於要他的回答。她胸有成竹。

然而，任憑盈盈如何胸有成竹，又如何一廂情願，令狐沖對岳靈珊的愛及其銘心刻骨的程度，是任何人也無法代替，甚至也無法比擬的。——他決不是「念著小師妹少些」——

忽然之間，岳靈珊輕唱起歌來。……她歌聲越來越低，漸漸鬆開了抓著令狐沖的手，終於掌一張，慢慢閉上了眼睛。歌聲止歇，也停止了呼吸。

令狐沖心中一沉，似乎整個世界忽然間都死了。想要放聲大哭，卻又哭不出來。他伸出雙手，將岳靈珊的身子抱了起來，輕輕叫道：「小師妹，小師妹，你別怕，我抱你到媽媽那裏，沒有人再欺侮你了。」

盈盈見他背上殷紅一片，顯是傷口破裂，鮮血不住滲出，衣衫上的血跡越來越大，但當此情景，又不知如何勸他才好。

令狐沖抱著岳靈珊的屍身，昏昏沉沉地邁出了十餘步，口中只說：「小師妹，你別怕，別怕！我抱你去見師娘。」突然間雙膝一軟，撲地摔倒，就此人事不知了。……（第三十六回）

岳靈珊死了，使令狐沖「整個世界都已死了」。這種深情，正是他人無法比擬的。令狐沖傷逝而後，已是曾經滄海難爲水，除卻巫山不是雲。對盈盈的那一番真情意，他也想回報，更是感激，但他已是無法再像愛岳靈珊那樣地去愛她了。他對任盈盈的愛更多的是一種回報，是一種承諾，岳靈珊還活在他的心底，使他對盈盈的愛與甜蜜，總帶有莫名的苦澀。

小說的最後，令狐沖與任盈盈也求婚了，也結婚了，也「琴諧」了。但這「傷逝」之情又如何能了？——小說的最後一幕是：

> 盈盈……說著伸手過去，扣住令狐沖的手腕，嘆道：「想不到我任盈盈，竟也終身和一隻大馬猴在一起，再也分不開了。」說著嫣然一笑，嬌柔無限。（第四十回）

這一段看起來十分的美妙圓滿，但其間卻總是透出了一些苦澀的意味，實在是哭笑不得——這位可愛的盈盈小姐，總喜歡將自己的心思強加於人，明明是她「伸手過去，扣住令狐沖的手腕」卻偏偏要說：「想不到我任盈盈竟也終身和一隻大馬猴在一起，再也分不開了。」當然她這是心滿意足的玩笑。令狐沖扣由她扣，說由她說——真正的被拴住、扣住，從此無法自由的是令狐沖呵！他內心的感受，是幸福還是感傷，實在也說不明白。他只有無言。這也可以說是承認，也可以說是反抗，更可以說是一種無可名狀的茫然。

他的沉默是苦澀的。他的無言，意味深長。他實踐了自己的諾言，但心靈的深處，只怕是永恆的傷逝。……

十二　愛與價值

愛情無價。所以它常常與價值觀念的世界無緣，——不僅是衝突，而是沒有什麼關係。——這是人們永遠也弄不清「愛是什麼」的一個根本的原因。

愛什麼都是，又什麼都不是。它是無可理喻的。至少是不能用價值世界中的慣常眼光來衡量。

「郎才女貌」，一直被認爲是一個合適的愛情公式，天造地設，佳偶無疑，既表明了男女之差異，又表明了男女的和諧，以及這種「和諧的祕密」。「郎才」意味著智慧，也意味著取得成功，進而取得與個人的社會地位相稱的權力與財富，因而意味著權力、榮耀、金錢、地位、華屋……以及一切「生活基礎」。而女貌則不用說包括端莊賢淑、衣著華麗、活潑天真、小鳥依人（**或改為當代的審美觀……**）等等，總之是使女性美具有最大限度的吸引力。讓男人們——帶著他的（**背後的**）一切來求愛，來飛蛾撲火。

這與其說是中國人的愛情觀。不如說是中國人的婚姻觀。——須知「郎才」與「女貌」的相配，在一定的程度上，是一種心照不宣的價值交換的形式。這種被認爲是「佳偶」的普遍公式的價值形式，在愛情世界中——在自在的和自由的愛情世界中，卻不一定能成立。因爲愛情是情不自禁的，又是難以理喻的。

且讓我們來看一個例子，小說《俠客行》中的例子。梅芳姑愛石清，而石清卻娶了閔柔，且一心一意地愛著閔柔。石清爲什麼不愛梅芳姑呢？不知道。愛和不愛似乎都是沒有理由或無法解釋的，小說的最後，有如下一段發人深省的對話：

梅芳姑……轉頭向石清道：「石清，我早知你心中便只閔柔一人，當年我自毀容貌，便是如此。」

石清喃喃地道：「你自毀容貌，卻又何苦？」

梅芳姑道：「當年我的容貌，和閔柔到底誰美？」

石清伸手握住了妻子的手掌，躊躇半晌，道：「二十年前，你是武林中出名的美女，內子容貌雖然不惡，卻不及你。」

梅芳姑微微一笑，哼了一聲。

丁不四卻道：「是啊，石清你這小子太也不識好歹了，明知我的芳姑相貌美麗，無人能比，何以你又不愛她？」

石清不答，只是緊握住妻子的手掌，似乎生怕她心中著惱，又再離去。

梅芳姑又問道：「當年我的武功和閔柔相比，是誰高強？」

石清道：「你梅家拳家傳的武學，又兼學了許多稀奇古怪的武功　」丁不四插口道：「什麼稀奇古怪？那是你丁四爺爺的得意功夫，你自己不識，便少見多怪，見到駱駝説是馬背腫！」

石清道：「不錯，你武功兼修丁梅二家之所長，當時內子未得上清觀劍學的真諦，自是遜你一籌。」

梅芳姑又問：「然則文學一途，又是誰強呢？」石清道：「你會做詩填詞，咱夫婦識字也是有限。如何比得上你！」

石破天心下暗暗奇怪：「原來媽媽文才武功什麼都強，怎麼一點也不教我？」

梅芳姑冷笑道：「想來針線之巧，烹飪之精，我是不及這位閔家妹子了。」

石清仍是搖頭，道：「內子一不會補衣，二不會裁衫，連炒雞蛋也炒不好，如何及得上你千伶百俐的手段？」

梅芳姑厲聲道：「那麼為什麼你一見我面，始終冷冰冰的沒半分好顏色，和你閔師妹在一起，卻是有説有笑？為什麼……為什麼……」説到這裏，聲音發顫，甚是激動，臉上卻仍是木然，肌肉都不稍動。

石清緩緩道：「梅姑娘，我不知道。你樣樣比我閔師妹強，不但比她強，比我也強。我和你一起，自慚形穢，配不上你。」

梅芳姑出神半晌，大叫一聲，奔入草房之中。

……忽聽得丁不四大叫：「芳姑，你怎麼尋了短見？我去和這姓石的拚命！」石清等都是大吃一驚。（第二十一回）

上面的例子是一個很典型的例子。梅芳姑樣樣都強，應該是「可愛」的（有價值的），然而卻始終沒有得到她的心上人的青睞。她的心上人卻一心一意愛上了一位什麼也不如她的閔柔。——爲什麼？

「你不但比她強，比我也強。我和你在一起，自慚形穢，配不上你。」這是一種答案。這使我們想到了陳家洛對霍青桐的情感態度，以及有關男人內心怯弱而外表又要強的話題。正如陳家洛會愛上把他當成天下第一英雄好漢單純的喀絲麗，石清也本能地選擇了樣樣不如梅芳姑的閔柔。只有與閔柔在一起，石清才不會自慚形穢，不會心理失去平衡，失去「男子漢大丈夫」的心理支柱。這是一個老話題了，我們在前文中已經涉及過。

看來「女子無才便是德」是男人對女人的要求，也是男人的一種消極防禦措施。女子倘若有才了就會使男人們自慚形穢，從而敬而遠之。這又暴露了男人的卑怯和自私。

當然，除此以外，應該還有其它的原因。石清說「配不上你」固然也有一部分是真實的，但也不排斥有一部分是出於委婉，出於對對方的同情和安慰——就像我們在日常生活中一樣——怕過份地傷害對方的愛心同時傷害她的自尊心。而且，當石清能夠當著眾人，尤其是自己的妻子及愛過自己的女人的面說出「自慚形穢，配不上你」這樣的話時，至少表明說這話時他已正視了自己的卑怯，並在一定的程度上戰勝了這種卑怯。否則，真正的卑怯是說也不敢說的。——石清的另一部分回答也是真實的，值得注意的，那就是「梅姑娘，我不知道。」

上引的那段對話，幾乎徹底傾覆了正常的價值世界，更好的、更「可愛」（當然「好的」或強的並不一定是「可愛」的，所以我們加上了引號）的得不到愛，而樣樣不如前者的卻獲得了終生的幸福和真摯的愛情。……——這有何道理？沒有道理。所以石清說「我不知道」。

他這樣說是真誠的。他真的不知道。正如我們誰也不知道，誰也無法解釋，誰也說不清楚，石清為什麼不愛梅芳姑？我們只能探知或猜測其中的一部分原因，那就是男人的卑怯與自慚形穢，但肯定還有更深刻的原因，那是什麼呢？

「我不知道」。我知道了，相愛是不可理喻的。說得出來的優點，那不是愛的原因。正如我們真正的愛著什麼人，反倒不一定能說出我愛你些什麼什麼。

「女貌」既然不一定是得到愛的資本，那麼「郎才」又如何？

同樣，郎才也未必是愛的資本，不一定是愛的吸引力或可愛的優點、條件。

我們很容易想到《飛狐外傳》中的「打遍天下無敵手」的苗人鳳。這無疑是一位頂天立地的漢子，他的武學才華與功力無疑是超群的，且他號為「金面佛」，可見他的為人品格也是值得敬仰和愛戴的。

然而，他的妻子南蘭卻並不愛他，而最終拋棄了女兒、也拋棄了他。

南蘭跟著田歸農走了。——田歸農是個什麼東西？——田歸農不是個東西。

苗人鳳是一位出身貧家的江湖豪俠，妻子卻是官家的千金小姐。這種階級之間的差異，造成了他們之間的婚姻基礎的裂痕。這一裂痕在一起熱戀時或許不會發現，但在日常的生活中卻會慢慢地顯現出來。在這裏不承認階級差異和矛盾是愚蠢的。魯迅先生說：「賈府上的焦大也不愛林妹妹」是多重意味的。

苗人鳳沉默寡言，整天板著個臉，妻子卻需要溫柔體貼，低聲下氣的安慰。她要男人風雅斯文，懂得女人的小性兒，要男人會說笑、會調情——這些需求固然含有官家千金的修養和理想氣質，同時也含有一般女性的本能。——而苗人鳳空具一身打遍天下無敵手的武功，妻子所要的一切卻全沒有。如果南小姐會武功，或許會佩服丈夫的本事，會懂得他爲什麼是當世一位頂天立地的奇男子。但她壓根兒瞧不起武功，甚至從心理厭憎武功。因爲，她父親是給武人害的，起因是在於一把刀；又因爲，她嫁了一個不理會自己心事的男人，起因是在於這個男人用武功救了自己。……

她一生中曾有一段短短的時光，對武功感到了一點興趣，那是丈夫的一個朋友來作客的時候。那就是這個英俊瀟灑的田歸農。他沒一句話不在討人喜歡，沒有一個眼色不是軟綿綿的教人想起了就會心跳。但奇怪得很丈夫對這位田相公卻不大瞧得起，對他愛理不理的，於是招待客人的事兒就落到她身上。相見的第一個晚上，她睡在床上，睜大了眼睛望著黑暗的窗外，忍不住暗暗傷心：為什麼當日救她的不是這位風流俊俏的田相公，偏生是這個木頭一般睡在身旁的丈夫？

……終於有一天，她對他說：「你跟我丈夫的名字該當調一下才配。他最好是歸農種田，你才真正是人中的鳳凰。」也不知是他早在存心，還是因為受到了這句話的諷諭，終於在一個熱情的夜晚，賓客侮辱了主人，妻子侮辱了丈夫，母親侮辱了女兒。

那時苗人鳳在月下練劍，他的女兒苗若蘭甜甜地睡著……

南蘭頭上的金鳳珠釵跌到了床前地上，田歸農給她拾了起來，溫柔地給她插在頭上，鳳釵的頭輕柔地微微顫動

於是下了決心。丈夫、女兒、家園、名聲……一切全別了，她要溫柔的愛，要熱情。於是她跟著這位俊俏的相公從家裏逃了出來。於是丈夫抱著女兒從大風雨中追趕了來，女兒在哭，在求，在叫「媽媽」。但她已經下了決心，只要和歸農在一起，只過短短的幾天也是好的，只要和歸農在一起，給丈夫殺了也罷，剮了也罷。她很愛女兒，然而這是苗人鳳的女兒，不是田歸農和她生的女兒。

她聽到女兒的哭求，但在眼角中，她看到了田歸農動人心魄的微笑，因此她不回過頭來。（第二章）

在一定的程度上，南蘭有些像托爾斯泰筆下的安娜・卡列尼娜，她是中國的安娜・卡列尼

娜。從她的故事中，我們更清楚地看到愛情的不可理喻的一面，同時也能更清楚地看到愛情的非價值的本質。——如果愛情有其本質的話——愛情的獨特性及與個性的聯繫就此充分地顯示了出來。如若南蘭是一位江湖女俠，也許她對苗人鳳的武功人品會有更多的了解和愛慕，同時，他們生活在同一價值世界之中，苗人鳳的可愛程度也許會大大的升值。正像我們讀者對苗人鳳的武力、人品、風采、氣度的敬佩與愛慕一樣。

然而，生活是不能「假如」的。偏偏苗人鳳救了南蘭，南蘭也嫁給了苗人鳳。從而，上面的那一幕幾乎就是必然的產物。

一般地說，女人渴慕男人事業的成功，但許多女性並非醉心於男人的事業本身，而是嚮往男人的事業成功之後所能帶來的一切（諸如榮譽、地位、金錢、權力等等）。這與男人對待事業的態度形成了一對尖銳的矛盾。因爲男人必須專心致志地對待事業本身，而這種專心致志的熱情，不僅會導致對事業成功之後的附產品的冷漠，同時，幾乎是必然地要對自己的情人或妻子「失約」，因爲他必須花更多的時間在自己的事業之中（非如此就不能成功，非如此就不是眞正的熱愛者），從而在自己的精力、時間及「愛心」的分配上，就會產生尖銳的矛盾。女性不僅需要男人的事業，更需要男人的愛。如果男人的事業成了愛的障礙，女人必然會「恨」上男人的事業。正如南蘭對苗人鳳及其武功那樣，苗人鳳的寡言少語，固然是性格使然，但也有他的事業因素在內。那天晚上，田歸農與南蘭熱情地結合在一起時，苗人鳳還在月下練劍，這就微妙地暗示了苗人鳳的寡言少語以及沒有更多的時間和熱情來對待南蘭的一部分原因。

有意思的是，南蘭在與田歸農私奔之後，田歸農風流灑脫，輕憐蜜愛，追趣調情越來越少，也越來越缺乏生機和活潑。——這幾乎是一種圖式：一旦熱戀的激情消失，雙方（或一方）的熱情冷卻，兩人之間的關係就會露出本來的面目，就會感到尷尬與失意。——除此一般的原因之外，田歸農提心吊膽，深怕苗人鳳的報復，當然也會影響他的風度。進而，他也要抓緊練功，不但要應付江湖風雨、要應付苗人鳳，所以非要練好武功不可。爲此，南蘭便加倍又加倍地落入了異常尷尬的境地，因爲她是「爲了愛」才與田歸農私奔的，正是「不喜武功」才離開苗人鳳，怎知田歸農也是要整天練功，還要整天提心吊膽。而說到武功，田歸農又怎能和苗人鳳相比？

在《飛狐外傳》、《雪山飛狐》兩部書中，作者都給南蘭安排了一個後悔，但悔之晚矣的不幸結局。這一結局不僅是合情合理，而且也是作者對這一人物及其追求的一種總結，也即包含了作者的道德判斷及其審美態度。

但是，南蘭後悔了，肯定還有新的女性像她這樣做。甚而，南蘭到後來是悔悟了，但若是再讓她重新生活一遍，她又能怎麼樣？——多半，她還會這樣，還只能這樣：「只要和田歸農在一起，只過短短的幾天也是好的，只要和田歸農在一起，給丈夫殺了也罷，剮了也罷。」——這就是愛情的力量，一種魔幻的力量。這就是愛情。

十三　愛與倫理

愛就是情不自禁。它不是理性所能控制的，也不是一般道德倫理所能規範的。人類社會之所以需要道德倫理的規範，正是因爲人若是完全憑著自己的本性去生活，常常會「情不自禁」地逾越理性的牆垣。儘管如此，仍會有無數飛蛾撲火，羚羊羝藩，造成愛情與倫理的悲劇性衝突。

這是一個古老的愛情悲劇的衝突形式。也可以說是人類的愛情悲劇中，一個最基本的衝突模式。

這種悲劇衝突在金庸的小說中也有十分精彩的表現。

實際上，我們在金庸的第一部小說《書劍恩仇錄》中便已經看到了這種悲劇性的故事。這就是紅花會中坐第十四把交椅年輕的「金笛秀才」余魚同對已婚的嫂夫人駱冰的愛，幾乎從一開始，這種愛情就注定了悲劇的性質，其一，愛上了一位已婚婦女本就是有悖於道德的了；其二，更何況這位有夫之婦還是他的義嫂，這在江湖世界以及中國傳統文化中都是難以容忍的。這不僅有悖於道德，而且也有悖於倫理（兄如父，嫂如母），同時當然也大大違背了江湖義氣。

這一切文武雙全的金笛秀才魚余同不可能不懂的。他懂，然而，情不自禁！

他想過要控制自己，然而卻無法做到。正如小說中所寫：

當下余魚同道：「求求你殺了我吧，我死在你手裏，死也甘心。」駱冰聽他言語仍是不清不楚，怒火更熾，拈刀當胸，勁力貫腕，便欲射了出去，余魚同顫聲道：「你一點也不知道，這五六年來，我為你受了多少苦。我在太湖總香堂第一次見你，我的心……就……不是自己的了。」駱冰怒道：「那時我早已是四哥的人了！你難道不知？」余魚同道：「我……我知道管不了自己，所以總不敢多見你面。會裏有什麼事，總求舵主派我去幹，別人只道我不辭勞苦，全當我好兄弟看待，哪知我是要躲開你呀。我在外面奔波，有哪一天哪一個時辰不想你幾遍。」說著擰起衣袖。露出左臂，踏上兩步，說道：「我恨我自己，罵我心如禽獸。每次恨極了時，就用匕首在這裏刺一刀。你瞧！」朦朧星光之下，駱冰果見他臂上斑斑駁駁，滿是疤痕，不由得心軟。（第三回）

這是一種癡情，也是一種痛苦。余魚同在癡情和痛苦中，忽而興奮，忽而自責；忽而自暴自棄，忽而怨天尤人：「我常常想，爲什麼老天爺不行好，叫我在你未嫁時遇到你？我和你年貌相當，四哥（按，指駱冰的丈夫文泰來）跟你卻年紀差了一大截。」——在這種怨思中，他自以為找到了愛的理由（「我和你年貌相當」），同時，也找到了一絲希望（「四哥跟你年紀卻差一大截」）。——戀愛中的人，不僅每天要想著「她」，也想著「我愛她」，同時（幾乎是本能地）又要想「她愛我嗎」。每一點小小的可能性都要找遍，用這些（常常是自以為是的）小小的「可能性」撐起自己愛的希望之帆。余魚同找到的支撐希望的理由是：年紀相當，美貌相當（余魚同是一位風度翩翩的俊俏書生），而且自己文武雙全，多才多藝、懂得輕憐蜜愛……所有的感覺都被不自覺地誇張了，所有的可能性也被不自覺地放大了，放大成為希望之帆，載他與意中人逍遙遠去。如果「她」真的這樣想，那麼「勿戲朋友妻」的道德戒律，以及「奪嫂」的倫理藩籬，就破它一破、闖它一闖，即便是死了也心甘情願。（何況還充滿希望？）

這大約是每一個戀愛中的人的一廂情願的幻想，也有一種飛蛾撲火時的悲壯及隨之而生的五彩的幻光。於是，他（又是情不自禁，加上受到幻想與希望的誘惑）決定「試一試」——這也正是痛苦的戀人的共同的心理和行為。也正是邁向或者天堂或者地獄的關鍵性的一步——於是，乘駱冰又傷又累、倒地熟睡之機，摟住他的夢中情人。結果是罪上加罪，雪上加霜，他的罪孽不僅未減，反而又加上了「乘人之危」以及「淫人妻女」（從心理到行為畢竟有一個關鍵性的轉折），按照紅花會會規當處死刑。這一回不僅是道德問題、倫理問題了，而同時也成了會規問題（「法律」問題）。所有的這些加起來還比不上他受到的另一個打擊（可以說是他受到的最一擊），那就是最終發現他是落花有意，而駱冰則流水無情。他的所有幻想的支柱都徹底地倒塌了。駱冰說：「年紀差一大截又怎麼了？四哥是大仁大義的英雄，怎像你這般……」駱冰把罵人的話忍住了，但這對余魚同已經不再重要。

小說中又寫道：

駱冰……見他站在當地，茫然失措，心中忽覺不忍，說道：「只要你以後好好給會裏出力，再不對我無禮，今晚之事我決不對誰提起。以後我會留心，幫你找一位才貌雙全的好姑娘。」說罷「嗤」的一笑，拍馬去了。

——她這愛笑的脾氣始終改不了。這一來可又害苦了余魚同。但見她臨去一笑，溫柔嫵媚，當真是令人銷魂蝕骨，情難自已。眼望著她背影隱入黑暗之中，呆立曠野，心亂似沸，一會兒自傷自憐，恨造化弄人，命舛已極。一兒又自悔自責，覺堂堂六尺，無行無恥，直豬狗之不若，突然間將腦袋連連往樹上撞去，抱樹狂呼大叫。（第三回）

這裏或許多多少少地提示了一點祕密。一是駱冰愛笑的脾氣，及這一笑的嫵媚動人、嬌柔可愛；二是正是這種動人與可愛才使余魚同意亂神迷，情不自禁地墜入愛的深淵。他以為——情人們多多少少都以為——「這一笑是給我的！」其實不然。

這是一個悲劇故事，幸而小說後來讓余魚同在經歷了許多難以言表的曲折痛苦（包括面部徹底燒傷，心裏的傷更不必說了）的磨難而回歸正路，擺脫苦海，與他的同門師妹李沅芷結為夫婦。——這種結局是幸、是不幸，那可就難說得很了。

我們要說的是，愛就是情不自禁。它不僅將倫理、道德、理性置於一旁，而且將任何一種自以爲是的希望的可能性誇張放大，將對象的每一種普通的表情都想像成獨特的、祕密的暗示，理解成愛的信息。

當然，這一切之所以會產生，完全與人的個性有關。正是這一種個性才會陷入這一種境地。余魚同是聰明俊秀、多才多藝的。但同時多少有些輕佻、浮躁，有些自以爲是、不知天高地厚。這些在小說中他第一次登場亮相就表現出來，在上述的愛情悲劇中再一次充分地表現。因此，這種愛的悲劇，不僅是人性的悲劇（愛與倫理的衝突本身），而且也是人個性的悲劇（只有他才陷入這種衝突的漩渦中）。

《書劍恩仇錄》能寫出這樣的「次要人物」實在是十分的難得。一是敢於在第一部書中寫這樣的「有嚴重缺點和錯誤的英雄」，這在武俠小說中是少見的。二是作者對他的個性及其愛情悲劇的刻劃，完全超越了簡單的善惡評價，寫出了他個性的弱點，同時又寫出了人性的悲哀。而這一切都籠罩在一種大智慧與大慈悲的觀照之中。不僅準確細緻，而且深刻感人。

《神鵰俠侶》的一開始，寫到江南嘉興南湖邊的陸家莊，出現了一位奇怪的老頭。那人滿頭亂髮，鬍鬚也是蓬蓬鬆鬆如刺蝟一般，鬚髮油光烏黑。照說年紀不大，可是滿臉皺紋深陷卻像是七八十歲老翁，身穿蓬布直綴，頸中掛著個嬰兒所用的錦緞圍涎，圍涎上繡著幅花貓撲蝶圖。已然陳舊破爛。

他的這一身打扮已是不倫不類，他的行爲更是不倫不類。程英、陸無雙兩位小姑娘在湖中採了蓮蓬扔給他吃。那怪客頭一仰，已咬住蓮蓬，也不伸手去拿，舌頭卷處，咬住蓮蓬便大嚼起來，也不怕苦澀，就這麼連瓣連皮的吞吃。

更怪的是，他要找何沅君（陸無雙的伯母）。聽陸無雙說何沅君死了，怪客捶胸大叫「她死了，她死了？不會的，你還沒見過我面，決不能死。我跟你說過的，十年之後我定要來見你。你……你怎麼不等我？你親口答應的事不算數？」忽而大罵，忽而大哭，忽而又哈哈大笑。笑聲忽而中止，呆了一呆，叫道：「我非見你的面不可，非見你的面不可。」雙手猛力揉出，十根手指如錐子般插入了那「陸門何夫人」的墳墓的墳土之中，待得手臂縮回，已將土抓起了兩大塊。只見他兩隻手掌有如鐵鏟，隨起隨落，將墳土一大塊一大塊的鏟起。……

我們不難猜想到，這人是一個瘋子。否則不會如此怪異。只是我們難以猜到，這個瘋老頭兒居然是前大理國大將軍，一燈大師的四大弟子之一的武三通！——他在《射鵰英雄傳》中是何等的威風——不料！多年不見，竟然變得如此瘋瘋癲癲。這確實想不到。

更想不到的是，他是爲情而瘋的。

一個前大理將軍、退隱後隨師做了「漁、樵、耕、讀」中的「耕」者，一個江湖上鼎鼎有名的大豪傑、大英雄，居然爲情而瘋狂？這不能不說是一大奇聞。

然而，他確確實實是瘋了，而且也不能不瘋。因爲他碰到的是人世間最無法解決的矛盾死結——愛與倫理的衝突。

他愛上了他的養女何沅君。不純是父親對女兒的愛，而是逐漸演變成男人對女人的愛。即由人倫之愛演變成了亂倫之愛。當然，這只能深藏在心底最深處。以他名門弟子、武林豪俠、成名英雄的身份，自不能有何逾份的言行，而只能在內心中鬱結。這是一份無法表達又無法忘卻，無法排遣又無法獲得的愛。是一份無望的愛，也是一份伴著暗暗的自責和內疚的愛。同時又是那樣的情不自禁。這種情感無疑是一種煎熬。而受這種情感矛盾煎熬著的心，無疑成了一個見不得人的封閉地獄。

忽然，何沅君愛上了一位江湖上的少年，不顧義父的百般阻撓，與那少年陸展元私奔了（是追求愛情，恐怕也是逃避另一種畸型之戀）。這一下大大地傷透他的心。使他狂怒不已，憤激過甚，從此陷入瘋癲。師友親人，都無法解勸——誰知道他內心的隱密及其煎熬？——總是不能開化解脫。

從而，我們看到了又一幕人間悲劇。我們能說什麼呢？

還能說什麼呢？他已經受到了命運最嚴厲的懲罰。而且懲罰的劊子手正是他自己。他自己的心理變成一個錯亂的世界，一片自己與自己戰爭的廢墟。

也許，我們能夠說點什麼，諸如他的「病因」。最主要的病因顯然是他沒經歷過真正的愛情，因而也從未嘗到過愛的滋味，年輕時的他不懂得愛情，也不渴望愛或被愛。一方面他生活在自己的「事業」的世界之中（那基本上是一個男人世界），另一方面，則是他從未得到過這方面的指教。——像千千萬萬個中國古人一樣——娶妻是奉了父母之命。

顯然，他的婚姻裏沒有愛情的成份。這在他所處的那個時代，是絲毫也不奇怪的。他的妻子武三娘最後捨身爲他療毒，自知即死，撫著兩個兒子的頭，低聲地對他說：「你和我成親後一直鬱鬱不樂，當初大錯鑄成，無可挽回。只求你撫養兩個孩子長大成人，要他們終身友愛和睦……」這便是證明。正因如此，當他看見自己的養女亭亭玉立之後，情不自禁地——第一回「主動」地——愛上了這個姑娘。這是一份痛苦的愛，然而又是他的「情竇初開」的愛（這句話對他這樣的年紀的人來說，似乎有些滑稽可笑。但對中國的男人來說卻是事實，中國的男人在情感世界中，「老頑童」甚多），因而越是隱祕越是不能忘卻不能拋棄。

其次，我們看到，他雖是一個成名的英雄，同時也是一個內心脆弱的男人。他這一生，始終生活在長者身邊，先是生活在皇帝的治下，後又隨皇帝出家，生活在師父的門下，他只要一切聽師父的，聽長者的，自己不需要成熟、不需要長大，只要「聽話」只要老實就成。因而這樣的男人一旦自己獨立地面臨生活的世界，尤其是面對這種無法與人交流的愛與倫理的衝突，那就慘了！他的全部的無知、軟怯、脆弱、不成熟、缺乏堅強意志及獨立個性……等毛病都會暴露無遺。而他面臨的事件又是他人無法救助的，甚至是不能對他人言明的。於是，出路只有一條，那就是瘋狂。

武三通是一個很老實的人，很內向的人。同時也是一個很固執的人。這在《射鵰英雄傳》中已經表露無遺了。正是這種老實、內向和固執——除非聽師父的話——也造成了他內心世界特有的鬱結而不能宣洩排遣，以至於最終的瘋狂。倘若他的個性更開朗、更活潑、更有彈性一些，也許他的情形就會比現在要好一些。（余魚同並沒有像他這樣發瘋）。然而奈何他的個性已經是這樣了。正是他的個性及其心理的種種缺憾，成了不幸命運的幫兇。

如果說武三通的愛情與倫理的衝突，是一種純粹的心理衝突（他還沒到「外化」的程度），那麼，同一部書中的楊過與小龍女所面臨的衝突則是愛情與社會倫理的衝突。

小龍女比楊過年長，而又是楊過的師父，楊過平時稱她爲「姑姑」，他們之間的愛情和婚姻當然也是不容於當時的社會倫理規範。

與余魚同、武三通等人的結局不一樣，楊過與小龍女的愛情終於衝決了倫理之堤，獲得了——至少是愛情與倫理衝突這一場戰役——最終的勝利。這一衝突並沒有延續很久，它所帶來的直接的精神損失並不大。這有兩個具體的原因，一是楊過、小龍女是真正的相愛的（至少他們自己都明確地表示了這種意願），不像余魚同、武三通等人都在那裏單相思。獨自面臨著強大的對手（包括對方的「無情」與「無意」及自己的「自責」與「自怨」）；二是楊過的個性顯然比余魚同、武三通更爲剛烈、偏激、具有反抗性及拚命以爭、不屈不撓的精神氣質。楊過自幼流落江湖，飽嘗人世炎涼冷暖，一生孤苦無依，這反而培養了他的獨立於世的孤傲和應付外界壓力的能力。因而，他們贏得了這場戰爭。他們的愛情曲折和困難，表現在倫理衝突這一方面的並不是主要的。主要的困難在於其他方面（我們在這兒就不必說它了）。

楊過、小龍女的愛情之所以能夠戰勝「禮教大防」，還有一個隱祕的原因，那就是作者的現代意識的慣性，即在現代生活中，這一條師生不能戀愛、結婚的倫理已經不存在了。因而作者在寫這個故事及其結局時，盡可以放手去寫，而沒有任何思想包袱及道德負擔。

其實，上述幾個故事都不能完全構成真正的倫理衝突。余魚同愛上駱冰，或許在道德習慣上有所虧損，其實應與倫理無涉，至少在今天看來是這樣。而武三通與何沅君之間的關係也只是養父與養女的關係，所以這種愛的「亂倫」也至多只是意識領域，而非實質上（血緣上）的真正的亂倫。而楊過和小龍女的師徒之戀，則更算不上什麼了。因此，金庸小說中的愛情與倫理的衝突，在很大程度上是有些似是而非的。當然，它給主人翁帶來的壓力與心理負擔及其無法排遣的痛苦是真實的，而非虛假的。

金庸似無意於真正地就愛情與倫理的現實衝突這一話題，展開自己的想像力與創造性。小說中涉及到的倫理問題，那只是因爲這種——愛與倫理的矛盾衝突——痛苦的愛情心理及其現實關係，可以豐富他的小說的情愛世界。一方面是表現情不自禁的愛的本質特徵，另一方面，更重要的是要自覺或不自覺地表現「有情皆孽」這一思想主題。而愛情與倫理的矛盾衝突，則正是「情孽」的一種最基本的形式。

十四　愛與性

愛情的基礎是男女兩性本能的吸引，性是愛的基礎，而愛情則是性對象的選擇，也被視爲性的昇華。因爲性的吸引可能發生於任何一對男女之間，而愛的選擇則是特定的。

然而，在我們的意識中，逐漸將「愛」昇華到脫離性的地步，所謂「柏拉圖式的愛」便是這種昇華的典型形式。性這種第一件的東西，反而往往被視爲第二性的，即性關係是作爲愛情的產物和——不甚要的附庸。

由愛到性生活（比如定婚、最好是結婚），我們認爲是理所當然、順理成章的。而由性到愛則反被視爲荒誕不經的。

連以開放而聞名世界的美國人都要感嘆「沒有哪個民族的文明像我們這樣過分強調愛的聖潔成分，而造成愛情的生物學上的特徵被完全扭曲和超脫了的。」（詹姆斯・瑟伯，愛爾文・懷特《性是必需的嗎？》）這兩位美國人要是到中國來，看中國的書（包括理論及文藝作品）那又會怎樣呢？

在中國，第一等的嚴肅者，是不談性、也不談愛的（如「樣板戲」）；第二等的嚴肅者只談愛而不談性的（這一種最多）；第三等嚴肅者是談愛「導引」下的「正常的性關係」，它的說明比本身內容要多得多，而且只是在很嚴肅的幾種場合可以發表這樣的意見。也許是出於逆反，或者出於某種本能，出於一種文明與文化和自然的補充，嚴肅的學者和藝術家是那樣的嚴肅，而大量的「民間口頭文學」（指現在仍在流傳的）之中則大量地產生性的話題，而且性大於愛，這是一種不平衡的平衡。

在這種文化的雙重背景下，金庸武俠小說的情愛世界自然是偏於嚴肅的、雅的那一邊。金庸小說中的愛情生活百分之九十九點九都是精神方面的，無論是興奮還是痛苦、幸福還是不幸，都是——用某些年輕的金迷朋友的話來說——「光說不練」的。這自然沒有什麼不可以的。甚至（在大多數讀者看來）是很正常的、很美很好的。

不過，也並非絕對。我們在金庸的小說中照樣找到相反的例子。即這裏的男女主人翁並不一定是由愛而發生性關係，而是相反，由性的衝動及其滿足而激發熱烈而又不悔的愛情。

《射鵰英雄傳》中的老頑童並不懂得愛情，他與劉貴妃（瑛姑）的關係完全是出於本能的衝動和吸引，完全是肉體上的關係。老頑童當年血氣方剛，而劉貴妃則正當妙齡且深宮寂寞，所以「金風玉露一相逢，便勝卻人間無數」。尤其對劉貴妃而言，這種性關係自然而然地引發出一場熱烈而凄苦的愛情，長達八十年之久。

也許這還算不了什麼。我們還能找到幾個更典型的例子。

第一個例子是《飛狐外傳》中的馬春花的愛情故事。

馬春花正當妙齡，如春花怒放，自然而然地吸引蜂蝶。她的師兄徐錚，和商家堡的少堡主商堡震都希望能做她的護花使者。為了避免誤會和悲劇，馬春花的父親百勝神拳馬行空在商家堡公開宣布給徐錚和馬春花訂婚。這就是說馬春花已是名花有主了，但商堡震仍是苦苦追求，徐錚怒不可遏，與他動起手來，這使馬春花滿腹怨怒。心中只是想：「難道我的終身，就這麼許給了這蠻不講理的師兄麼？」——就在他們訂婚的第二天，商家堡來了一位北京的貴公子……

……也不知坐了多少時候，忽聽得簫聲幽咽，從花叢處傳來。馬春花正自難受，這簫聲卻如有人在柔聲相慰，細語傾訴，聽了又覺傷心，又是喜歡，不由得就像喝醉了酒一般迷迷糊糊。她聽了一陣，越聽越是出神，站起來向花叢處走去，只見海棠樹下坐著一個藍衫男子，手持玉簫吹奏，手白如玉，和玉簫顏色難分，正是晨間所遇到的福公子。

福公子含笑點首，示意要她過去，簫聲仍是不停。他神態之中，自有一股威嚴，一股引力，真是教人抗拒不得。馬春花紅著臉兒，慢慢走近，但聽簫聲纏綿婉轉，一聲聲都是情話，禁不得心神蕩漾。

馬春花隨手從身旁玫瑰叢上摘下朵花兒，放在鼻邊嗅了嗅。簫聲花香，夕陽黃昏，眼前是這麼一個俊雅秀美的青年男子，眼中露出來的神色又是溫柔，又是高貴。

她驀地裏想到了徐錚，他是這麼的粗魯，這麼的會喝乾醋，和眼前這貴公子相比，真是一個在天上，一個在泥塗。

於是她用溫柔的眼色望著那個貴公子。她不想問他是什麼人，不想知道他叫自己過去幹什麼，只覺得站在他面前是說不出的快樂，只要和他親近一會，也是好的。

……他臉上的神情顯現了溫柔的戀慕，他的眼色吐露了熱切的情意，用不到說一句話，卻勝於千言萬語的輕憐蜜愛，千言萬語的山盟海誓。

福公子擱下了玉簫，伸出手去摟她的纖腰。馬春花嬌羞地避開了，第二次只微微讓一讓，但當他第三次伸手過去時，她已陶醉在他身上散發出來的男子氣息之中。

……馬春花早已沉醉了，不再想到別的，沒有想到那會有什麼後果，更沒有想到有什麼人闖到花園裏來。

……百勝神拳馬行空的女兒，在父親將她終身許配給她師哥的第二天做了別人的情婦。（第三回）

這一段故事寫得很細膩、也很奇特又很深刻。春日黃昏，玫瑰花下，簫聲幽咽，寂靜園中，很少人能不受誘惑。更何況馬春花情思綿綿而又滿腹幽怨，發育成熟的身心格外禁不住那美妙的如戀如慕、輕憐蜜愛的衝動和欲望。

此時，主宰她的顯然只是本能。這時，她還不知道福公子是什麼人，也談不上對他有愛情或幻想。只是一場純粹偶然的奇遇。

然而，誰能想到，這種純粹的奇遇、純粹的欲望衝動的一次性關係，卻導致了刻骨銘心的癡迷不悟、致死方休的愛？——風流成性的福康安對馬春花可能完全是逢場做戲，而馬春花對這位第一個與她共嘗禁果的男子卻真的產生了深刻的愛情。以至於在她與徐錚結婚以後，逢福公子遣人來尋，眼見著徐錚被人殺死，而她又親手殺死了一心戀她的可憐的商堡震，毅然地投入福公子的懷抱。

旁觀者以爲飛蛾撲火是一種純粹的悲劇，而當事人則把這種毅然的獻身和果敢的追求當成幸福的事業，成了他們的愛情與生命的唯一選擇。

小說中最使人感到震驚的是，當福公子的母親要毒死馬春花，而福康安本人竟是無動於衷地默認了，馬春花明知她的情人——如今又是她的夫君——見死不救，但臨死之際還要求胡斐將福公子找來，讓她與他最後訴說衷腸！結果胡斐只得將長得與福康安相似的紅花會總舵主陳家洛找來，裝成福康安與馬春花見最後一面。馬春花最後說了些什麼，最後見面的情形怎樣，小說作者機智地避開了，只寫陳家洛從房中默默走出，臉上微有淚痕。然而越是這樣我們越是要遐想，那種凄絕的深情和超越生死最後的愛究竟是怎樣的情形？

而所有的這一切，都是由一次偶然的性關係所引起的。也許，這偶然之中有必然？

一般的讀者會將這個悲劇的愛情故事——是悲劇，也肯定是愛情——歸因於宿命。馬春花簡直是「鬼迷心竅」，然而，愛情的主人翁們有幾個不是鬼迷心竅呢？

當然，我們也能找到這個悲劇愛情的某些客觀的、特殊的原因。比如說馬春花對徐錚確實沒有愛，甚至——作爲夫婿——只有厭惡和怨恨，從而，她與福公子的性關係乃是對這場婚事的逆反與挑戰。又如她是在一個特定的環境中，情欲勃發而投身於高貴的福公子的懷抱，此後的愛情，也許是出於女性對第一個佔有她的男人的不能相忘的記憶和追求。也可能是她對福公子一見鍾情，導致了性關性，而這種令人激動沉醉的性關係又加深了這種愛？又或許，馬春花與福康安的關係，壓根兒不能稱之爲愛情（可馬春花的心理情感和追求又怎麼解釋呢？）馬春花追求的只是一種幻像，然而誰又能分得清愛情的「真」與「幻」呢？

如果馬春花的故事有著太多的複雜的因素，而不能說明性與愛的單純因果，那麼，我們看一看《天龍八部》中的虛竹與西夏公主之間的愛情故事。

這是一個更奇異的故事，然而讀起來又沒有一點不可思議的「反常」之處。相反，這裏的一切才是真正的自然而然的。

故事的奇異處之一，是其中的男主人翁虛竹是一個和尚，而且絕非「花和尚」，他是一個不折不扣的、遵守戒律的和尚。但喜歡惡作劇的天山童姥，也許是出於好心，也許是出於好奇，也許是爲了要虛竹對她感恩戴德，也許是她因身殘廢而產生的一種心理變態……總之，這位年過九旬的「童姥」強迫虛竹「破戒還俗」，從酒戒、葷戒開始，最後是色戒。這一過程使虛竹痛苦不堪、憤怒異常，因爲戒律是他願意遵守的，而破戒則非他所願。更奇異的是，西夏公主也是身不由己地被人從睡夢中擄到另一個地方，讓她同一個不認識的男人睡在一起。

這個故事的第二個奇異之處，便是這一對男女主人翁非但互相不認識，不知道對方叫什麼名字，甚至——在性愛過程中——也從未見對方的面，因爲這裏沒有陽光、沒有鮮花，也沒有簫聲，什麼也看不見。是一個地下的冰窖。因而，他們只能在暗中摸索，互相以「夢郎」、「夢姑」相稱。因爲他們總以爲這是做夢，但又怕這夢隨時都會醒。

這也許是人性的證明：一個謹守戒律的和尚和一個「平日一聽到陌生男人的聲音也要害羞」的端莊的公主，雙雙「莫名其妙」地被人擄到了一處，不知對方是貴是賤、是美是醜、是惡是善，甚至也不知道此事是真是幻、此人是實是虛，就本能地結合了。

第一次「破戒」之後，虛竹曾又是悔恨、又是羞恥，「突然間縱起身來，腦袋疾往堅冰上撞去，砰的一聲大響，掉在地下。」幸而（抑或不幸？）並未死去，又一想起自戕性命，乃是佛門大戒，自己憤激之下竟又犯了一戒。於是「只得又嘆了一口氣。」

第二天就自然些了（反正相互看不見），相約以「夢姑」「夢郎」相稱而不提真姓命。——是怕羞恥、還是怕夢醒？——

……那少女拍手笑道：「好啊，你是我的夢郎，我是你的夢姑。這樣的甜夢，咱倆要做一輩子，真盼永遠也不會醒。」說到情濃之處，兩人又沉浸於美夢之中，真不知是真是幻，是天上人間？

過了幾個時辰，童姥又將那少女裹起，帶了出去。

次日，童姥又將那少女帶來和虛竹相聚。兩人第三日相逢，迷惘之意漸去，慚愧之心亦滅，恩愛無極，盡情歡樂。只是虛竹始終不敢透露兩人何以相聚的真相，那少女也只當是身在幻境，一字也不提入夢之前的情景。

這三天的恩愛纏綿，令虛竹覺得這黑暗的寒冰地窖便是極樂世界，又何必歸依我佛，別求解脫？（第三十六回）

這個故事像一個寓言。它的象徵意義是十分明顯的。我想我們大家都明白它的寓言意義是什麼。

第四天，童姥再也沒將那少女帶來。「虛竹猶如熱鍋上的螞蟻一般，坐立不安，幾次三番想出口詢問，卻又不敢。」

從此之後，他們有很長的時間都沒有相見（不能說相「見」，只能說相逢），虛竹從此墜入深刻而又纏綿的相思之中。

是性、還是愛？是渴望還是戀情、抑或二者都是？我想，誰也無法清楚地回答，甚至包括當事人自己。

一別多年，茫茫人海，虛竹的心中從未放下那「夢中女郎」。時間越是久遠，純粹的性的經驗和衝動，慢慢地轉化爲刻骨銘心的關懷和思念，本能的性關係，此時已經昇華，成爲一種堅貞不渝的情愛。虛竹在童姥死後，做了天山童姥的繼承人，靈鷲宮裏美女如雲，只有虛竹這一位男子，但他對她們視若無物（若僅僅是因為性渴望，那怎麼會捨近求遠、捨眞求幻，不忘那個夢），中間還產生過一個小小的插曲，虛竹身邊帶著一幅李秋水（實際上是她妹妹）的畫像，很像是王語嫣，被段譽看見了，引爲知己，同病相憐，言語投機，進而結拜爲兄弟。兩人各說各的情人，纏夾在一起，只因誰也不提這兩位姑娘的名字，言語中的榫頭居然接得絲絲入扣。虛竹以爲說的都是「夢中女郎」，而段譽則以爲說的都是王語嫣，兩人各有一份不通世故的呆氣，竟然越說越投機。

這種陰差陽錯的情形是幽默的，甚至不無可笑之處。然而又是生動的、真摯的、十分感人的。只有真正的愛著的人才會有這樣多的共同語言，才會產生這樣的共鳴。——看起來虛竹與夢姑只是純粹的性關係，而段譽對王語嫣則純粹是精神迷戀與崇拜，兩種情形天差地遠，但其本質卻是一樣的，那就是強烈而真摯的愛。段譽將虛竹引爲同路知己，這並沒有錯，他們確實可以說：「同是天涯淪落人，此恨綿綿無絕期。」

虛竹與夢姑再度相逢，一開始還是在黑暗中。——西夏公主公開招駙馬，出了三道考題，一是「你平生在什麼地方最是快樂」？二是「你生平最愛之人，叫什麼名字？」三是「你所愛的人容貌如何？」天下才俊，雲集西夏皇宮。小說中主要的年輕主人翁們也都到了。其中蕭峰和虛竹是陪同他們的「三弟」段譽去求親的。

對這三個問題的答案各不相同，也各有精妙之處。沒想到「中選」的竟然是本無此心的虛竹。他的答案是「（生平最快樂的地方）是在一個黑暗的冰窖之中」；「（生平最愛的人）我不知道那位姑娘叫什麼名字」；「她容貌如何我也是從來沒有看見過」——這幾個答案引起了一場又一場的轟笑。使人覺得不可思議。然而更不可思議的事發生了：

眾人哄笑聲中，忽聽得一個女子聲音低低問道：「你……你可是『夢郎』麼？」虛竹大吃一驚，顫聲道：「你……你……你……可是『夢姑』麼？這可想死我了。」不由自主的向前跨了幾步，只聞到一陣馨香，一隻溫軟柔滑的手掌已握住了他手，一個熟悉的聲音在他耳邊悄聲道：「夢郎，我便是找你不到，這才請父皇貼下榜文，邀你到來。」虛竹更是驚訝，道：「你……你便是……」那少女道：「咱們到裏面說話去，夢郎，我日日夜夜，就盼在此時此刻……」一面細聲低語，一面握著他手，悄沒聲息的穿過帷幕，踏著厚厚的地毯，走向內堂。

石堂內眾人兀自喧笑不止。（第四十六回）

奇跡發生了，夢郎虛竹終於找到了他的夢姑，西夏國銀川公主。他這位陪伴者變成這一場活動的主角，而心懷希望的主角們則變成了真正的陪襯人。不久，段譽便接到一張有淡淡幽香的便箋，上書「我很好，極好，說不出的快活，要你空跑一趟，真是對你不起，對段老伯又失信了，不過沒有法子。字付三弟」。下面署著「二哥」，這便是虛竹了。

虛竹所謂「我很好，極好，說不出的快活」顯然是情不自禁的由衷之言。也是他此刻愛情如願、情人相見的真實寫照。而在以後的日月中，我們從阿紫等人口中聽到的有關虛竹和銀川公主的生活情況，也還是「很很，好極了，說不出的快活」。並沒有始亂終棄，也沒有覺得真不如幻。

虛竹的故事不僅是性愛——從性到愛——的啓示，而且也是對違背人類本能的戒律與羞澀的一種成功的反駁。那時她不知道他是和尙，他也不知道她是公主，不知道姓名，也不知道相貌，更不知道家庭背景及其他，只知道他是一個青年男子，她是一個妙齡女郎。如此而已。沒有尋尋覓覓，挑挑揀揀，也沒有沒完沒了地想來又想去，只是黑暗中的（絕對意外而又偶然的）相逢，憑著他們本能的衝動，找到了對方，投入了對方，獻出了自己，也——在新的意義上——獲得了自己的本質。

上面兩個故事都是兩廂情願的性的結合發展到愛情的，由於他們各自的命運際遇的不同，一個以悲劇收場，而一個另以皆大歡喜結局。

下面我們再來看一個很特殊的故事。《倚天屠龍記》中的紀曉芙與楊逍的故事。

這個故事的背景之一。是楊逍要比紀曉芙年長得多；之二是紀曉芙已經由父母之命，許配了武當派的殷梨亭；之三是紀曉芙爲峨眉派的弟子，楊逍則爲明教的光明左使。峨眉派當年名震天下的高手孤鴻子是被楊逍活活氣死的，因而峨眉派與明教（又稱它「魔教」）有深仇大恨。只是這一點楊逍知道，而當時紀曉芙卻不知道。

這個故事的獨特之處，是楊逍用強暴的手段佔有了紀曉芙，並且使紀曉芙求死不能。如此過了數月，忽有敵人上門找楊逍，紀曉芙這才乘機逃了出來，不久發覺自己懷孕，不敢向師父說知，只是偷偷生了一個女孩子。

按照通常的邏輯，紀曉芙不僅不願意因而軟硬兼施、多次力拒婉求；而且她已許配他人且對這門婚事（至少）沒有任何反感（不似馬春花對徐錚），那麼，在這樣的情況下失身於男人的強暴，並且懷上了「孽種」，其結果只有兩個：一是殺了對方，二是殺了自己。至少心裏充滿了刻骨的仇恨、深沉的悔悟。若非如此，也難被峨眉派的門規所容——峨眉派的「第三戒」是「戒淫邪放蕩」；「第六戒」是「戒心向外人倒反師門」——僅憑這兩戒，紀曉芙也是死路一條。

然而，我們看到，意外之事總是有的。在情感的世界中，意外的情況常常比「規律」還要多，還要複雜。決難以一概而論。

性格溫順端莊的紀曉芙是怎樣的情形呢？她給她（同楊逍的）女兒取的名字叫楊不悔！姓是楊逍的姓，而名字正是她的情感意志——「不悔」！——是從強暴開始的，但以柔情而告終，如此，不悔。是一場災難，此後無法再嫁殷梨亭，也勢必無法嫁給楊逍，甚至今生難以再見，然而，不悔。知道此事被人發現後，要承擔多少道德心理上的打擊、辱罵；也知道此事斷難以被門規所容，可是，不悔！而如今，竟又知道楊逍原來還與本派有著嚴重的過節和仇恨，用滅絕師太的話來說乃是「仇深似海」！這又怎麼樣呢？——

紀曉芙甚是惶恐，但不自禁地也隱隱感到驕傲，大師伯孤鴻子當年是名揚天下的高手，居然會給「他」活活氣死。她想問其中詳情，卻不敢出口。（第十三回）

看樣子，她更加不悔了。不以爲憾，反以爲傲。同真正的情人一樣，到這個時候，她想的還是想多打聽一些「他」的消息，哪怕是過去多年的往事。在她的心中都會再現「他」的輝煌，再一次證明自己的驕傲和不悔。

然而，這還不是最困難的。真正的考驗還在後面。她的師父滅絕師太對她說：「好，你失身於他，回護彭和尚，得罪丁師姊，瞞騙師父私養孩兒……這一切我全不計較，我差你去做一件事，大功告成之後，你回峨眉來，我便將衣鉢和倚天劍都傳了於你，令你爲本派掌門的繼承人。」（這幾句話只聽得眾人大為驚愕。丁敏君更是妒恨交迸，深怨師父不明是非，倒行逆施）——紀曉芙有這樣的機會，沒有理由不答應：其一，師父但有所命，弟子自當盡心竭力，遵囑奉行，這乃是徒弟的本份，更何況紀曉芙這樣的好徒弟；其二，「失身於他，私養孩兒」等諸種罪過，若是並罰，非死不可，而今有了不死的機會；其三，大功告成之後，非但可以不死，還可以成爲峨眉一派掌門的繼承人，這可真是莫大的榮耀呵！（難怪丁敏君要妒恨交迸了！）——那件「事」是什麼呢？小說中沒有明說，而故意要滅絕師太拉著紀曉芙走到無人的曠野裏去說（是要保密呢，還是不好意思讓他人聽到），不讓他人聽到：

張無忌躲在茅屋之後，不敢現身，遠遠望見滅絕師太說了一會話，紀曉芙低頭沉思，終於搖了搖頭，神態極是堅決，顯是不肯遵奉師父之命。只見滅絕師太舉起左掌，便要擊落，但手掌停在半空，卻不擊下，想是盼她最後終於回心轉意。

張無忌一顆心怦怦亂跳，心想這一掌擊在頭上，她是決計不能活命的了。他雙眼一眨也不敢眨，凝視著紀曉芙。

只見她突然雙膝跪地，卻堅決地搖了搖頭。滅絕師太手起掌落，擊中她的頂門。紀曉芙身子晃也不晃，一歪便跌倒在地，扭曲了幾下，便即不動。（第十三回）

張無忌是這一幕的見證人。雖然他沒有聽見滅絕師太到底叫她去做什麼事，但他看見了紀曉芙是怎樣堅決地拒絕師命——等於是自尋死路——的。然而她義無反顧，至死未悔。臨終之際只說了一句話，這是在滅絕師太走後，張無忌知紀曉芙已難再活，運用自己的醫術使她能說出一句話的。這句話是「我求……求你……送她（按：指楊不悔）到她爹爹那裏……我不肯……不肯害她爹爹……」。這一句話終於透露了滅絕師太要她做的事了（其實讀者也能猜到），她唯一不放心的是她的幼女不悔，而這句話表達得更明確、更深刻的深意是：我不悔！

——這話是真的，也是人世間最寶貴的。因爲它是一個人用她生命寫下的。至此，若我們還以爲紀曉芙與楊逍的關係是「強暴的性關係」那就不對了。儘管它是以這種形式開始，但卻是以一種出人意料的方式告終，即以堅貞不屈，至死不悔的愛情而告終。這是一個悲劇故事，但造成悲劇的原因並非主人翁的性愛關係及其個性本身，而是一種外在的社會倫理規範及令人類遺憾的深仇大恨。當事人的「我願意」和「我不悔」的愛情和生命的表白，不僅像其他一切美麗的愛情表白那樣動人，而且比那些故事更令人感動，也更令人深思。

可見愛的方式真是千變萬化的，而通往愛的天國的道路也是千條萬條。——如果說這有規律的話，那麼「千變萬化」才是它的唯一適合一切的規律。

由性通往愛的途徑是存在的，而且也可能是動人而又自然而然的。當然其中有喜劇也有悲劇。

但是，這一切並不導致某種普遍性的規律或結論。這裏的幾個故事都是特殊的、非常規的。出於作家的獨特發展與創造。——在這裏，藝術家追求獨創與學者追求普遍規律之間有著深刻矛盾。很難有「共同語言」，因爲其方向是背道而馳的。正所謂「理論是灰色的，生活之樹常青」。

性在愛情中究竟佔有什麼樣的位置，什麼樣的比例，以及以何種形式出現才是美的，何種形式出現才是不美的甚至是醜惡的……這是生物學、生理學、心理學、社會學的學者們所要關心的事。

金庸小說中的性行爲，固然產生過以上幾種導致愛情的結果，但也——在另一些場合，另一些人那裏——導致了道道地地的使人厭惡和憤怒的惡業和罪孽。例如《飛狐外傳》中袁紫衣的母親袁銀姑，就是被廣東佛山的惡霸鳳天南強暴摧殘後又拋棄的，不僅使袁銀姑從此墜入黑暗的地獄，而且還禍及後代，造成袁紫衣一生的悲劇（袁紫衣可不是楊不悔）。顯然，沒有愛的性強暴，是對人性的極大的侮辱，也是對人生的極大的毀滅性的打擊。

此外，《雪山飛狐》中的天龍門掌門人田歸農的獨生女兒田青文，與她的大師兄曹雲奇的性關係及其未婚先孕，也使人感到很醜惡很噁心。——性的衝動及其行爲並不總是那麼美好的。——看起來田青文與馬春花、紀曉芙等人的情形相似，都是訂婚之後而又（自覺或被迫）與另一個男人發性關係。但爲什麼田青文的行爲很難使人同情或理解呢？其原因很複雜，諸如她不像馬春花是對徐錚的失望而厭棄才不覺地投入福公子的懷抱的，而田青文對她的未婚夫陶子安是真心相愛的，相反對曹雲奇這位性伙伴卻並沒有愛情，也許這一點使人感到厭惡。進而，她生下小孩後，竟爲了自己的面子而毫無人性地將孩子親手殺死又親手埋葬，這就不僅使人厭惡而且使人鄙視和痛恨了。最後一個原因是這部小說中的天龍門的上下，無論師徒父子，師兄弟兄妹幾乎都是不乾不淨的，各懷私欲，成了一個醜惡的群體，一個罪惡的淵藪。田青文只是其中的一例罷了。

性無善惡，善惡在於人。性無美醜，美醜亦在於人事。

愛情與性的關係是不容忽視的。它像是海中的島嶼，露出水面的是情，潛藏在水底的則可能是性。性既是愛的潛在的根源，又是它的期望的結局。是愛的起點，又是它的目的地。也許，更準確地說，如果愛是人類生活中的長長的驛道，那麼性便是它的一個個驛站。在整體上，它們顯然是不可分割的。然而在具體的段落中，它們或許統一（驛道旁有驛站，或驛站前又有驛道），有時又或許是分離的，在兩個驛站之間，常常是單純的驛道。如此，作家藝術家截取任何一段風光加以描述和表現，都應該是可以的。甚而將這個比喻顛倒，以性為驛道，而愛為驛站，也不是不可能、不可行的。

金庸的小說，涉及更多的是男女之間的心理、靈性及精神的關係與形式，較少涉及到性的領域。這並不意味著金庸的情愛觀念是建立在純粹的精神天國裏，而與性、本能等等相互脫離甚至相互排斥。

上面的幾例便是明證。還有更多的朦朧的地域，還須我們去認真的探索。

十五　愛與欲

很少有人注意分辨愛與欲（不僅指性欲）的區別。也很少有人真正的分得清，在一幕幕情愛糾葛中，主人翁們戀人與自戀的比例，奉獻與索取的成份。

正是這種愛與欲的交融，戀人與自戀的混雜，奉獻與索取的匯合，使得愛情世界變得格外的矛盾複雜，錯綜紛紜。有人認爲愛是一種善行，而又有人則認爲愛是一種惡德。

在金庸的筆下，愛者與欲者的形象是個性分明的。比如《鹿鼎記》中的百勝刀王胡逸之和韋小寶有一次談情說愛，因爲胡逸之癡戀陳圓圓，而韋小寶則熱愛陳圓圓的女兒阿珂，所以兩人言語投機、同病相憐。然而兩人的高論並沒有真正的契合、相通之處。胡逸之主張「你喜歡上了一個人，那是爲了她，而不是爲了你自己」；而韋小寶則不然，說：「我要是喜歡上了一個人，就非要做她的老公不可。」——其中的差異，可謂涇渭分明。高下雅俗亦有雲泥之別。胡逸之的言語是愛者之論，韋小寶的態度則是欲者的特徵。

愛是爲了他人，指向他人，而奉獻自己的身心的情感，是「衣帶漸寬終不悔，爲伊消得人憔悴。」

欲是爲了自己，指向自己，佔有對象，滿足自己的欲望，是「人心不知足，天高不爲高」。

在《天龍八部》中，金庸給我們刻畫了一個真正的愛者的形象，那就是大理王子段譽，他對王語嫣的癡情，可以說是癡到了極處。其間種種曲折，這裏也不必細述。只說段譽與慕容復的一段對話，便可以看出段譽的愛心，是怎樣的純情與高潔：

慕容復冷笑道：「昨晚你跟我表妹說什麼話來？」段譽臉上一紅，囁嚅道：「也……也沒有什麼，只不過剛巧撞到，閑談幾句罷了。」慕容復道：「你是男子漢大丈夫，明人不做暗事，說過的話，做過的事，又何必抵賴隱瞞？」段譽給他一激，不由得氣往上衝，說道：「當然也不必瞞你，我跟王姑娘說要來勸你一勸。」慕容復冷笑道：「你說要勸我道：人生在世，最要緊的是夫婦間情投意合，兩心相悅。你又想說：我和西夏公主素不相識，既不知她是美是醜，是善是惡，旦夕相見，便成夫妻，那是大大的不妥，是不是？又說我若辜負了我表妹的美意，便為天下有情人齊聲唾罵，為江湖上的好漢鄙視恥笑，是也不是？」

他說一句，段譽吃一驚，待他說完，結結巴巴的道：「王……王姑娘都跟你說了？」慕容復道：「她怎麼會跟我說？」段譽道：「那麼你昨晚躲在一旁聽見了？」慕容復冷笑道：「你騙得了這等不識時務的無知姑娘，可騙不了我。」段譽奇道：「我騙你什麼？」

慕容復道：「事情再明白也沒有了，你自己想做西夏駙馬，怕我來爭，便編好了一套說辭，想透我上當。嘿嘿，慕容復不是三歲的小孩子。……」段譽嘆道：「我是一片好心，但盼王姑娘和你成婚，結成神仙眷屬，舉案齊眉，白頭偕老。」慕容復冷笑道：「多謝你的金口啦。大理段氏和姑蘇慕容復無親無故，素無交情，你何必這般來善禱善頌？只要我給我表妹纏住了不得脫身你便得其所哉，披紅掛彩的去做西夏駙馬了。」……

……段譽急道：「你不相信我是一番好意，那也由你。總而言之，我不能讓你娶西夏公主，我不能眼見王姑娘為你傷心斷腸，自尋短見。」……（第四十五回）

說來說去，總是談不攏。結果慕容復一氣之下，將段譽仍下了一口枯井之中。

段譽勸慕容復的那些話，自然句句是真。他並不是爲了慕容復，而是爲了王語嫣，也是爲了對王語嫣的愛。他是真正的愛者，所以爲了王語嫣的幸福，竟然——違背自己的心願——去勸慕容復不要娶西夏公主，而與王語嫣結成百年之好。這裏，段譽愛情的真摯與高潔，便充分地顯現了出來。愛一個人，就是一種無私的奉獻，希望她獲得幸福，哪怕會因此而離自己愈來愈遠！這才是人世間的真正美好的愛情，也是真正高貴而深刻的愛情。——倘若換了韋小寶，早就巴不得慕容復去娶了西夏公主，以便自己從中漁利，乘火打劫地佔有王語嫣。

可是，慕容復卻無法相信段譽的話。因爲他是一個大大的欲者，他要借西夏之兵，謀復國之道。所以才非娶西夏公主不可。他寧可爲了「王霸雄圖」的大欲而完全割捨王語嫣的一片癡情。對段譽，便自然而然地「以小人之心度君子之腹」。他無法想像段譽之所以到西夏來並非爲了求娶西夏公主，而只不過是來多看王語嫣一眼。慕容復到哪裏，王語嫣就到哪裏，而王姑娘在哪兒，段譽也就必然在哪兒。如此，段譽心目中的人間至福，便是與王語嫣多片刻的廝守或——不敢奢求的——終身結合；而慕容復心目中的遠大理想則是要復興燕國，恢復大統，實現他的皇帝之夢。這兩人當然是無法談到一起去了。愛者與欲者，起點不同，對象不同，價值觀念及個性氣質不同，理想和追求也不同，當然沒有什麼共同的語言。

段譽是一位真正的愛者。他的愛情感天動地，終於在「枯井底，污泥處」奇跡般地柳暗花明，置於死地而後生，獲得了王語嫣的青睞。從此，那「枯井底，污泥處」便成了他的人間的仙境。

如此，人間便多了一份美好的溫情，多了一個美好的故事，也多了一份美好的慰藉。然而，縱觀《天龍八部》全書，卻並非總是乾坤朗朗，相反則多魑魅魍魎，妖風迷霧，這是一個欲多於情、欲大於情、欲勝於情的世界。從而造成了「無人不冤，有情皆孽」的種種悲劇。

《天龍八部》中有一位出場不多，但卻十分關鍵的人物，那就是康敏。她是丐幫副幫主馬大元的夫人。第一次出場，是在馬大元被害不久。只見她始終「垂手低頭，站在一旁，背向眾人」又「低聲說話，略帶嗚咽，微微啜泣」，好一幅悲哀寡婦的模樣。這一次出場，使喬峰變成了蕭峰，使他從丐幫幫主變成了中原群豪的死敵。蕭峰的命運，因她而徹底改變。只是，那是，誰也想不到所有的這一切竟都是出於這位垂首低面的嬌俏婦人一手策劃，更沒有誰能想到她爲什麼要這樣做？

此後，她又指點蕭峰去殺段正淳，說段正淳是蕭峰的殺父仇人。至使蕭峰失手打死了易容前往、代父受過的阿朱。然而最後又發現全然不是那麼一回事，所有的這一切，只不過是康敏一手造成的，她甚至沒有策劃，而只是順手一指，隨機應變、挑撥離間，如此而已。

那麼，她與段正淳、蕭峰究竟有什麼樣的血海深仇？

恐怕誰也想不到。

先說段正淳。——康敏是段正淳的情人！而段正淳則是她唯一愛過的人！

她之所以要借蕭峰之手殺死段正淳，原因無它，只是因爲她覺得無法獨自佔有段正淳的愛，於是寧可將他毀掉。

且聽她對段正淳說的一個故事：

……馬夫人抿著嘴一笑，又輕又柔的說道：「我小時候啊，日思夜想，生的就是花衣服的相思病。」……

「……那時候啊，我便是有一雙新鞋穿，那也開心得不得了。我八歲那一年上，我爹爹說，到臘月裏，把我家養的三頭羊，十四隻雞拿到集市上去賣了過年。再剪塊花布，回家來給我縫新衣。我打從八月裏爹說了這句話那時候起，就開始盼望了……」

「……那一天傍晚，突然垮喇喇幾聲響，羊欄屋給大雪壓垮啦。幸好羊兒沒壓死。不料就是這天半夜裏，忽然羊叫狼嗥……三頭羊都給餓狼拖去啦，十幾隻雞也給狼吃了大半。爹爹大叫大嚷，出去趕狼……眼見他追入了山裏，我著急得很，不知道他能不能奪回羊兒。等了好久好久，才見爹爹一跛一拐的回來。他說在山崖裏滑一跤，摔傷了腿，鏢槍也摔到了崖下，羊兒自然奪不回來了。

「我好失望，坐在雪地裏放聲大哭。我天天好好放羊，就是想穿花衣衫，到頭來卻是一場空，我又哭又叫，只嚷：『爹，你去把羊兒奪回來，我要穿新衣，我要穿新衣！」

難怪蕭峰在外面聽到這裏，心裏要大嘆「這女子如此天性涼薄！」她爹爹摔傷了，她不關心爹爹的傷勢，盡記著自己的花衣！

然而，妙的還在後頭。——那是她見到隔壁的江家姊姊穿了一身新衣，她瞧得發癡了，氣得飯也不肯吃。在床上翻來覆去的睡不著，於是便偷偷地摸到隔壁江家，將那套新衣拿了起來

——

馬夫人星眼流波，嫣然一笑，說道：「我才不是偷新衣服呢！我拿起桌上針線籃裏的剪刀，將那件新衣裳剪得粉碎，又把那條褲子剪成了條條的，永遠縫補不起來。我剪爛了

這套新衣新褲之後，心中說不出的歡喜。比我自己有新衣服穿還要痛快。」

……馬夫人道：「……段郎，你可知道我為什麼要跟你說這些故事？我要叫你明白我的脾氣，從小就是這樣，要是有一件物事我日思夜想，得不到手，偏偏旁人運氣好得到了，那麼我說什麼也得毀了這件物事。小時候使的是笨法子。年紀慢慢大起來，人也聰明了些，就使些巧妙點的法子啦。」（第二十四回）

這一段故事，也是康敏的自畫像。她說從小「生的便是花衣服的相思病」，將「相思」一詞，運用到「衣服」之上，可見她對於情愛的對象，也就如同「花衣服」一般。——無論是人是物，是相思還是欲望，在她的心目中，都只不過是一種東西，是一種她「想要得到的東西」。——她的「相思」，無非是對物（或人）的佔有。如若不能佔有了乃至不能獨自佔有，她就要將那東西（物或人）毀滅。寧可毀滅，也不願意讓別人得到那東西。

對段正淳是這樣。對蕭峰也是這樣。——她對蕭峰的情感態度，更是使人莫名其妙，不可理解。明明是她害得蕭峰一生痛苦，可她卻硬要說：「我今日落到這個地步，都是你害的。你這傲慢自大，不將人家瞧在眼裏的畜牲！你這豬狗不如的契丹胡虜，你死後墮入十八層地獄，天天讓惡鬼折磨你。……你這狗雜種、王八蛋……」——看來她對蕭峰真的是恨之入骨，定然有什麼了不得的血海深仇了。

然而不然。她對蕭峰的忌恨，無非是——竟然是——因爲兩年前丐幫在洛陽開百花會時沒有用「正眼」看她一下！

這真是一件令人匪夷所思的事。然而，康敏卻煞有介事、振振有詞：「那天百花會中，我在黃芍藥旁這麼一站，會中的英雄好漢，哪一個不向我呆望？哪一個不是瞧著我神魂顛倒？偏生你這傢伙自逞英雄好漢，不貪女色，竟連正眼也不向我瞧上一眼。倘若你當真沒見到我，那也罷了，我不怪你。你明明見到我的，可就是視不見，眼光在我臉上掠過，居然沒有停留片刻，就當我跟庸俗脂粉絲毫分別。僞君子，不要臉的無恥之徒。」

僅僅是沒有瞧他一眼，也值得如此忌恨嗎？不僅蕭峰想不通，讀者只怕也想破腦袋都想不通其中的道理。——這正是小說的妙處。——且看書中寫道：

馬夫人惡恨恨地道：「你難道沒望我眼珠子麼？憑他是多出名的英雄好漢，都要從頭到腳向我細細打量。有些德高望重之人，就算不敢向我正視，乘旁人不覺，總還是向我偷偷的瞧上幾眼。只有你，只有你……哼，百花會中一千多個男人就只有你自始至終沒瞧過我。你是丐幫的大頭腦，天下聞名的英雄好漢。洛陽百花會中，男子漢以你居首，女子自然我為第一。你竟不向我好好地瞧上幾眼，我再自負美貌，又有什麼用？那一千多人便再為我神魂顛倒，我心裏又怎能舒服？」（第二十四回）

——明白了。康敏不僅是一位私欲心重、性情涼薄之人，而且在骨子裏頭是一個自戀狂！

她的一生只愛她自己。她的美貌，她的智慧，她的心願，她的花衣服，她的情郎……她的她的！一切都是她的！她自以爲是這一世界上最美的人，自以爲理應是這一世界的中心。因此，一切人都應該拜在她的裙下，做她的頂禮膜拜者。做她的美貌的俘虜，她的臣下。

偏偏蕭峰——這位男子漢中最英雄的首腦——卻連正眼也不瞧她一眼！這對她的自戀心與自尊心的打擊是何等的沉重！蕭峰這位天下聞名的第一好漢「視而不見」，那確實使她感到極大的難堪和屈辱，當真是「我再自負美貌，又有什麼用？那一千多人便再爲我神魂顛倒。又有什麼用」？因而，她要報仇雪恨！

在她看來，蕭峰對她視而不見的仇恨，抵得上世界上最大的仇，最深的恨！因此，她先是逼著丈夫馬大元同蕭峰翻臉，馬大元不答應，她便索性一不做二不休——她從來也沒有愛過丈夫馬大元；也從來沒有愛過其他的人（甚至包括段正淳），並且永遠也不可能愛除自己以外的任何人！——將馬大元殺了，引誘了白世鏡長老、全冠清舵主，栽贓蕭峰，將他趕下幫主的寶座，將他逐出丐幫、趕出中原……。她真的做到了，但這還不夠。還要騙蕭峰說段正淳是他的殺父之仇，以便讓段蕭峰與段正淳拚個你死我活，而她便一箭雙鵰。既報復了蕭峰之仇、又消解了段正淳之恨。……

她瘋了。她是欲海難填、又自戀成狂。這樣的人焉能不瘋？這樣的人本來就是瘋子。她將人性的「自私」的一面，如此推向了極端，發展到了狂熱的自戀，這種心態本來就已走過了——正常人性的——極限，邁向了變態與瘋狂。已經是不可理喻，從而一般的人無法猜知她內心的究竟，她的言行舉止，也無法被人所預料、所理解。

當然，我們也應該看到，《天龍八部》一書，整個兒像是一個很大、很深、很複雜的寓言世界。所以其中的人事，不能以常情度之。作者無疑採取了誇張與變形的手法，即並不從表面上的真實著眼，而是借種種匪夷所思的誇張情節，揭示人性人生世界的種種驚人的、然而又是十分真實、十分深刻的奧祕。小說中的段譽的「愛人至癡」以及康敏的「自戀成狂」的種種故事、言行、經歷、心理等等，無疑都經過了作者的誇張處理或藝術修飾。真實生活中的人（表面形態上）自然不大可能像他們那樣的癡，也不大可能像他們那樣的狂。

然而，他們所表現出來的這種「癡」與這種「狂」，對於「愛人」與「自戀」者來說，又有著極深刻的普遍意義，其「本質」卻有著極深刻的普遍意義，其「本質」卻是絕對真實的。《天龍八部》在某種程度上有點像《紅樓夢》中的「風月寶鑒」。作者創作此書，固然是爲了講述這曲折離奇的傳奇故事，更是爲了揭示人性的種種奧祕，而最後，還是爲了要「破孽化癡」。——作者所寫的這一切，正是希望人們恍然大悟，引以爲戒。

所以，小說中爲康敏安排了一個特殊的結局。——俗話說惡人自有惡人磨，作者便讓因康敏挑唆而被蕭峰誤殺的阿朱的妹妹阿紫將她折磨得遍體鱗傷、氣息奄奄（這大概也是因果相報吧）。——書中寫道：

馬夫人昵聲道：「我叫你瞧著我，你卻轉過了頭，為什麼啊？」聲音中竟不減嬌媚。

阿紫走進房來，笑道：「怎麼你還不死？這麼醜八怪的模樣，有哪個男人肯來瞧你？」

馬夫人道：「什麼？你……你說我是醜八怪的模樣？鏡子，鏡子，我要鏡子！」語調中顯得十分驚惶。蕭峰道：「快說，快說啊，你說了我就給你鏡子。」

阿紫順手從桌上拿起一面明鏡，對準了她，笑道：「你自己瞧瞧，美貌不美貌？」

馬夫人往鏡中看去，只見一張滿是血污塵土的臉，惶急、凶狠、惡毒、怨恨、痛楚、惱怒，種種醜惡之情，盡集於眉目唇鼻之間，哪裏還是從前那個俏生生、嬌怯怯、惹人愛憐的美貌佳人？她睜大了雙目，再也合不攏來。她一生自負美貌，可是在臨死之前，卻在鏡中見到了自己這般醜陋的模樣。……（第二十四回）

她死了。臨死之前，看到了自己的醜態，其實這是她的靈魂的「真相」。過去一直被她的「俏生生、嬌怯怯、惹人憐愛」的外表遮蔽著。作者忍不住在她臨終之前要揭開她的這一層表皮，讓她的形象的本質暴露於光天化日之下。

按說這「好人有好報」（如段譽）以及「惡有惡報」（如康敏）的觀念演繹，已經是中國文化與文學傳統中的老把戲了。金庸也來玩這種把戲，——就把戲本身的技術而言——也並不比老把戲高明多少。

只不過，在這部書中，在段譽與康敏的形象、個性及其遭遇……的對比之中，讓我們真正地認清、分明了「愛」與「欲」的本質的差異。看到了愛人與自戀的顯然的不同。無論是其中的生動風趣之處，還是使人怵目驚心之處，都得到了恰如其份的描述。

因爲《天龍八部》是一部旨在破孽化癡的寓言式的書，所以其中的人物，常常各走極端，例如段譽和康敏。其實在現實的人間世界之間，恐怕很難找到像段譽與康敏這樣的愛與欲、愛人與自戀都走到極端的例子，這種「癡」與這種「狂」都是藝術的誇張和變形所致。而生活中的人們，常常同時具有愛與欲、愛人與自戀的這兩種情感體驗及心理本性。只不過沒那麼癡也沒那麼狂，而是處於一種朦朧與渾沌的狀態，甚至連自身也難以分辨或覺察。

就這一點而言，生活遠比藝術更爲豐富、也更爲複雜。生活才是人性的真正「大百科」。而藝術的功能，常常是將其中的某一枝葉、某一因素加以放大、變形、誇張而已。

我們需要這種藝術。我們更需要生活。

十六　情與孽

情本非罪，愛未必造孽。

然而不知何時，情和孽被組合到了一起，被當成了一種惹不得、生不得，甚至思不得、想不得的東西。

曹雪芹先生在《紅樓夢》中寫了一副對聯，叫作「厚地高天，堪嘆古今情不盡；癡男怨女，自古風月債難償」。其實是懷了一種大悲憫來看待人生，達到了一種苦海慈航的大佛境界。但也並沒有批定情就是孽。

愛作爲一種情感，一種心理，一種人性，非但不是罪孽，相反是人之爲人的最要支柱、依據。——不是情愛造成了什麼罪孽，相反，若非情感，人類恐怕早已毀亡了。

且莫談玄。我有一位寫小說的朋友從萬里之外寫信給我，說他又看了一遍金庸的《天龍八部》，深感這是一部大書，雖龐雜鬆散，不無失控的可能性，但大家風度，隨心所欲，任意所之，也正在此。他說，蕭峰之死輝煌則輝煌矣，卻讓人覺出徹骨的冷，慕容復的話儘管不堪，卻讓他真正進入了幻化中的現實（因為他畢生追求的原本就是一種幻化的現實），身邊還有一個忠貞不貳的女人，這何嘗不是一種幸福。——我明白我的朋友的意思，也同意他的說法。慕容復一生碌碌，追求一種夢想，王霸雄圖，使他人性漸失，但他身邊還有一位癡情不變的姑娘，那姑娘就是阿碧，就是一開始就出現，一口吳儂軟語，一身靈秀之氣的姑娘。我還記得小說最後一回、最後一段的情形：段譽、王語嫣等人從北方回到大理境內，忽見一座墳頭上坐著慕容復，頭戴紙冠，面相儼然，讓一群小孩山呼萬歲、跪拜再三，慕容復就說：「眾愛卿平身，朕既興復大燕，身登大寶，人人皆有封賞。」然後就發糖給這群小孩吃。段譽他們還發現：墳邊垂首站著一個女子，卻是阿碧。她身穿淺綠衣衫，明艷的臉上頗有凄楚憔悴之色，只見她從一隻籃中取出糖果糕餅，分給眾小兒，說道：「大家很乖，明天再來玩，又有糖果糕餅吃！」語音嗚咽，一滴滴淚水落入了竹籃之中。段譽見到阿碧的神情，憐惜之念大起，只盼招呼她和慕容復同去大理，妥為安頓，卻見她瞧著慕容復的眼色中柔情無限，而慕容復也是一副志得意滿之態，心中頓時一凜：「各有各的緣法，慕容兄與阿碧如此，我覺得他們可憐，其實他們心中，焉知不是心滿意足？我又何必多事？」……

《天龍八部》是一部「無人不冤，有情皆孽」的書。但最後一幕中的阿碧對慕容復的那種愛情，卻使我們熱淚盈眶。我們感激她、崇敬她、也憐惜她，同時還不免有些妒忌慕容復「這小子如此福氣，卻只知『復』而不知福，身在福中不知福」！

真正的愛情是美麗而又崇高的。比如阿碧的愛就是如此。此情綿綿，與罪與孽絲毫也沾不上邊，一個弱女的愛情，有時能變成挽救一個人乃至一個民族的巨大的力量。

也還是在這一部書中，「天下四大惡人」中排行第二的「無惡不作」——她實在是無惡不作、罪大惡極——葉二娘雖然使人痛恨厭惡，但卻也有使人同情乃至使人尊敬的一面，那就是她對少林寺方丈玄慈的刻骨銘心的愛。蕭遠山和虛竹都要求她說出她愛的那個男人是誰，可她就是不說。蕭遠山又說「這男子只顧到自己的聲名前程，全不顧念到你一個年紀輕輕的姑娘，未嫁生子，處境是何等的凄慘」？又說「他為什麼讓你孤零零的飄泊江湖？」——

葉二娘說：「我不能嫁他的。他怎麼能娶我為妻？他是個好人，他向來待我很好。是我自己不願連累他的。他……他是好人。」言辭之中，對這個遺棄了她的情郎，仍是充滿了溫馨和思念，昔日恩情，不因自己深受苦楚，不因歲月消逝而有絲毫減退。

眾人均想：「葉二娘惡名素著，但對她當年的情郎，卻著實情深義重。只不知這男人是誰？」（第四十二回）

她當然不能說。因為她心愛的人是現任少林寺的方丈、江湖上赫赫有名德高望重的玄慈大師。玄慈固然還有一份私情，而且固然就是惡名素著的葉二娘，這不免使人感到震驚，感到匪夷所思！玄慈這位正派武林的領袖，和一位惡女人？……玄慈無疑是犯了雙重的罪孽。他在眾人面前也坦然承認，並要求公開受仗，最後自絕筋脈而死，葉二娘一開始要代他受仗爾後又殉情身亡。……看起來，這是一樁帶有罪孽的戀情，因為玄慈身為和尚且當方丈，卻犯佛門大戒，但對葉二娘而言卻並非如此。正如玄慈所說：「癡人，你又非佛門女尼，勘不破愛欲，何罪之有？」——玄慈與葉二娘的愛情本身，卻是可歌可泣的。他們雙雙身死，應該能消所有的罪孽，而他們的人性光輝卻也隨之而閃爍光芒。他們的愛情毫無卑污齷齪之處，而是真摯、純潔、深刻的。甚至是高尚的，也是感人至深的。

——愛本身非罪，情並非孽之源。

在金庸的小說中，固然有許許多多的故事表明，因情因愛而生癡、生惱、生苦、生妄、生殘、生恨、生災、生怨、生孽……，但這並不表明，愛情的天空就一片悲涼灰暗，塗滿了濁水污泥。其實，情也生喜、生樂、生甜、生福、生美、生善。天地萬物，相剋相生，相反相存，悲喜交集，禍福相依。愛情的天空，有時會陰雨連綿，但也會陽光普照，晴空萬里。何況愛情的悲與喜、苦與甜、甘與澀、禍與福本就是不可分的一種豐富的感受。更河況，總在庸庸倦倦的晴日，也還盼著一場痛痛快快的風雨；總在平平淡淡的生活，也還希望有起伏跌宕。情花有刺，花有花美，刺有刺趣。情果有苦澀有甘甜，苦澀有苦澀的味道，甘甜有甘甜的誘人之處。這才組成了真正變化萬千、豐富充實、鮮活生動、趣味盎然的人生世界。倘若清一色的「無菌世界」大家都穿著白大褂生活，那還何趣之有？水至清則無魚，人至清則無徒，情至清則無味矣！

所以，情愛世界中的痛苦與感傷，根本就不是罪孽。種種悲劇因果，常常並非由情而滅或生。那是有另外複雜的緣由。我們又何必見到雨天，就不再相信晴朗的日子，又怎麼能要求大自然將四季變成一季，只准春暖花開一種風景？

「由愛故生憂，由愛故生怖。」——憂又何妨，怖又怎樣？

提起這幾句佛偈，我又想起了《飛狐外傳》中的袁紫衣，她何以由姓袁變成了圓性，由紫衣化作了緇衣，其中自有難與人言的隱痛苦衷。但她是那樣的愛著胡斐，而胡斐又是那樣的愛著她，卻因一句什麼誓言而導致勞燕分飛、生離死別，從此天涯孤旅，這不免使人感傷。而臨別之際，又來說什麼「由愛故生憂」「若離於愛者，無憂亦無怖」，這未免有點太那個了，太矯情了，太不是味兒了。若說孽，這才是孽哩！一對有情人，因故各自東西，這不是孽是什麼？只有有情人終成眷屬，在天作比翼鳥，在地作連理枝，這才是人間正道，是人性本能也是人生的美妙風光呵。

想一想，孽也許還是有的。

但那決不是胡斐和袁紫衣的愛情本身，而是袁紫衣的生存背景，是另一樁「情」之孽。袁紫衣之所以成了緇衣芒鞋的圓性，之所以要矯情地遮掩內心自然的情意，那是因爲她早已出家爲尼，發誓要永遠伴著青燈古佛，木魚銅鐘。而她的出家，是爲她本沒有家。她之所以沒有家，那是因爲世界間有幾個男人，爲了一己的私欲——這並不是真正的情愛——而姦污了、霸佔了、再次欺騙了她的母親袁銀姑。第一個男人就是袁紫衣的生父鳳天南，是他姦污了袁銀姑、霸佔了袁銀姑，拆散了袁銀姑將要建起的愛巢、毀掉了袁銀姑的一生。第二個男人是湯沛，這位江湖聞名的大俠，「甘霖惠七省」的道貌岸然的僞君子，他收留了避難而來的袁銀姑，卻又再次強姦了她，將她對人間的最後一絲希望也毀滅了，將她送上了死路。從而將袁紫衣變成了無父無母的孤女，變成了出家的尼姑，變成了談情色變的大恐懼、大憂慮者。這一份巨大的罪孽與情何干？恰恰相反，正是這一份卑污殘忍的私欲的醜惡凶狠的罪孽，毀壞了兩代女性的真摯美好的戀情。

毀情滅愛才是真正的罪孽。而毀情滅愛的並非情愛自身，而是外界的、他人的殘酷的力量。那是一種私欲。一種純粹的動物之欲。那是一種人性的弱點。——甚至不能稱爲人性的弱點，而只能說是違背人性的弱點。因爲人性的真正意義和本質就是支撐起「人之爲人」這一體系的骨骸。鳳天南、湯沛們的行爲，則恰恰違背了人之爲人的基本的準則。

當然，情之孽也是客觀存在的。

因情造孽的情形，在金庸的小說中也大量存在，被作者深刻地描述過。

在一定程度上，《天龍八部》這部書被視爲有情皆孽，也決非讀者的胡猜。比如段譽與木婉青相遇，木婉青對段譽傾心相愛——這與她所受的「教育」相違背。她所受的「教育」是「男人都不是好東西」。因而她用一襲面紗蒙臉，不讓世間的男人看見。起誓說第一個看見她真面目的男人，要麼就嫁給他，要麼就殺了他。結果她讓段譽看了，是她讓他看的，她要嫁給他。——這本是一樁美事，奈何「情哥哥」竟然變成了「親哥哥」！原來她和段譽乃是一雙從未見面，甚至互不知曉的同父異母的兄妹。在他倆被關進一所石窟，被人暗中下了春藥，而爲情欲煎熬，眼見便有亂倫之厄時，我們強烈地感受到了命運的殘酷！強烈地感到了情感的罪孽。因爲這一切的罪魁禍首正是他們的父親段正淳，正是段正淳的風流放蕩，用情不專所造成的。受到這種情孽牽連的還有鍾靈這位純樸天真的姑娘，甚至還有王語嫣。眼見徹底使人絕望、使人窒息的情孽悲劇要最後結局和完成，作者似乎不忍心讓主人翁以及讀者徹底地被絕望窒息，便另闢蹊徑，設計了刀白鳳（段譽之母）月夜獻身於滿身惡臭、遍體傷殘的乞丐段延慶的情節。從而使段譽成了段延慶的兒子，與段正淳沒有血緣關係，因此與王語嫣（以及木婉青、鍾靈）沒有血緣關係了，也就沒有亂倫的恐懼與罪孽了。作者的這一設計是合情合理的，刀白鳳是段正淳的正娶元配的妻子，因深愛段正淳，又恨他放蕩風流，傷心失意、憤怒迷狂之際要「報復」他一下，也是合情合理、大有可能的。這消解了一樁亂倫之孽，但同時又顯露了另一樁罪孽，即刀白鳳與段延慶的關係，無愛的施捨和愛的報復，難道不正是一樁罪孽嗎？

無論如何，段譽與木婉青的那一幕悲劇（儘管沒有發生，且最後徹底地消解了）總使人難忘。段正淳的用情不專的造孽之果已經充分地顯示出來了。

段正淳的造孽還不僅是「來世報」，不僅造成了下一代兒女的悲劇，而且也是「現世報」造成了他所愛女人的無邊痛苦，甚至一個個都因此失去了正常的生活而失戀、變態、瘋狂。他們之間互相妒嫉、互相怨恨、互相瘋狂地攻擊、復仇與反復仇……造成了《天龍八部》一書中最使人頭皮發麻的一幕幕。——隨便翻一翻書，我們就能自到下面的情形：

這中年美婦正是段正淳的另一個情人修羅刀秦紅棉，那黑衣少女便是她的女兒木婉青。秦紅棉不怪段正淳拈花惹草，到處留情，卻恨旁的女子狐媚妖淫，奪了她的情郎，因此得到師妹甘寶寶傳來的訊息後，便和女兒木婉青同去行刺段正淳的妻子刀白鳳和他另一個情人，結果都沒有成功。待得悉段正淳又有一個相好叫阮星竹隱居在小鏡湖畔的方竹林中，便又帶了女兒趕來殺人。……（第二十三回）

從道德意義上講，段正淳對此是要負責任的。更不用說他要對自己的另兩個女兒，即阿朱之死、阿紫流落江湖沾染一身惡習負主要的責任。在這一意義上，段正淳每多一份愛情，便是多了一份罪孽。也正是在這一意義上，這部書有著指點迷津、破孽化癡的價值。

也還是在這一部書中，逍遙派的大師姐童姥和小師妹李秋水因同時愛上了二師兄（弟）逍遙子而互相妒忌、仇恨、以至於輾轉報復、連綿半個多世紀、近八十年之久，那更是令人匪夷所思、且慘不忍睹的故事。在這裏，我們就要考慮更多的——情以外的——因素了。造成這種悲慘現狀的真正原因，並不僅是她們對逍遙子的愛情，也不止是逍遙子的道德問題，而且也是由人的欲念、人的本性及其道德水準所造成的。

人永遠面臨著一種兩難選擇，即一方面人永遠希望能夠按照其本能去生活、滿足本能的一切欲念，以期徹底地實現人的「自然本性」；而另一方面，人與人之間的關係則又需要人在一定程度上——至少是不妨礙他人更不侵害他人的程度上——遏制自己的本能欲念，遵守人類的共同規則（法律、倫理、道德等等），拓展自己的理性天地，提高自己的道德修養水準。

人不可能完全按照自己的意願去生活，更不可能完全滿足自己所有的欲念。「人欲橫流」，毫無節制人的欲望之潮，不但會毀滅人，也最終會毀滅自己，毀滅人類。

《天龍八部》的奧祕，就是在揭示「人既是天使，又是魔鬼」這一本質的前提下，讓人的欲望本能徹底地失去控制，看一看這會造成什麼樣的結果。——結果是明顯的、災難性的、是無人不冤，有情皆孽，誰也不會有真正的幸福可言。哪一個都沒有好的結果。——金庸在這部書中將人的欲念的「魔鬼」全都施放出來，讓它們「自由自在」。讓我們看出「王霸雄圖，血海深恨」及情欲之貪、人性之癡……是怎樣構成了這個世界，又最終毀滅這個世界。

金庸並不是要徹底地否定這些——這些人的本能與欲望誰也無法否定，更無法消除——而是要我們認清這一切，幡然悟悔，破孽化癡，實現人的真正的本性（人之為人不僅在於其本能更在於其理性），從而獲得幸福美妙的人生之果。

人必須自我控制。由於上帝或蒼天的實際上的不存在，人能對自己的命運負責。同時，人也能夠、也應該負起這樣的責任。

在金庸的小說中，還有這樣的使人「怵目驚心」的愛情（這未必是眞正的愛情）及令人髮指的悲劇故事。

《飛狐外傳》中的「藥王門」下的幾個人即程靈素的幾位師兄（師姊）之間的愛情（我們說，這不一定是眞正的愛情，而是一種欲念或一種帶有欲念性質的情感）糾葛便是十分可怖的

：

……慕容景岳、姜鐵山、薛鵲三人一生恩怨糾葛，凄慘可怖。初時薛鵲苦戀慕容景岳，慕容景岳卻另娶他人。薛鵲一怒之下，便下毒害死了他的妻子。慕容景岳為妻報仇，用毒藥毀了薛鵲的容貌，使她身子佝僂，成為一個駝背醜女。姜鐵山自來喜歡這個師妹，她雖醜陋不堪，姜鐵山卻不以為嫌，娶了她為妻。哪知慕容景岳在他們成親生子之後，卻又想起了這師妹的種種好處來，不斷的向她糾纏，終於和姜鐵山反臉成仇，姜薛夫婦迫得鑄鐵為屋，便是為了抗拒大師兄的侵犯。哪知結局姜鐵山終於為石萬嗔所殺，而慕容景岳和薛鵲還是結為夫婦。……（第二十章）

這一故事，確實破壞了情愛世界的風景。變得有些令人難以忍受。然而，這也並非愛情自身的原因，而是其主人翁的人品的低下。他們將自己的情感放到了第一位，這本沒什麼，然而他們將自己的欲念置於他人的利益之上，這就有問題了。這就不夠人的起碼的道德水準及其「人性」的及格分數線了。

薛鵲愛她的大師兄慕容景岳，這本沒什麼不可以的，愛是情不自禁的。倘若她不愛什麼人則恐怕更可悲可怕。問題是，她愛大師兄，但大師兄卻並不愛他。——情愛世界中，這種陰錯陽差之事實在很多，也很尋常。——而薛鵲爲了這一份無可寄托的愛（此時她還是值得同情的）竟去殺了大師兄慕容景岳的新婚妻子，一個完全無辜的人。此時，連慕容景岳也是無辜的，因爲他不愛師妹而愛他人絕無過錯。這一殺人已是薛鵲的瘋狂的開始。造成了第一樁罪孽的並非出於愛情本身，而是出於她的瘋狂的妒恨和殘忍的個性。於是，慕容景岳開始報復，這本身也是不高尚的，甚至同樣違背道德。但考慮到薛鵲對他的殘忍，以及江湖上冤冤相報的「現實法則」，倒還是可以諒解。他不可原諒的是，在薛鵲結婚生子之後又反過來對她進行糾纏。是「失去的都是美好的」？還是又一次刻意的報復？是舊情萌發？還是壓根兒沒什麼情？還是新近又覺得有情了？……均不得而知。可是，薛鵲已嫁做人婦矣，卻又去糾纏不休此，從此，慕容景岳跨入地獄，成了一位失去人品人性的敗類。

再說，薛鵲嫁人了，要麼就不該嫁（因為她不愛姜鐵山），要麼就不該再與慕容景岳糾纏（如果她愛丈夫的話）。可她恰恰相反，甚至到最後竟間接地——再一次——殺害了丈夫姜鐵山：

> 程靈素不知道這中間的種種曲折，尋思：「二師哥（按指姜鐵山）死在石萬嗔下，想是他不肯背叛先師改投他的門下，但未始不是出於大師哥的從中挑撥。三師姊竟會改嫁大師哥，說不定也有一份謀殺親夫之罪。」……（第二十回）

背叛師門，這在江湖世界中是最不道德、最爲人所不齒的惡行。這種人的人品——即便是非江湖世界，即便是現代——也可想而知，是卑污低劣的。更何況他們新投的師父，正是當年被逐出門牆的師門敗類和大敵！

慕容景岳和薛鵲終於結爲夫婦了！然而這已完全失去了美感，完全失去了光采。因爲他們失去了愛的道德，甚至失去了人性和人格。他們的結合是以姜鐵山的慘死爲基礎和代價的，正如程靈素所想，顯然有他們倆撥弄其間，才會造成姜鐵山的悲慘結局，而他們的愛情（？）和婚姻建立在這樣一種他人的不幸的基礎上，又哪裏還有道德、愛情及其美感可言。——如果他們的婚姻成功了，那也是他們的人格的徹底的失敗；如果他們的婚姻失敗了，則是他們的人格的雙重失敗！——照他們的人品而言，他們的雙重失敗是可以推定的，甚至是必然的。

愛情能夠證明人性，能夠美化人性，能夠提高人的情感、道德的境界。而過份的欲念與自私則恰恰相反，它不僅可能違背人性與道德，甚至還可能毀滅愛情本身。它的存在，本身就是對真正的愛情的一種玷污和毀棄。

在《神鵰俠侶》中，我們看到了許多感人的愛情故事，有的熾烈而又堅貞，有的真摯而又感傷，有的纏綿而又幸福。同時，我們在這一部書中，也看到了那種使人感到恐懼甚而厭惡的情感、婚姻的景象。

那就是絕情谷主公孫止和他的妻子——地底老婦——裘千尺之間的婚姻悲劇。

絕情谷，是楊過和小龍女的愛情昇華之地方，也是李莫愁的葬身之地，同時還是程英、陸無雙的感傷之地。這並非塊絕情之地。

只不過，在這些人闖進此谷之前，這塊地域倒真是一個道道地地的「絕情」之處。公孫止與裘千尺這一對夫妻之間的絕情的程度，完全達到了失去人性的地步。

顯然，首先因爲這一對夫婦的婚姻乃是無愛的婚姻。裘千尺是與她的二哥裘千仞吵架，從家裏跑了出來，流落江湖，走進了絕情谷，嫁給了公孫止。而公孫止則從唐代先祖搬進谷中就過著避世又避人，無情又滅欲的生活，——在楊過等人闖進此谷時，谷中從不食葷、飲酒，至使馬光佐等「食肉動物」，感到一天也呆不下去。——這兩人的結合，是一個怎樣的情形呢？

其次，這裏的悲劇成因，很重要的一點，就是他們（首先是裘千尺）壓根兒就不知道愛的藝術。——人類正是憑著自己的本能和良好的天性而掌握了這一門至高無上的藝術的。裘千尺比公孫止大了幾歲，而且武功也高強幾分，從而主動地將她的全身武藝傾囊相授，挖空心思地補足公孫止祖傳武功的不足，對公孫止的飲食寒暖也照料得周到，並且在強敵來臨之際挺身而出，打退強敵，救了公孫止的命……裘千尺的功勞和恩德是大大的。然而，她與公孫止之間的關係，也就不大像夫妻關係，更不像情人之間的關係。她對公孫止的態度，絕不是妻子對丈夫、情人對情郎，而是母親對兒子、師父對徒弟，甚而主子對奴僕、債主對借債人……這樣一種關係！她培育了公孫止，將他的翅膀養硬了，他就開始背叛她了。——這幾乎是人間男女關係的一種悲劇模式——他去找了一個情人，一個真正愛他而也被他所愛的情人，一位叫柔兒的年輕婢女。書中寫道：

……綠萼道：「那年輕婢女叫什麼名字？她相貌很美麼？」

裘千尺道：「呸！美個屁！這小賤人就是肯聽話，公孫止說什麼她答應什麼，又是滿嘴的甜言蜜語，說這殺胚是當世最好的好人，本領最大的大英雄，就這麼著，讓這賊殺才迷上了。哼，這賤婢名叫柔兒。他十八代祖宗不積德的公孫止，他這三分三的臭本事，哪一招哪一式我不明白？這也算大英雄？他給我大哥做跟班也不配，給我二哥去提便壺，我二哥也一腳踢得他遠遠的。」

楊過聽到這裏，不禁對公孫止微生憐憫之意，心想：「定是你處處管束，要他大事小事都聽吩咐，你又瞧他不起，終於激得他生反叛之心。」……（第十九回）

以上這一段恐怕已經足以說明公孫止與裘千尺的婚姻悲劇的一個極重要的原因。裘千尺對愛的藝術顯得十分不通。她雖對丈夫恩重如山，但總覺得丈夫給自己的哥哥提便壺也不配，這就不免大大地傷了男人的自尊心。而且她處處管束，總將丈夫當成兒子、徒弟，而且還是沒什麼「出息」的兒子和徒弟，這當然會激起反叛之心。柔兒之「柔」正是公孫止所渴望得到的。因而自然要被迷上。從而使他的婚姻變成了一座人間地獄，以下的故事便可想而知，而且也順理成章了。

其三，這正是這一對夫妻的人品與道德的欠缺或低下。在正常的生活中，他們的這種人品的欠缺和道德修養的不足也許還顯示不出來。甚而可以通過美滿的愛情來彌補這種欠缺和不足。然而，在不幸的婚姻中，則恰恰相反，它激起了人的逆反之心，互相仇視，怨毒則又殘忍。公孫止與柔兒商量要「私奔」，裘千尺則將他們分別推入情花叢中，讓毒刺紮滿全身，然後只給他們一粒解藥。公孫止為了活命居然將無辜的柔兒親手殺死，其薄情寡義的本性已經暴露無遺。而後又為了報復此仇，將裘千尺挑斷筋絡，送入一個地底洞穴之中，讓她自生自滅。裘千尺的悲慘遭遇固不無令人同情之處，但也有自受的一面。正是她毀掉了自己的婚姻和幸福，而最終落得如此悲慘的下場。公孫止當然更為不堪，罪責難逃，他殺死了柔兒，又等於活埋了裘千尺，爾後，對小龍女、完顏萍、李莫愁等女性的一廂情願的追求乃至強迫，則表明此人已完全失去了理性，而成了一隻發情的公牛，被自己瘋狂的欲念所支配了。這時，他殺死女兒（儘管是無意的）也就不那麼不可思議了。

最後，這一對幾十年的怨偶，終於在絕情谷中同陷地穴之中，雙雙慘死。那「你中有我。我中有你」的粉身碎骨，雖非自願，但也可以看成是上帝的一次殘酷的幽默。當然更是蒼天的一種深刻的啓示。

愛情不僅是一種本能，它是有道德和理性參與的一種奇妙的藝術。同時又是對人格及其個性的一種十分嚴格的考驗。

愛情的起點與結局是各種各樣，互不相同的，之所以如此，之所以有許多的美好的愛情及幸福的婚姻最終變成了一場永遠無法期待的夢想，甚而變成一種十足的罪孽，變成一種地獄般的人生的苦役和人間的慘劇，其中最重要的一個原因就是愛的藝術與愛的道德水準，當然這也正是人格與個性所決定的。——「幾乎每個人都認為，愛是沒什麼可學的」，可是不然，「愛是一種藝術，它需要知識和努力。」（〔美〕埃．弗羅母《愛的藝術》）

從這一角度去認識情愛及其與「罪孽」的關係，我們也許會得到許多的啓示。

十七　愛與婚姻

中國與西方文化的不同點，在婚姻和愛情領域表現得特別的明顯。在西方的神話之中，我們都知道有一位愛神丘比特，是專管愛情的，他的神箭射中了誰的心，誰就會產生愛情；而在中國的神話中，則只有一位「月下老人」，是專管婚姻的，世間的姻緣都要靠他老人家的紅線來牽。一方注重的是愛情，而一方注重的是婚姻，兩種文化的價值傾向便有了明顯的不同。並且，西方的丘比特這位愛神是一位光屁股長翅膀的小孩，他射的「愛之箭」完全憑著他的本能、童稚和天真，有時恐怕也不免要惡作劇地亂射上一番，搞得西方人神魂顛倒、精神錯亂。而中國的婚姻之神月下老人則是一位白髮白鬍鬚的老頭，辦事憑經驗、智慧、達觀天命，一板一眼，絲毫也不馬虎大意的。

當然，這只是神話已。不過這也多少表明西方人多一點愛情追求及其浪漫氣質，而中國人則多一些婚姻考慮及其現實精神。中國人當然也考慮愛情，但緊接著一句最有名的話是「願天下有情人皆成眷屬」。還是離不開婚姻。可見「能不能結婚」是我們考評「愛情」的一大條款、原則，並且被當成了是否「幸福」的一大標誌。

現代以來，中國人也大不相同了。我們追求「戀愛自由」又「婚姻自主」（這兩種東西一起提出，可見我們還是沒有完全變，關鍵是婚姻自主這句話，否則戀愛自由豈不成了空談），進而，又流行起了一句話：「婚姻是愛情的墳墓。」——這話對不對，可以加以考慮，但它至少標明了一種進步的意識，那就是將愛情與婚姻不再混爲一談。我們談論愛情時，不一定意味著婚姻，而談論婚姻時，更不一定意味著愛情。——婚姻可是愛情的「墳墓」，確有不少熊熊燃燒著的愛情之火一旦進入了婚姻的世界便熄滅成灰炭了；但婚姻也完全可能是愛情的「溫床」，也同樣有另一些人是「先結婚，後戀愛」，愛情的萌芽，枝葉、花朵、果實都是在婚姻中培育起來的。

關鍵的是，我們應該明白，愛情和婚姻雖然有千絲萬縷的聯繫，但就其形態與實質而言，它們是兩種性質、兩種形態，而且屬於兩種世界。不能夠簡單地混爲一談，相互代換的。

愛情，可以是天堂，也可以是地獄。而婚姻則是一個平凡的世界，是人間的現實生活。

愛情是以心理感受及情狀爲核心的；婚姻則是以社會生活結構關係爲核心的。愛情是純感情本能的，不負責任的，而婚姻則需要理性的加入，更需要道德、倫理、責任心來維持。

愛情是自然狀態，而婚姻則多少是人爲的。

愛情是有幻覺加入的，是隔岸觀景，是以審美形式出現的；而婚姻則更多的是知性，是風雨同舟，是以生活智慧經驗的形式出現的。

愛情是天馬行空，超越現實的；而婚姻卻是平凡瑣碎，牽涉到雞毛蒜皮，油鹽醬醋的……我們還可以舉出很多的例子。不是有許多人「因誤會（愛情）而結合，因（婚姻）了解而分手」麼。於是就說了，婚姻是愛情的墳墓。如此云云，在了解到愛情和婚姻的真相之後，就不會那麼輕易地「結合」了，也不會那麼輕易地「分手」了。

在金庸的小說中，描寫愛情的悲喜的篇幅與描述婚姻狀況的篇幅不成比例，前者極多，後者極少。除韋小寶的婚姻外（對此我們在後文中要專門討論），大部份小說的主人翁們都是愛情有而無婚姻的，或者，一旦愛情「瓜熟蒂落」要結婚了，小說便到此爲止。

金庸很少涉及婚姻狀態，主要原因當然是出於審美方面的考慮。如上所述，愛情是多姿多彩的，是天堂又是地獄，這給小說的傳奇世界添上了無限的風光。而婚姻——在現實的意義上——是平凡瑣碎的，很難以審美的眼光去打量。更不會有多少傳奇的色彩。還有一個原因，金庸的小說是以傳奇的形式揭示深刻的人性，而不是以寫實的形式描述社會關係。因而多寫愛情，少寫婚姻，就是自然而然的了。

這倒並不是說婚姻之中沒什麼可寫。實際上我們知道，在婚姻世界中是有許多東西值得大寫特的。只不過「幸福的家庭都是相似的，不幸的家庭各有各的不幸」，而「不幸的家庭」及「不幸的婚姻」，我們在愛情（愛情自然也抱括婚姻中的愛情）的悲喜中已經涉及。所以，對「相似的」幸福婚姻就寫得少了。

金庸在描寫愛情的時候，是相當浪漫的。而一旦寫到婚姻，則又變得相當理性、愼重、富有現實精神。

這是因爲金庸洞察人性、飽經滄桑。了解愛情生活是一種充滿激情的生活，而（在理性上）卻多少有點「盲目」；相反，婚姻生活是一種需要智慧的生活，而（在感情上）卻多少需要「麻木」則是維持婚姻的必要的代價。

讓我們來看幾個例子。

第一個例子是在金庸的第一部武俠小說《書劍恩仇錄》中所描述的，陳家洛的母親徐潮生的愛情和婚姻的悲劇，她愛著于萬亭，而父母卻她許配給了（後來的）陳閣老。與愛情的對象不能結合，而婚姻中又沒有愛情，這的確是人間最悲慘的遭遇。——順便說一句，這種遭遇也恰恰是中國古代人的最普遍的遭遇。

徐潮生與于萬亭的愛情悲劇，很像是民間傳說中的祝英台與梁山伯，婚姻不能自主，戀愛不能自由，這確實是古已有之的悲劇了。所不同的是，徐潮生和于萬亭並沒有像梁、祝那樣去死。——像梁、祝那樣去死的人畢竟是極少數的，中國人似乎少有「不自由，毋寧死」的精神。而像戲曲中的梁、祝那樣「化蝶」並翩翩起舞者，那更是一種美妙動人的幻想。是美妙，也是幻想。——徐潮生和于萬亭都活了下來。徐潮生活著嫁給了一位她不愛的貴族，而于萬亭則活著忍受那種愛人他嫁的痛苦，他居然易容改妝在愛人的新家中做了多年的長工，爲了保護愛人，也爲了天天能看見愛人、在精神上與愛人在一起。

我們要說的是，徐潮生這樣生活了許多年，然而其他的人——比如她的兒子陳家洛——並沒有發現她的痛不欲生，並沒有發現她生活有什麼異常。當然，這種痛苦是在心裏。不過，沒有愛的婚姻也照樣要過下去、照樣過得下去。要不是陳家洛發現了那封她母親寫給他義父于萬亭的信，陳家洛恐怕永遠也不知道母親的生活中有過那麼一段愛情悲劇。

這就是說，愛情和婚姻是可以分離的，也常常是實際上分離著的。

一位美國學者說：「許多人相信他們因愛而結婚。這是一種錯誤的假設，一種危險的迷信。」又說：「第二種錯誤的假設：結了婚的人大多相愛。」（〔美〕賴林德勒等著《婚姻生活的藝術》）——這未免多少有些偏激或絕對，但它至少也說明了、揭示了人類婚姻生活及與愛我們當然不能因此而否認徐潮生的愛情悲劇的痛苦現實及其社會、審美等多方面的意義。但同時也不能過於誇張這悲劇性。婚姻是一種平凡的生活、真實的生活。沒有資料表明，徐潮生與陳閣老的「無愛的婚姻」究竟「不幸福」到什麼樣的程度。

書中沒有展示陳家洛的父、母之間的婚姻生活的具體情形，我們無從評說。

那麼，我們可以看另一個故事。

還是在《書劍恩仇錄》中，「天山雙鷹」陳正德、關明梅的婚姻，幾十年來一直是吵吵鬧鬧，無多少柔情蜜意的。因爲有個袁士霄夾在其中。關明梅原本與袁士霄相愛，但袁士霄性格比較怪（或者說個性比較強，這可以參考《天龍八部》中的趙錢孫其人與譚公、譚婆的情形），因而一不如意便遠走他鄉，多年不歸，關明梅等不至，以爲心上人從此失去，這才嫁給了陳正德。——這是一種起初的選擇。「望夫石」之類的神話畢竟是神話——沒想到不久袁士霄又回來了，見關明梅嫁作他人婦，後悔不已（這也是眞實的，得到時不覺可貴，失去時不免誇張其可貴的一面）。從而陳、關、袁三人之間的關係變成了一種冤孽。陳、關夫婦避往天山，袁士霄竟也隨之而往。從此「天山雙鷹」的生活，簡直像一座煉獄。沒有愛情的婚姻和有愛卻已不能結合的痛苦，變成了雙重的悲劇根源和動力。

關明梅認爲自己是不愛陳正德的，因而對於陳正德的一番癡情常常置若罔聞。——直到有麼一天，他們夫婦爲了討伐陳家洛對其弟子霍青桐的「不忠」，而追尋陳家洛、喀絲麗，與這一對年輕人在一起玩堆砂挑砂的遊戲，使人返老還童、返樸歸真。

書中寫道：

香香公主笑道：「老爺子，你唱歌呢還是跳舞？」陳正德老臉羞得臉紅，拚命推搪，關明梅與丈夫成親以來，不是吵嘴就是一本正經的練武，又或是共同對付敵人，從未這般開開心心的耍過，眼見丈夫憨態可掬，心中直樂，笑道：「你老人家欺侮孩子，那可不成！」陳正德推辭不掉，只得說道：「好，我來唱一段吹腔，販馬記！」用小生喉嚨唱了起來，唱到「我和你，少年夫妻如兒戲，還在那裏笑……」不住用眼瞟著妻子。

關明梅心情歡暢，記起與丈夫初婚時的甜蜜，如不是袁士霄突然歸來，他們原可終身快樂。這些年來自己從來沒有好好待他，常對他無理發怒，可是他對自己一往情深，有時吃醋吵嘴那也是因愛而起，這時忽覺委屈了丈夫數十年，心裏很是歉然，伸出手去輕輕握住了他手。陳正德受寵若驚，只覺眼前朦朧一片，原來淚水湧入了眼眶。關明梅見自己只露了這一點柔情，他便感激萬分，可見以往實在對他過份冷淡，向他又是微微一笑。（第十六回）

在童稚天真的遊戲中，關明梅忽然感悟到生活的真諦，覺悟自己以往的不是。這是一種很動人的情景。當然，這僅僅是序曲，是一個轉折，是向婚姻之愛的一種開拓。表面上看起來是對愛情的否定，實際是對另一種愛情的肯定。

有了這樣的一個契機，一個序幕，後面的情節就順理成章地發展下去了：

關明梅望著漸漸在大漠邊緣沉下去的太陽，緩緩說道：「什麼都講個緣法。從前，我常常很是難受，但近來我忽然高興了。」伸手把陳正德大褂上一個鬆了的扣子扣上了，又道：「一個人天天在享福，卻不知道這就是福氣，總是想著天邊拿不著的東西，哪知道最珍貴的寶貝就在自己身邊。現今我是懂了。」陳正德紅光滿面，神采煥發，望著妻子。

關明梅走到袁士霄身邊，柔聲道：「一個人折磨自己，折磨了幾十年，什麼罪過也該贖清了，何況本來也沒什麼罪過。我很快活，你也別再折磨你自己了吧！」袁士霄不敢回頭，突然飛上馬，說道：「去找他們吧！」天山雙鷹乘馬隨後跟去。（第十七回）

關明梅的這一番感悟，終於解開她和袁士霄、陳正德之間的一段死結。這樣，他們的生活，就進入了一個新的階段，新的境界了。

關明梅的話，多少代表了金庸的智慧和觀點：「一個人天天在享福，卻不知道這就是福氣，總是想著天邊拿不著的東西，哪知道最珍貴的寶貝就在自己的身邊。」這可以說是人性的一個普遍的特點。從而，這一番感悟，也正是對我們的人性的揭露，對我們的人生的啓示——生活，不是像我們想像的那麼好（也不是那種「好法」），可也不是我們想像的那麼壞。

生活不是想像。

愛情是需要想像的（或有想像力的自然的加入），而婚姻卻不同。它更需要智慧。需要求真務實，需要珍惜平凡的生活。而不是想著上天堂求愛或下地獄受苦。

關明梅「發現」了真理，發現了婚姻生活的真諦「天天享福，而不自知。」也許生活太平凡了，不像愛情的天邊彩虹，令我們遐想。

關明梅是幸福的，還是不幸的？

換一句話問，小說《書劍恩仇錄》中還有兩對「沒有愛情」的婚姻，即徐天宏與周綺、余魚同與李沅芷，他們會幸福嗎？他們會感到幸福嗎？

這就要看從哪一個角度來看了。是從愛情的角度（丘比特的眼睛），還是從婚姻的角度（月下老人的眼睛），看待這兩對年輕人的婚姻關係，其結論可能是不一致的。

倘若從愛情的角度而看，周綺無疑不喜歡徐天宏，一是他個頭矮小，與自己人高馬大的北方姑娘身材不配，二是他一肚子詭計，曲裏拐彎，江南人的狡猾，也不符合自己豪邁爽朗的個性以及對男人英雄大度的審美觀念。同樣，徐天宏也不一定喜歡周綺，一個大姑娘家整日價傻呵呵的像個男人，毫無溫柔之態，且女性技能一無所知，只知舞刀弄槍，而且人高馬大遠不似江南美女的嬌俏靈巧。……但是，在陳家洛與周仲英的撮合之下，他們都欣然從命了（看不出多少迫於父命的跡象）。也許他們不知「戀愛自由」、「婚姻自主」爲何物。因而適應了自己的命運，努力在婚姻中去發現對方的優點，培養同對方的愛情。徐天宏、周綺正是這樣做的，周綺開始用欣賞的目光打量自己這位矮小的丈夫，發現他的許多優點，而徐天宏自幼孤苦，而今獲得了婚姻家庭的溫暖幸福就倍加珍惜。在這一意義上，他們獲得了婚姻家庭的溫暖幸福就倍加珍惜。在這一意義上，他們獲得了幸福，是的，這也是幸福的。他們相愛在平凡子裏。這是一種——比單純的愛情——更爲長久的幸福。

同樣，余魚同是不愛李沅芷的。他一心戀慕的是已婚的駱冰，與李沅芷的訂婚，完全是應付差事。按說他們的結合肯定是不幸的。

然而不然。書中寫道：

……余魚同允她婚事，本極勉強，只是為了要給恩師報仇，一切全顧不到了，這時見她身受重傷，神智模糊，憐惜之餘不禁油然而生，輕輕拍著她手背道：「咱們這就動身回去，我跟你去見你爹爹。」李沅芷嘴角邊露出一絲微笑，忽問：「你是誰？」余魚同見她雙目直視，臉上沒一點血色，害怕起來，答道：「我是你余師哥。咱倆今兒定了親啊。以後我一定好好待你。」李沅芷垂下淚來，叫道：「你心裏是不喜歡我的，我知道。你快帶我見爹爹去，我要死啦。」眼望遠處幻像，道：「那是西湖，我爹爹在西湖邊上做提督，他……他……你認識他麼？」

余魚同心裏一陣酸楚，想起她數次救援之德，一片癡情，自己卻對她不加理睬，要是她傷重而死，如何是好？一時忘情，伸手把她摟在懷裏，低聲道：我心裏是真正愛你的，你不會死。」李沅芷嘆了口氣，余魚同道：「快說：『我不會死』！」（第十八回）

也許這還談不上是愛情，而是憐惜、感激，一時的衝動……等等。然而這些情感（不論是不是愛情）都是婚姻的情感的堅實基礎。在小說的最後一回中，寫到李沅芷在紅花會與清兵衝突之際，掙脫父親李可秀的手，而來到余魚同的身邊，使余魚同「心頭一喜，精神倍長」，這表明余魚同對李沅芷的感情又進了一步。從不自覺變成了自覺的關心。——中國人形容夫妻感情時最常用的一個詞是「夫妻恩愛」以及「一夜夫妻百日恩」，可見其對「恩」的重視的程度遠遠大於對「愛」的重視的程度。這（對於婚姻來說）是大有道理的，這就是白鬍子的月下老人與光屁股的丘比特小娃娃的不同之處了，因爲「愛」是「無常」的，而「恩」則是永生難忘的。從而恩情比愛情更紮實，更堅貞也更恆久。

當然，余魚同在與李沅芷的結合中，不免時常會有一種苦澀之感，因爲畢竟是感激、憐惜大於愛情。但這就是生活，就是婚姻，就是塵世間的幸福的滋味。——塵世間有不包含著苦澀的那種純粹的幸福滋味麼？

最後，我們來看另一個故事。

這是我們大家都已熟悉的主人翁郭靖與黃蓉的故事。

在《神鵰俠侶》中的郭靖與黃蓉的婚姻，固然還是幸福，但若與《射鵰英雄傳》中的愛情相比，就不免黯然失色了。

金庸的了不起之處也就正在這裏，他在寫郭、黃戀愛之時，是何等的美妙浪漫、堅貞執著、光彩照人。——以至於大家都不自覺地以郭、黃的相愛視爲天合之作、人間佳偶，美好愛情的「正格」。

然而，到了《神鵰俠侶》中，他們由愛情步入婚姻家庭之後，這種「正格」的愛情，也還是不免要失去大部分光環，變成庸常的生活。天仙精靈一般的黃蓉，也變得不那麼可愛了，首先是像老母雞一樣地給女兒護短，不論郭芙幹了什麼樣的壞事，都不許丈夫管束，甚而郭芙斷了楊過的手臂，黃蓉也還是照樣護著她逃避責罰。其次是她對待楊過的態度，充分顯示了她的涼薄的天性、庸常女性的狹窄心腸，多少有些令人可厭可憎。令楊過吃了許多本不該吃的苦頭，嘗了許多本可不嘗的世態炎涼、人情冷暖的滋味。——《紅樓夢》中的賈寶玉說「女人結婚之前是珍珠，而結婚之後就變成了魚眼睛」，這話雖有些偏激，但卻也不無道理。——在《神鵰俠侶》的第一回中，金庸對黃蓉在婚後生活有一段意味深長的描寫：

她性子向來刁鑽古怪，不肯有片刻安寧，有了身孕，處處不便，甚是煩惱，推源禍始，自是郭靖不好。有孕之人性子本易暴躁，她對郭靖雖然情深愛重，這時卻找些小故，不斷跟他吵鬧。郭靖知道愛妻脾氣，每當她無理取鬧，總是笑笑不理。若是黃蓉惱得狠了，他就溫言慰藉，逗她開顏為笑方罷。

不覺十月過去，黃蓉生下一女，取名郭芙。她懷孕時心中不喜，但生下女兒之後卻異常憐惜，事事縱恣。這女孩不到一歲便已頑皮不堪。郭靖有時看不過眼，管教幾句，黃蓉著意護持，郭靖每管一回，結果女兒反而更加放肆一回……郭靖一來順著愛妻，二來對這頑皮女兒也十分愛憐，每當女兒犯了過錯，要想責打，但見她扮個鬼臉摟著自己脖子軟語相求，只得嘆口長氣，舉起的手又慢慢放了下來。……（第一回）

郭芙可以是黃蓉的一面鏡子。照出了黃蓉性格的「另一面」，她的非靈秀、非智慧、非賢惠的一面。

只因郭靖「英雄難過美人關」，處處順讓，又加之「英雄難過兒女關」，處處忍氣嘆息，這才將他們的生活維持成現在這種樣子。

現在這種樣子，是平凡庸常的。看不出有多少值得人格外羨慕的地方。因爲他們進入了起初的生活領域，而脫離傳奇的愛情軌道，這才似乎完全變了模樣。

平凡的幸福，或幸福的平凡生活，總是有許多苦澀之處。郭靖對黃蓉處處順讓，並不表明他沒有苦衷。同樣，黃蓉對郭靖也未必真的就十分滿意。諸如郭靖資質魯鈍，「年輕時就不懂女兒家心事，現在更懂得什麼」等等。

其實，郭靖的魯鈍、木訥和黃蓉的刁鑽古怪，在《射鵰英雄傳》中就已明明白白地顯示出來了。只不過那時處於熱戀之中，很容易將魯鈍木訥當作是忠厚誠樸，將刁鑽古怪當作了聰明靈秀——愛情總是使人只看到對象的好的一面，而有意無意地「忽略」甚至「美化」其不好的一面。——甚至旁觀的讀者也是如此。

而婚姻則不是如此。婚姻雖不至於僅看到壞的一面而不看到好的一面，但婚姻生活至少是無法迴避對象的個性真實：包括其好的一面和不好的一面，因爲婚姻是兩人的結合和終日廝守，消失了審美的距離，從而很像戀愛時那樣有距離審美觀照；而只能是面對面的現實的觀察、了解、體驗。

《神鵰俠侶》對郭靖、黃蓉的婚後生活的個性發展及其關係的表現是十分成功的。它既沒有（也不可能）延續上一部分中的戀愛時的純粹的浪漫；同時，又沒有（也不必）故意將他們的性格衝突和生活矛盾過分的渲染誇張。而是真實的、細緻的，把握了藝術的分寸。在「續書」中有變化，有轉折，因爲他們畢竟是從戀愛到婚姻，經歷了一場變化和轉折；同時在變化與轉折中，又作到了恰如其份的續書。因爲他們畢竟是因相愛而結合的。

如前所述，婚姻可能是墳墓，也可能是溫床；它不是天堂，也不是地獄，而是平凡的世界。誰認識了、把握了這一點，誰就能把握幸福。不認識、不承認這一點，則只能與幸福無緣。

十八　愛與迷戀

在理論上，我們知道，真正的去愛一個人和處在一種迷戀的情境是不一樣的。可是，在生活中，深陷於愛或迷戀的情境中的人們，又有幾個能分得清哪是愛、哪不是愛而迷戀？

小說《俠客行》中的男主人翁石破天接觸過兩個少女，一個是丁璫，一個是阿綉，他都很喜歡她們。喜歡的程度當是然大不一樣的。

但是，又怎麼能一下子分得清，他究竟是愛哪一個，而又只是喜歡或迷戀哪一個？考證這這個問題，可真是一件困難的事。

只怕我們的主人翁石破天先生本人也不大清楚。這位老兄是一位徹頭徹尾的大好人，處處聽別人的擺佈。別人叫他做長樂幫的幫主他就做了；叫他和丁璫拜堂成親他就拜了堂；叫他答應娶阿綉爲妻他就答應了；別人叫他是狗雜種、小乞丐、石破天、小傻瓜、大粽子、史億刀、天哥、大哥……，不管是與不是，好聽與不好聽，他都全無不滿地答應了。

丁璫叫他是「天哥」，那麼他就是天哥了。

阿綉叫他是「大哥」，那麼他就是大哥了。

「天哥」是丁璫的心上人；「大哥」是阿綉的心上人。「天哥」與「大哥」只差一筆，卻又差十萬八千里。

那麼他究竟是天哥呢，還是大哥呢？老實說他也不清楚。

不能說他不喜歡丁璫。她畢竟是他碰見的第一個姑娘，而且對他情意綿綿，在武功上與愛情方面都做過他的啓蒙老師，並且他們曾一起度過了許多快樂的時光，甚至還拜堂成親了。對石破天這樣的年輕人，丁璫的魅力是難以抗拒的。對於石破天這樣的老實樸素的人，丁璫的風流溢采、熱烈瘋狂、強烈主動的個性，只怕要比溫柔嫻靜、端莊賢淑、內向靦腆的個性更有誘惑、更能引起十分強烈的迷戀。

同性相斥、異性相吸，這不是物理學上的定律，也是社會學和心理學上的定律。石破天和丁璫不僅性別上異性相吸，而且在性格上也是……至少對石破天來說是這樣。

他是一隻彩球，被命運拋來拋去，拋到哪裏就在哪裏，他似乎總是毫無怨言。

是丁璫一次又次地找他，把他當成她的天哥，他明白他不是。內心裏很是惶惑也很是苦楚，同時又因解釋不清而無可奈何（他身上的傷疤從哪裏來的，連他自己也說不清楚，奈何？）……然而，他也情不自禁地在這一場錯把「馮京」當「馬涼」的愛情遊戲中，越陷越深，越演越真。到最後，就有一點假做真來真亦假，無爲有處有還無了。他弄不清楚，乾脆也不去想它。身邊的少女成了心上的情人。

這僅僅是迷戀麼？也許是，也許不是。

真的石破天（石中玉）出現了，丁璫找到了她的真正的天哥。這時主人翁石破天內心的情形誰也不清楚：有多少解除誤會的喜悅、又有多少失落一個夢的遺憾？有多少終於說清楚了的輕鬆之感，又有多少失去丁璫的沉重？

他向丁璫邁出了一步，要向她表明自己一向沒有說假話，同時——下意識的，不自覺的——這不也是一種試探麼？要看看丁璫在石中玉出現之後，在他和石中玉之間究竟選擇誰？

主動權在丁璫手中。——像情愛世界的普遍情形一樣——他的命運也在丁璫的手中。石中玉和石破天是那樣的相像，又是那樣的不同，她的「天哥」本來就是虛妄——石中玉扮演石破天只是一種權宜之計、全無真心的遊戲；而狗雜種扮演石破天則又是一種無可奈何的命運。——石破天這個人是不存在的。石中玉是假的，狗雜種也是假的。

丁璫選擇了，拉住了石中玉的手，如坐春風。而給了石破天一個熱辣辣的耳光，並說他是一個騙子。

石破天黯然神傷，然而還是一如既往地吞下了生活的酸澀苦楚。情果原是一大耳光。

此時「石破天眼中淚珠滾來滾去，險些便要奪眶而出，強自忍住，退了開去。」——退了開去，可不只是此刻從她的身邊退開，而是永遠的退開呀！小說中描述了當天夜晚的情形：

這日晚間，石破天一早就上了床，但思如潮湧，翻來覆去的直到中宵，才迷迷糊糊地入睡。

睡夢之中，忽聽得窗格上得得得地輕敲三下，他翻身坐起，記得丁璫以前兩半夜裏來尋自己，都是這般擊窗為號，不禁沖口而出：「是叮叮……」只說得三個字，立即住口，嘆了口氣，心想：「我這可不是發癡？叮叮噹噹早隨她那天哥去了，又怎會再來看我？」卻見窗子緩緩推開，一個苗條的身形輕輕躍入，格地一笑，卻不是丁璫是誰？她走到床前，低聲笑道：「怎麼將我截住了一半？叮叮噹噹變成了叮叮？」

石破天又驚又喜，「啊」的一聲，從床上跳了下來，道：「你……你怎麼又來了？」丁璫抿嘴笑道：「我記掛著你，來瞧你啊，怎麼啦，來不得麼？」石破天搖頭道：「你找到了你真天哥，又瞧我這假的作甚？」丁璫笑道：「啊唷，生氣了，是不是？天哥，日裏我打了你一記，你惱不惱？」說著伸手輕撫他面頰。

石破天鼻中聞到甜甜的香氣，臉上受到她滑膩手掌溫柔的撫摸，不由得心煩意亂，囁嚅道：「我不惱。叮叮噹噹，你不用再來看我。你認錯了人大家都沒有法子，只要你不當我是騙子，那就好了。」

丁璫柔聲道：「小騙子！小騙子！唉，你倘若真是個騙子，說不定我反而喜歡。天哥，你是天下少有的正人君子，你跟我拜堂成親，始終……始終沒把我當成你的妻子。」

石破天全身發燒，不由得羞慚無地，道：「我……我不是正人君子！我不是不想，只是我不……不敢！幸虧……幸虧咱們沒有什麼，否則……否則可就不知如何是好！」（第

十六回）

石破天是一個老實人，說的是老實話。他說：「我不是不想，只是不敢，那就是不敢。」想顯然還是想的。

這種「想」是愛，還是迷戀？

不幸的是（抑或萬幸的是）這天晚上丁璫來找他，可沒安什麼好心，只是想要他代替石中玉到凌霄城雪山派所在地去送死。丁璫略施小計，哄得石破天欣然前往。明知山有虎，偏向虎山行。石破天處處爲他人著想，一生從不求人，但別人求他卻又是有求必應。只是，這一回，他是純粹的有求必應呢，還是爲了心愛的人而甘冒風險，甚至不惜以生命的代價去換取心上人的幸福？——真正的愛者都會這麼做的，石破天更會這麼做。——名義上，石破天是爲了去救對他恩重如山的石清夫婦（其實這是丁璫「對症下藥」，故意這樣說的），實際上呢，誰也不清楚。如前所述，石破天也不清楚。

世事如棋，竅通成運，時常歪打正著。石破天這次去雪山派，本是大大的厄運，但好人自有天相，傻人有傻福氣，他不但沒有死，而且還遇到了史婆婆和阿隻：

……石破天又道：「在紫煙島上找不到你們，我日夜想念，今日重會，那真好……最好以後再也不分開了。」

阿綉蒼白的臉上突然堆起滿臉紅暈，低下頭去。她知石破天性子淳樸，不善言詞，這幾句話實是發自肺腑，雖然當著婆婆之面吐露真情，未免令人靦腆，但心中實是歡喜不勝。

史婆婆嘿嘿一笑，說道：「你若能立下大功，這件事也未始不能辦到，就算婆婆親口許給你好了。」阿綉的頭垂得更低，羞得耳根子也都紅了。

石破天卻尚未知道這便是史婆婆許婚，問道：「師父許什麼？」史婆婆笑道：「我把這孫女兒給了你做老婆，你要不要？想不想？喜不喜歡？」石破天又驚又喜，道：「我……我……我……自然要，自然想得很，喜歡得很」（第十六回）

史婆婆許婚，這位傻哥哥還不知「師父許什麼」，這可真是傻得可以。但一旦知道是將阿綉許給他做老婆，他又驚又喜說「自然要，自然想得很，自然喜歡得很……」

他這話也同樣是真心。因為石破天可是從來不說謊話的人。那麼，他說對丁璫是「很想」又對阿綉說「自然想得很」，對兩人都是「想」，豈不糊塗，豈不矛盾。

是的，他是矛盾，也確實糊塗。他對這生活中的兩位少女都「想」。只不過，一個是迷戀而另一個是愛。只不過，他自己也並不明究竟是愛哪一個，而迷戀哪一個。

可是，我們逐漸明白，他對丁璫，只是一種強烈的迷戀，一種神魂顛倒的衝動；而對阿綉，則是一種發自內心的真正的愛。他對丁璫說：「我很想……」而對阿綉說「我自然很想」。

這看起來沒什麼分別，但實際上卻有一種細微的、而又是本質的區別，那就是，對阿綉及是「自然」要，「自然想得很」。——奧妙正在這「自然」之字。

真正的愛是自然而的，甚至當事往往都不大清楚（什麼時候開始的？為什麼愛她？愛她什麼？……）

而強烈的迷戀則相反，自己清清楚楚地知道：「我很想，但我不敢……。」

石破天的情形正這樣。在他還不明白愛是怎麼一回事的時候，他就已經深深地愛上了阿綉這位溫柔靦腆而又多情靈慧的姑娘。他對丁璫有過強烈的衝動（性與愛的衝動），而對阿綉則是知己的愛。

阿綉是他在這個世界上唯一的知己。知音難覓，石破天痛苦不堪，但幸運的是，他終於遇上了一個，那就是阿綉。

那是他剛剛被丁璫拋到阿綉的船上，不久他們一起落難紫煙島的時候：

史婆婆不答，雙眼盯住了石破天，目不轉睛地瞧著他。

突然之間，她目光中流露出十分凶悍憎惡的神色，雙手發顫，便似要撲將上去，一口將他咬死一般……史婆婆厲聲道：「阿綉，你再瞧瞧他，像是不像？」

阿綉一雙大眼睛在石破天臉上轉了轉，眼色卻甚是柔和，說道：「奶奶，相貌是有些像的，然而……然而決計不是。只要他……他有這位大哥一成的忠誠厚道……他也就決計不會……不會……」

史婆婆眼色中的凶光慢慢消失，哼了一聲，道：「雖然不是他，可相貌這麼像，我也決計不教。」

石破天登時恍然：「是了，她又疑心我是那個石破天了。這個石幫主得罪的人真多，天下竟這許多人恨他，日後若能遇上，我得好好勸他一勸。」只得史婆婆道：「你是不是也姓石？」石破天搖頭道：「不是！大家都說我是長樂幫的什麼石幫主，其實我一點也不是，半點也不是。唉，說來說去，誰也不信！」說著長長嘆了口氣，十分煩惱。

阿綉低聲道：「我相信你不是。」

石破天大喜，叫道：「你當真相信我不是他？那……那好極了。只有你一個人，才不相信。」阿綉道：「你是好人，他……他是壞人。你們兩個全然不同。」

石破天情不自禁地拉著她手，連聲道「多謝你！多謝你！多謝你！」這些日子來人人都當他是石幫主，令他無從辯白，這時便如一個滿腔含冤的犯人忽然得到昭雪，對這位明鏡高懸的青天大老爺自是感激涕零，說得幾句「多謝你」，忍不住流下淚來，滴滴眼淚，都落在阿綉的纖纖素手之上。阿綉羞紅了臉，卻不忍將手從他掌中抽回。

史婆婆冷冷地道：「是便是，不是便不是。一個大男人，哭哭啼啼的，像什麼樣子。」

石破天道：「是！」伸手要擦眼淚。猛地驚覺自己將阿綉的手抓著，忙道：「對不起

，對不起！」放開她的手掌，道：「我……我……我不是……我再去摘些柿子。」不敢再向阿綉多看，向外直奔。……（第十回）

每一次看到這裏，我都要情不自禁，熱淚盈眶。我深深的知道，石破天的感激有多麼的深！從來他都沒有以自己的真實的身份生活過，小的時候是狗雜種，而長大後一直是石破天，是冒名頂替的一個「替身」。從來就沒有人相信他不是那個石破天，而是他自己。而世界上居然有一位阿綉，只用眼睛（也用心）看了他一眼，就堅決相信他是他自己，而與那個強姦（阿綉未遂）的石中玉（石破天）毫不相干！

世界上唯有阿綉。

人生得一知己足矣！

而丁璫愛的那個「天哥」壓根兒就不是他。他清楚他知道這一點。

只有阿綉才第一次把他當成他自己——不管他是什麼身份，也不管他叫什麼名字——並且道道地地地愛上了這個他，他自己！……那時他確實不懂得愛情。他也不敢愛阿綉——這與他不敢與丁璫做夫妻大不一樣——但他卻又在不知不覺間真正地愛上了她。

且看下面的一段：

石破天見她白玉般的臉頰上兀自留著幾滴淚水，但笑靨生春，說不出的嬌美動人，不由得癡癡地看得呆了。阿綉面上一紅，身子微顫，那幾顆淚水便滾了下來，說道：「我做的夢，常常是很準的，因此我害怕將來總有一日，你真的會使這一招將我殺了。」

石破天連連搖頭，道：「不會的，不會的，我說什麼也不會殺你。別說我決不會殺你，就是你要殺我，我……我也不還手。」阿綉奇道：「倘若我要殺你，你為什麼不還手？」石破天伸手搔了搔頭，便笑道：「我覺得……我覺得不論你要我做什麼事，我總會依你，聽你的話。你真要殺我，我倘若不給你殺，你就不快活，那還是讓你殺了的好。」

阿綉怔怔地聽著，只覺他這幾句話誠摯無比，確實出於肺腑，不由得心中感激，眼眶兒又紅了，道：「你……你為人麼對我這樣好？」

石破天道：「只要你快活，我就說不出的喜歡。阿綉姑娘，我……我真想天天這樣瞧你。」他說這幾句話時，只是心中麼想，嘴裏就說出來了。阿綉年紀雖比他小著幾歲，可人情世故卻不知比他多懂了多少，一聽之下，就知他是在表示情意，要和她終身廝守，結成眷屬，不禁滿臉含羞，連頭頸中也紅了，慢慢把頭低了下去。

良久良久，兩人誰也不說一句話。

……（第十回）

阿綉知道了他愛著她。而他自己卻並不完全知道這就愛上了。他說「我真想天天這樣瞧你」那就是刻骨銘心（**然而又是不知不覺的**）愛呵！他愛她，從而「只要你快活，我就說不出的喜歡」。他愛她，從而「我覺得不論你要我做什麼事，我總會依你，聽你的話。」他愛她，這才會表示：「你真的要殺我，倘若我不給你殺，你就不快活了，那還是讓你殺了的好！」……

我們都知道了：他深深的、真正的愛著阿綉。只有真正的愛——而不是迷戀——才會這樣。

迷戀可以發生在許多的異性對象上，而愛，則是人海茫茫中的唯一的知音、知己。這種差異，平常看不出來，但卻隨著時間的推移而越來越清楚、越來越大。

幸而，丁璫讓石破天去送死，反而絕處逢生，再遇阿綉。

這真是，有心栽花花不發，無意插柳柳成行

好人一生平安。

像石破天這樣的真正的好人，作者又怎忍心讓他在迷戀之中徘徊和痛苦下去？

相反，丁璫對石中玉其實也只不過是一種迷戀。對石中玉的風流放蕩、甜言蜜語、輕薄癲狂的迷戀。她說石破天「你倘若是一個小騙子，說不定還好些」這雖然看起來荒謬，卻也是真實的。

石中玉與石破天不僅是實際上兄弟，而且也是一種「真」與「幻」之間的關係。石中玉是「真」的石破天；而石破天是「假」的；石破天是真性情的真人，而石中玉則是虛情假意的僞者。

從而，在這一特定角度來考察石中玉、石破天、丁璫、阿綉這幾個年輕人之間的關係，是極有意思的。

1．石中玉：要強姦阿綉，未遂。逃出雪山派，與丁璫氣味相投，相互迷戀。

2．石破天：被當成了石中玉，丁璫要他拜堂成親，引起了他本能的迷戀。然而他真正的相愛著的卻還是阿綉。

3．丁璫，她是那樣的迷戀石中玉，但是她是愛著石中玉嗎？還是（也許以後她會發現，也許終身不會發現，也許不）愛誠樸厚道的石破天呢？——這一點極值得研究。

4．阿綉，她險些兒被石中玉強姦了，他恨他。她愛石破天。

這幾位年輕人相互之間有一種奇妙的關係，——是愛，還是迷戀？

不知道。但值得我們好好地去揣摩研究。

我們只知道，石破天與阿綉這兩個雖然沒多少狂熱癡迷，神魂顛倒的迷戀，但卻是真正的兩廂情願、情投意合，是一對真正幸福的愛侶。

也許石破天迷戀過丁璫，甚至「想」……但那畢竟只是迷戀而已。隨著日月推移，天長日久，待他經歷了更多的人生、待他與阿綉真正的結合以後，他就會發現，那種迷戀是多麼的幼稚、多麼的單純，又是多麼的荒唐。

丁璫呢？石中玉呢？

不知道。也沒有誰想知道呢。我們只關心石破天，都祝願他：好人一生平安！

他會的。好人一生平安。這話雖似幼稚或俗氣，但在飽經滄桑之後再來聽這話，其意味就大大的不同了，不同了……

十九　與愛無緣

如果說金庸小說的情愛世界中有什麼模式的話，那就是其中的失戀者群。那些與愛無緣的人，在金庸的小說中數量特別多，也特別的傷感。

這也許是因爲，世界上有多少完美的戀愛故事，就有加一百倍的失戀故事。人海滔滔，我們或許從沒有嘗到兩心相愛的美妙，但我們每一個人肯定都有過單相思。那種美妙和痛苦，也許已經被我們努力忘卻，但只要提起就會無時無刻泛上心頭，陪伴我們孤獨的人生。

當愛情到終點，或者，還沒有開始就已經結束；你又回到了孑然一身，或者，你本來就一直孤孤單單，沒有了愛，或者，你從來就不曾有過……你會怎麼樣呢？失戀的症候因人而異，受創的程度也各不相同，然而失戀的痛苦及單相思的憂傷卻是舉世皆然。自古至今，由此及彼，千里萬里，千年萬年，哪裏都有黯然銷魂的故事，任何時候都會有無法與人言說的默默憂傷。

「……於是那些害單相思，戀愛失戀的人便著手寫下情辭感人的詩句，或把這段幽情化為偉大的藝術作品。……我們才能夠讀到這麼多纏綿悱惻，傷離別，想從前，魂牽夢縈的詩篇和歌曲。也或許這就是為什麼那心願已償，有情人終成眷屬的人寫下來的歌曲幾乎是寥寥無幾。」（〔加拿大〕梅爾勒·塞恩：《男人的感情世界》）

——幸福的家庭都是相似的，不幸的家庭各有各的不幸。

在金庸的小說中，我們能數出上百個失戀者的名字：袁士霄、于萬亭、余魚同、胡斐、狄雲、蕭峰、游坦之……；霍青桐、何紅藥、何惕守、阿九、程靈素、華箏、程英、陸無雙、公孫綠蕚、郭襄、小昭、李莫愁、梅芳姑、阿紫、鍾靈、木婉青、李文秀、阿青……。這一長列不幸的名字幾乎是舉不勝舉，他們無不有各自的隱痛。而他們大多都並不是藝術家，所以，他們的故事、他們的思緒，他們的熱情和痛苦，就都只能留在心裏，獨自品嚐。

在一定的程度上，金庸寫出了他們各自不同的情態，也寫出了造成這種情感苦痛的不同原因。例如徐潮生和于萬亭這一對戀人的不能結合，就是由於父母之命、媒妁之言的傳統命運。而《碧血劍》中何紅藥的悲劇，則是由於男人夏雪宜的始亂終棄。袁士霄的失戀是因性格的怪癖；而《天龍八部》中的趙錢孫則是由於沒有摸透戀人的怪癖，沒有學會「挨了打不還手」。《越女劍》中的越女阿青對人到中年的范蠡暗暗鍾情，但范蠡毫不知情，更兼曾經蒼海難為水；《白馬嘯西風》中的李文秀之所以失去了心上人蘇普，重要的原因則是因爲哈薩克民族對漢人的難以消除的成見；《俠客行》中的梅芳姑得不到心上人石清的愛，也許正是因爲自己太強了、太完美無缺了，以至於使石清自慚形穢；而《連城訣》中的狄雲失去了戚芳，一半是萬圭的謀劃，一半是戚芳的人性弱點；《天龍八部》中的木婉青失去段譽，那是因爲血緣的倫理，誰讓他是她同父異母的哥哥（後來證明不是，但已為時晚矣）；《倚天屠龍記》中的小昭所以要離開心上人張無忌，那是迫不得已，要救大家的命，這才犧牲自己的愛（她不離開又能得到情郎的愛嗎？）。如果說《神鵰俠侶》中的武三通愛著何沅君而不敢表達，是因爲早生了幾十年從而成了她的父輩；那麼郭襄與楊過，則恰恰是因爲晚生了十幾年……

如果我們認真地去找，總能找出他們各自不同的原因來。這在同中的不同，表明了作者的精細。

而更能表現出作者的精細及其藝術功力的，則是小說中寫出了失戀者的不同的個性、不同的選擇、不同的情態，以及不同的結局。

金庸的十五部作品中，只有兩部中篇是以女性爲主人翁的，偏偏，這兩篇都是寫失戀的故事。就是《越女劍》和《白馬嘯西風》。

《白馬嘯西風》可以說是集失戀者的故事之大成。短短的篇幅，居然描寫和敘述四個不同的失戀者的故事，其中有不同的時代、不同的民族、不同的身份和個性的愛情——也由此可見，不論是什麼時代、不論是什麼民族、不論是什麼人，都有失戀者，都可能成爲失戀者。——「如果你深深愛著的人，卻深深的愛上了別人，有什麼法子？」

有什麼法子？《白馬嘯西風》敘述了四位失戀者，即史仲俊、瓦耳拉齊、李文秀、馬家駿，他們的失戀是相同的事實，然而他們的選擇（法子）卻各不相同。

史仲俊愛上了師妹上官虹（李文秀的母親），但上官虹卻跟著白馬李三（李文秀的父親）跑了。失戀的史仲俊爲之大病一場，性格爲之改變，加入了「呂梁三傑」，做了強盜，但依然舊情不斷，終生不娶。這是一個有優點也有缺點的人。也是一個可恨而又可憐的人。——在多年之後（即故事開始時）與李三、上官虹夫婦相遇時，他伙同幾位同伴，殺了情敵李三，又被心上人上官虹所殺：

這時李三終於喪身大漠之中，史仲俊騎馬馳來，只見上官虹孤零的站在一片大平野上，不由得隱隱有些內疚：「我們殺了她丈夫。從今而後，這一生中我要好好待她。」大漠上西風吹動她衣帶，就跟十年以前，在師父練武場上看到她時一模一樣。

……他柔聲道：「師妹，以後你跟著我，永遠不叫你受半點委屈。」上官虹眼中忽然閃出奇異的光芒，叫道：「師哥，你待我真好！」張開雙臂，往他懷中撲去。

……史仲俊鼻中只聞到一陣淡淡的幽香，心裏迷迷糊糊的，又感到上官虹的雙手也還抱著自己，真不相信這是真的。突然之間，小腹上感到一陣劇痛，像什麼利器插了進來。他大叫一聲，運動雙臂，要將上官虹推開，哪知她雙臂緊抱著他死命不放，終於兩人一起倒在地下。……

這樣一對不成愛侶反成仇敵的師兄妹死在了一處。在上官虹，是決心一死殉夫且兼報殺夫之仇；在史仲俊，則是因情而生妒，因妒而生孽，因愛而致死。有心無意，有意無心，這一對無情的情人死在一起，只能使人茫然又悲哀。

與史仲俊不同的是哈薩克人瓦耳拉齊，他得不到同族姑娘雅麗仙的愛，又被雅麗仙的丈夫東爾庫擊敗，為族人不齒，從而身敗名裂被驅逐出族，隻身流落中原。從此心懷深仇大恨，性格變態，立志學武研毒，回到部落後，毒死了情人雅麗仙！並且還要毒死全族人，乃至他的徒弟馬家駿不得不拚命阻止，與之反目成仇，身中毒針的瓦耳拉齊躲進迷宮之中，過著遊魂孤鬼的日子，直至十二年後李文秀與之邂逅，助他療傷並拜他為師。他由情而生恨，由失戀而生怨毒，以至於由人變成了魔鬼。

李文秀則在無望的感傷之中，也曾想學好武功將蘇普「奪」過來，但終於沒有那麼做。相反，她還保護了蘇普的情人阿曼，並且，當阿曼和蘇普於迷宮中遇難時，她又一次情不自禁地挺身而出，再次救了阿曼，也救了並不愛她的蘇普。這種愛，已經是很真摯、很深沉、很崇高的了。

然而，在這部小說中，最感人的愛者，還是那出乎人們意料的「計爺爺」——扮作老年人「計爺爺」的壯漢馬家駿——他是瓦耳拉齊的徒弟又是他的死敵；他是李文秀的「計爺爺」又似乎不止於祖孫之愛，他從來就沒有表露過自己真正的身份，更從未向李文秀表露過他對她的特殊的愛意。只是默默地將她撫養成人，而最後又默默地、勇敢地、無畏無悔地爲她而犧牲……。——書中寫道：

馬家駿沒回答她的問話就死了，可是李文秀心中卻已明白得很。馬家駿非常非常的怕他的師父，可是非但不立即逃回中原，反而跟著她來到迷宮；只要他始終扮作老人，瓦耳拉齊永遠不會認出他來，可是他終於出手，去和自己最懼怕的人動手。那全是為了她！

這十年之中，他始終如爺爺般愛護自己，其實他是個壯年人。世界上親祖父對自己的孫女，也有這般好嗎？或許有，或許沒有，她不知道。

殿上地下的兩根火把，一根早已熄滅了，另一根也快燒到盡頭。

春蠶到死絲方盡，蠟炬成灰淚始乾。此情可待成追憶，只是當時已惘然！

馬家駿對李文秀的單相思一直是朦朧的，而且也將永遠朦朧下去。這是一種感傷的朦朧，然而也是一種美麗的朦朧。誰也無法再知道他的心底，是痛苦，還是幸福，是纏綿還是憂傷。相比之下，失戀的憂傷多少有些失去本來的份量。而比之李文秀和瓦耳拉齊，馬家駿的無言又無名的愛，要高尚十倍，也要憂傷十倍。——簡直不可同日而語。

這就是金庸的小說，它在同一類故事中寫出了不同的情形、不同的意義；在同一類人中寫出了不同的個性、不同的抉擇、不同的結局。

這就是藝術。

「如果你深深愛著的人，卻深深的愛上了別人，有什麼法子？」誰也沒有辦法。這只能是宿命，宿命也即無緣，無緣也即無常，而「無常」與「無緣」的宿命，在「學術」上是無法解釋的。永遠也無法解釋，更無法「解決」。

這種美麗而又憂傷的情感將要永遠伴隨人類的歷史。戀愛是永恆的。失戀同樣是永恆。這種永恆的憂傷，正是藝術家的推動力，正是它啓發了藝術家的智慧與激情，點燃了他們無窮的創造靈光。

所以，在這樣一種憂傷的世界裏，我們永遠不可能找到它的原因和答案。我們所能做的，只有讓時間來消磨痛苦的印記，只有等待蒼天闊海的風撫平憂傷。

或者，我們可以多多了解我們這個世界，多多了解我們的同類，多多了解我們的同類的憂傷的故事。

每一次閱讀這樣的事，我們都會有一番新的體驗、新的閱歷、新的感受。我們知道了，談論沒有得到回報的愛情，就意味著進入心理問題和社會問題的深處，觸及最痛苦的悲劇之一。也許是最最痛苦的個人悲劇：「熾烈的愛情並不總是能得到溫暖的回報」。愛情的這種迷人的充滿了美好和幸福的焦灼的召喚，可能得到的回答卻是冷漠的，甚至嘲笑。即使在今天，在進行宇宙航行，在人的思想已經可以探索原子的奧祕的時代，人們依舊由於單戀而痛苦。現代人和早先一樣深切地體驗著感情的悲劇。單戀彷彿是從內部燒盡了個人的精神力量，給個人造成

看不見的深刻傷痕，引起痛苦的缺乏自信心，有時甚至是完全喪失了自信。」（瓦西列夫：《情愛論》）

在金庸小說的男主人翁中，最不幸的——至少是在情愛方面最爲不幸的——應該是《雪山飛狐》和《飛狐外傳》中的「飛狐」胡斐，作者像給他的名、號諧音顛倒那樣，也將他的情愛的命運顛倒了。他是兩部小說的主人翁，有過兩次情愛的機會。然而，除了不幸還是不幸。——在《雪山飛狐》中，他與苗若蘭已是一見鍾情，但苗人鳳誤會重重，逼著他與之決鬥，最後，胡斐的那一刀若是不砍下去，他自己就要送命；若是砍下去了，就要殺死苗人鳳從而同樣永遠會失去苗若蘭。

在《飛狐外傳》中，作者又重新給他一次做主人翁的機會。然而，他的命運還是那樣的不幸；程靈素對他倒是一往情深，但他對她卻純然只有兄妹之義，而沒有兒女之情；他對袁紫衣傾心相愛，但她卻是一位緇衣芒鞋的年輕尼姑！

程靈素→胡斐→袁紫衣……

這樣的單向之戀，似乎成了一種專門的圖式。成了人類痛苦的一種固定的暗示方式。便如《笑傲江湖》中的儀琳→令狐沖→岳靈珊→林平之；《越女劍》中的阿青→范蠡→西施……等等。人們得到的並不是自己追求的，自己追求的卻總也得不到。——這大概是命運存在的最好的依據吧。——人們能得到的卻不會珍惜，人們珍惜的是那永遠得不到的。這恐怕又是人性的特點了。當然，顯然還有具體環境及個性的因素。

在很短的時間內，胡斐連續經歷了兩次巨大的憂傷。讀者原以爲他會得到一對「金鳳凰」，袁紫衣送給胡斐和程靈素的那一對玉釵像是一種暗示，誰知道結局完全不是那樣。多少美妙的結局，原來只不過是我們一廂情願的幻想；而真實的人生場景，則往往是我們絕對想像不到的。這不是藝術的懸念，而是一種普遍的人生命運，是幸運又是絕對的不幸。

那位一心愛戀著胡斐，卻得不到他愛的反饋的程靈素姑娘死了，是爲胡斐而死的。是絕望，還是殉情？永遠也沒有人知道了。只剩下胡斐一人在黑暗中沉思默想，憂傷感慨：

終於蠟燭點到了盡頭，忽地一亮，火焰吐紅，破廟中漆黑一團。

胡斐心想，「我二妹便如這蠟燭一樣，點到盡頭，再也不能發出光亮了。……「她沒跟我說自己的身世……我常向她說我自己的事，她總是關切的聽著。我多想聽她說說自己的事，可是從今以後，那是再也聽不到了。」

……忽然想起：「我說『快快樂樂』，這九年之中，我是不是真的會快快樂樂？二妹知道我一直喜歡袁姑娘，雖然發覺她是個尼姑，但思念之情，並不稍減。那麼她今日寧可一死，是不是為此呢？」

在那無邊無際的黑暗中，心中思潮起伏，想起了許許多多事情。程靈素的一言一語，一顰一笑，當時漫不在意，此刻追憶起來，其中所含的柔情蜜意，才清清楚楚地顯現出來。

「小妹子對情郎——恩情深，

你莫負了妹子——一段情，

你見了她面時——要待她好，

你不見她面對——天天要十七八遍掛在心！」

王鐵匠那首情歌，似乎又在耳邊纏繞，「我要待她好，可是……可是……她已經死了。她活著的時候，我沒待她好，我天天十七八遍掛在心上的，是另一個姑娘。」……（第二十章）

程靈素死了。傷逝之情未斷，離別之景又現，袁紫衣——尼姑圓性又要走了。這將是人間與佛國的永遠的離別：

圓性雙手合十，輕念佛偈：

「一切恩愛會，無常最難久。

生世多畏懼，命危於晨露。

由愛故生憂，由愛故生怖。

若離於愛者，無憂亦無怖。」

念畢，悄然上馬，緩步西去。

……胡斐望著她的背影，那八句佛偈，在耳際心中不住盤繞。他身旁的那匹白馬望著圓性漸行漸遠，不由得縱聲悲嘶，不明白這位舊主人為什麼竟不轉過頭來。（第二十章）

那白馬不明白「無緣」之苦，依然不由得縱聲悲鳴。胡斐、圓性又能明白什麼？「若離於愛者，無憂亦無怖」，固然，但是人怎麼可能「離於愛者」呢？圓性自己不也有袁紫衣的情苦經歷嗎？

佛經上說「諸法從緣生，諸法從緣滅。我佛大沙門，常作如是說」。達摩祖師有言「眾生無我，苦樂隨緣」。——看來我們這些芸芸眾生既然悟不透「宿因所構，今方得之。緣盡還無，何喜之有」的佛理，也做不到「得失隨緣、心無增減」，那就只有徒然痛苦又憂傷了。

金庸寫盡了這種「無緣」的痛苦和憂傷。幾乎每一部中，你都能夠找到這樣的人，這樣的事，這樣的痛苦和憂傷。

這種「無緣之苦」並不是一種公式化的故事。在金庸書中，我們已經看到，那是一些各不相同的人生故事，是一些常寫常新的話題，一些獨特的憂傷曲目。

也不盡然是憂傷。「無緣」並非一切。

在金庸的書中，有許多無可奈何的無緣之命運，但也有深通佛理萬事皆由緣法的人，偏偏不信，也不願信，情不自禁的癡迷。導致了執著無悔的追求，終於變「無緣」爲「有緣」了。

——這就是我們要說的《天龍八部》中的段譽與王語嫣的愛情故事。

段譽癡戀王語嫣，當真是衣帶漸寬終不悔；然而王語嫣自小就一心愛慕表哥慕容復，那也是爲伊消得人憔悴。段譽與王語嫣之間，可謂無緣之極。段譽受盡了自責自傷與他人的譏諷嘲笑之苦。但還是情不自禁地跟隨、等待、追求。最終在「枯井底，污泥處」巧得奇緣，王語嫣回心轉意，段譽心花怒放。

只要追求，終會有收穫。世事無緣，卻又無常。無緣不是（不一定是）絕對的無緣，這便是無常了。無常是苦，無常也可能是福（比如段譽與王語嫣）。無緣無常的組合，便成了變化萬端、千奇百妙的世界和人生，又怎可一概而論呢？

又有相反的例子。

《神鵰俠侶》中說了全真教主王重陽與古墓派創始人林朝英——其時他們倆都已故去了——的故事。這兩個人相互有情，並無其它的外界不利因素的干擾，按說應該是有緣之極了。可是卻偏偏咫尺天涯，求近反遠，誰也不明白是怎麼回事。有情人莫名其妙地未成眷屬，各自空懷一腔癡情，無處訴說。反而隨日月流轉，被不知隱情的弟子門人想像成了相互間的仇怨。可是他們倆卻從來只有情而沒有仇、只有愛而沒有怨的呀！連他們自己也不明白：事情怎麼會糟到這樣，只有各自徒然的嘆息「無緣對面不相逢」。

果真是「無緣」麼？

書中寫道：

王重陽與林朝英均是武學奇才，原是一對天造地設的佳偶。二人之間既無或男或女的第三者引起情海波瀾，亦無親友師弟間的仇怨糾葛。王重陽先前尚因專心起義抗金大事，無暇顧及兒女私情，但義師毀敗，枯居石墓，林朝英前來相慰，柔情高義，感人實深，其時已無好事不諧之理，卻仍是落得情天長恨，一個出家做了黃冠，一個在石墓中鬱鬱以終。此中原由，丘處機等弟子固然不知，甚而王林兩人自己亦是難以解脫，惟有歸之於「無緣」二字而已。卻不知無緣係「果」而非「因」，二人武功既高，自負益甚，每當情苗漸茁，談論武學時的爭競便隨伴而生，始終互不相下，兩人一直至死，爭競之心始終不消。……（第七回）

可見，許多事情貌似天意，實乃人為。王重陽林朝英一生的悲劇，就是一例。當今之世，常有不少「女強人」事業成功而愛情失敗，只怕也有這方面的原因吧。就男性一方而言，傳統的「男為強者」的觀念造成了王重陽等人的巨大的心理壓力，一旦不能強過女性，便覺自慚自愧，不能「駕馭」對方，因而對心上人敬而遠之，造成咫尺無緣的悲劇。這實際上正是一種脆弱的表現，只好虛偽地豎起厭戰棄情的招牌。

世上許多人事悲歡，確實有命運之手播弄其間，陰差陽錯，丘比特的神箭有時不免亂射一氣，從而造成許多無緣與無常的悲歌。但無緣並非絕對，許多時候，正是我們自己所造成的，然後一推二五六，往命運蒼天那兒一推了事。這才真正的可悲。王重陽與林朝英便是一例。試想段譽若不是情真意切，執著不悔，不也就無緣與王語嫣結爲同心？楊過若非意志堅定，九死不悔，則必然與小龍女永遠無緣了。

當然，楊過與小龍女有緣，就意味著程英、陸無雙、公孫綠萼、郭襄等少女的無緣。此所謂月有陰晴圓缺，人有悲歡離合，此事古難全，便只有但願人長久，千里共嬋娟了。

二十　武功：獨特的情感表達式

武俠小說當然要描寫武功，而且也可以描寫愛情。但武功與愛情基本上屬於風馬牛不相及的兩個世界、兩種東西。這不難理解，誰也不會想到它們之間還會有什麼聯繫。

但藝術的大師，「登山則情滿於山，臨海則意溢於海」。武俠小說的大宗師畢竟非凡，在金庸的筆下，武功與愛情，也並非是不可調和的不相關的事物。武功是人使出來的，愛情也出自人心，怎麼能斷然拒絕它們倆的聯姻呢？

於是，出乎我們意料之外，與所有的武俠小說作者作品不同，金庸先生專門爲情愛與情愛心理創立了幾路精采的武功。這可以說是金庸的愛情描寫或愛情表達方式的一種獨門絕技。

下面且讓我們觀摩幾路獨門功夫。

玉女心經：情人劍

小說《神鵰俠侶》中的楊過拜小龍女爲師，學的是古墓派的功夫。古墓派的創始人林朝英當年與全真派的創始人王重陽之間的愛情未能如願，其中最重要的原因之一就是這兩人生性好強，一邊相愛，一邊又時時想在武功方面壓倒對方，所以兩人的關係就始終是不即不離，若即若離，當真求近之心反成了疏遠之意。這也是人性的某種遺憾和悲哀。

時過境遷，他們的後輩弟子，不知其所以然，以爲這兩人有多大的「過節」，甚而相互仇恨、老死不相往來，這就更是越傳越謬，以至於使當年情事面目全非，真相已經飛灰煙滅。這對於我們研究「歷史」，應該有極深刻的啓示。

卻說楊過與小龍女，雖爲師徒，實爲情人，而且學武功時兩人也逐漸由師徒變成了師兄弟（姐弟吧）兩人一同探索出《玉女心經》上的武功套路。《玉女心經》是林朝英創出來的一套特異的古墓派武功的精華集粹，它是以克制全真派武功爲「創作目的」（並非為了報仇什麼的，而恰恰是為了愛的「對話」）。這使楊、龍二位再傳弟子自然而然地產生了一個印象，即玉女心經上的功夫與全真派的功夫相互克制、抵觸、水火不相容的。——就像傳說中的、印象中的兩位創始人的關係那樣——真實，這只是一種表面現象。

所以，楊過與小龍女在練習《玉女心經》的時候，無論如何也達不到完滿之境。尤其是其中最後一章的功夫，怎麼練也練不成功。

這一大難題，也正是一大祕密。直到楊、龍與武功高強的金輪法王再度相逢，生命拚搏的危急關頭——

小龍女見楊過遇險，纖腰微擺，長劍急刺，這一招去式固然凌厲，抑且風姿綽約，飄逸無比，卻已使上了《玉女心經》中最後一章的武功。

金輪法王收掌躍起，抓住輪子架開劍鋒，楊過也乘機接回長劍，適才這一下當真是死裏逃生，但人當危急之際心智特別靈敏，猛地裏想起：「我和姑姑二人同使玉女劍法，難以抵擋。但我使全真劍法，她使玉女劍法，卻均化險為夷。難道心經的最後一章，竟是如此行使不成？」當下大叫：「姑姑，『浪跡天涯！』」說著斜劍刺出。小龍女未及多想，依言使出心經中所載的「浪跡天涯」，揮劍直劈。兩招名稱相同，招式卻是大異，一招是全真劍法的厲害劍招，一著是玉女劍法的險惡家數，雙劍合璧，威力立時大得驚人。金輪法王無法齊擋雙劍擊刺，向後急退，嗤嗤兩聲，身上兩劍齊中。虧得他迴避得宜，劍鋒從兩脅掠過，只劃破了他的衣服，但已嚇出了一身冷汗。……

……金輪法王見二人的劍招越來越怪，可是相互呼應配合，所有破綻全為旁邊一人補去，厲害殺著卻是層出不窮。

楊過和小龍女修習這章劍法，數度無功，此刻身遭奇險，相互情切關心，都是不顧自身安危，先救情侶，更合上了劍法的主旨。這路劍法每一招中均含著一件韻事，或「撫琴按簫」或「掃雪烹茶」或「松下對弈」、或「池邊調鶴」，均是男女與共，當真是說不盡的風流旖旎。林朝英情場失意，在古墓中鬱鬱而終。她文武全才，琴棋書畫，無所不能，最後將畢生所學盡數化在這套武功中。她創制之時只是自抒懷抱，哪知數十年後，竟有一對情侶以之克禦強敵，卻也非她始料所及了。

楊過與小龍女初使時尚未盡會劍法中的奧妙，到後來卻越使越是得心應手。使這劍法的男女二人倘若不是情侶，則許多精妙之處實在難以體會，相互間心靈不能溝通，則聯劍之際是朋友則太過客氣，是尊長小輩則不免照拂抑賴；如屬夫妻同使，妙則妙矣，可是其中脈脈含情、盈盈嬌羞、若即若離、患得患失諸般心情卻又差了一層。此時楊過與小龍女相互眷戀極深，然而未結絲蘿。內心隱隱又感到前途困厄正多，當真是亦喜亦憂，亦苦亦甜，這番心情，與林朝英創制這套「玉女素心劍」之意漸漸的心息相通。

黃蓉在旁觀戰，只見小龍女暈生雙頰，靦腆羞澀，楊過時時偷眼相覷，依戀回護，雖是並戰強敵，卻流露出男歡女悅，情深愛切的模樣，不由得暗暗心驚，同時受了二人感染，竟回想到與郭靖初戀時的情景。酒樓上一片殺伐聲中，竟然蘊含著無限的柔情蜜意。

（第十四回）

殺伐聲中有無限柔情蜜意。這就是金庸的獨門功夫。沒想到幾十年前王重陽與林朝英的愛情關係及情愛心理的祕密，在這裏由一對後生小輩在與人進行殊死搏鬥中解開。也沒有想到，楊、龍二位苦苦求索、討論、研究、練習而依然摸不著頭緒的武學難題，也在此時此刻柳暗花明，豁然開朗。

以上這一長段，其精采之處實在難以言狀。它不論在情愛心理學方面，還是在「武學」道理方面都十分的圓滿周到，細緻深刻、獨特生動、毫無破綻。

作爲對情愛世界的描寫，我們在這裏看到了一種獨特又極爲美麗的景觀。——看到這一路武功的招式名稱：如浪跡天涯——花前月下——情飲小酌——撫琴按簫——掃雪烹茶——松下對弈——池邊調鶴——小園藝菊——西窗夜話——柳蔭聯句——竹帘臨池……等等。僅僅從這些成語（招式名稱）中，我們就能感受到一種濃郁的愛情氣息及其生活芬芳。其情景交融的美妙境界如在目前。

試比較這樣的武功搏擊中的愛情意境與心理的描寫，與（諸如梁羽生的小說中常有的）那種情人之間吟詩作詞，相互贈答的描寫，二者之間哪一種更爲貼切、更爲生動、更爲真實而動人呢？毫無疑問的是前者。因爲這是武俠小說，主人翁亦是在刀光劍影之中生活的，再說吟詩作答與這種雙劍回護、情意綿綿、無言無語的情形相比，顯得多麼單調、矯情和一般化。上面我們所看面的精采場面，當真是無言而勝過千言萬語。你只要看看這兩人的表情、臉色、行爲，就能感受到他們之間的那深刻而又微妙的愛情。當真是「朋友則太過客氣，尊長小輩則不免照拂抑賴。如屬夫妻同使，妙則妙矣，可是其中脈脈含情、盈盈嬌羞、若即若離、患得患失諸般心情卻又差了一層。」這樣的描述，不僅真，而且美。是真正的屬於情愛的那種美。同時，也是一種人間至美的情愛：「此時楊過與小龍女相互眷戀極深，然而未結絲蘿，內心隱隱又感到前途困厄正多，當真是亦喜亦憂，亦苦亦甜。」

這套劍法的「劍意」與「劍道」也是充滿詩意而又毫無破綻的。它能夠成立的依據是情人之間將對方看得比自己更爲重要，所以相互默契的配合比作何關係都更爲生動、密切、全心全意。當情人遇難，這一人就拚死冒險以相救，這不僅是彌補了對方的破綻，合了「圍魏救趙」的智計，也合乎置死地而後生的道理，同時更表現出了愛的本質——愛情，真正的愛情都會像這樣相親相愛、呼應默契、注意對方、拚死以救而置自己的生死存亡於度外。靈犀暗通，這正是有情人之間的奇異的心理情狀，而恰恰又是戰無不勝，攻無不克的最妙搭檔。

作者將這種獨特的旖旎風光放到殺伐拚鬥的場景中表現，這正是武俠小說的特殊形式所決定的。若單獨寫武功並不稀奇，單獨寫情愛也不少見，少見而又極稀奇的恰恰是情愛與武功同出一爐，情中有武功，武打中有獨特的情愛表現。我們都知道，這裏寫武功只是表面的，而寫情愛才是實質的。寫武功只是一種由頭，而寫情愛才是目的。這裏的情愛風光，正是由人們對紙上談兵的武功所接受心理的錯覺幻想——反正「浪跡天涯」、「花前月下」與「金雞獨立」、「提膝亮掌」、「馬步沖拳」一樣，都是不能看見的。只能憑想像去領會。從而——給作者創造性的想像提供了極爲廣闊的空間，提供了種種方便法門。

儘管如此，也只有金庸才能寫出了這樣精采的文章，只有金庸才想到了這樣去寫。

儘管「武」在這裏變成了「道具」之類，但金庸依然是非常嚴謹地對待它。並沒有因爲武而忘了情，也沒有爲了情而忘了武。——因爲這一段畢竟是、首先是生死搏鬥的武功技擊呵！——所以，在一開頭，作者並沒有直接寫情人劍的威力，而是讓他們幾回歷經艱難、幾回死裏逃生之後，這才於無意之間靈光迸現地想到了此，鬼使神差地使出來這種招數（寓必然於偶然之中，更顯眞實，也更顯得深刻）。

而最後呢，書中又來了這樣的一段：

> 楊過本擬遵照黃蓉囑咐乘機殺他，哪知林朝英當年創制這路劍法本身為自娛情懷，實無傷人斃敵之意，其時心中又充滿柔情，是以劍法雖然厲害，卻無一招旨在致敵死命。這時楊龍二人雖然逼得金輪法王手忙腳亂，狼狽萬狀，要取他性命卻亦不易。

可能有人想到了這一點，即這套劍法既然這麼厲害，金輪法王無招架之力，必死無疑了，然而，他若是死了，後面可就沒「戲」了。細心的讀者都會發現這裏的難題：既要表現這套劍法極厲害，可以說所向披靡，但又不能讓它的對手死掉（後面還有他的興風作浪的「高潮」）正是一種「以子之矛，陷子之盾」的尷尬局面。但金庸完全不動聲色地解決了這一難題，——別忘了這是情人之劍。情人劍，出自情人的心，情人的心總是輕憐蜜愛，充滿溫柔。哪有要殺人致死的道理？——這一解釋，便皆大歡喜。方方面面顧及到了，更主要的是，處處扣準了一個情字不放。所有的依據都來源於此，而所有的指向又都歸屬於此。形成了一種情推動武、武推動情，以及情中有武、武中有情的優美的循環情境。這種獨特的武功本是因情而創，被有情人施之，自然是嚴絲合縫，妙不言了。

鴛鴦刀：「夫妻刀法」

兵器中有刀，又有「鴛鴦刀」，那麼武功中也自然就應該有「鴛鴦刀法」。果然不錯，金庸在其中篇小說《鴛鴦刀》中，又創出了一套叫做「夫妻刀法」的獨特武功來。

說有一對夫妻，男的叫做林玉龍，女的叫任飛燕，新婚不久，便大打大吵，端的是床頭吵，床尾和，和了又吵，吵了又打，打過之後又和，如此循環，每日裏吵打成了家常便飯。說他們沒有情感是不對的，因爲他們又吵又打正是又親又愛的一種特殊表達方式。正如俚語所說「打是情，罵是愛」。只不過他們「親」和「愛」太厲害了一點，使人怵目驚心。有一回他們碰到了一位老和尚，老和尚不僅武學功夫極深，而且大有慈悲心腸，只是不大懂人間特殊的親愛方式，以爲他們吵打是一場冤孽。瞧不過眼，便傳了他們夫婦一套刀法。這套刀法傳給林玉龍的和傳給任飛燕的全然不同。要兩人練得純熟，共同應敵，兩人的刀法陰陽開闔，配合得天衣無縫，一個進，另一個便退，一個攻另一個便守。老人和尚對他們說：以此刀法並肩行走江湖，任他敵人武功多強，都奈何不了你夫婦。但若單獨一人使此刀法，卻是半點也無用處。老和尚是好心，他怕這對夫婦反目分手，因此要他二人練這套奇門刀法，令他們長相廝守，誰也不能離得了誰。這路刀法原是古代一對恩愛夫妻所創，兩人形影不離，心心相印，雙刀施展之時，也是互相回護。

哪知林玉龍、任飛燕兩人一樣的性情暴躁，正是「不是一家人，不進一家門」。雖都學會了自己的刀法，但要相輔相成，配成一體，始終是格格不入，每一次只練得三四招，別說互相回護，夫妻倆自己就砍砍殺殺鬥了起來。

有一回林玉龍、任飛燕以及其他幾個人一起碰到了一個大高手卓天雄，這些人都打他不過，所以只有逃跑，卓天雄則跟在後面追。其情形怎樣？——

林玉龍罵道：「都是你這臭婆娘不好，咱們若是練成了夫妻刀法，二人合力，又何必怕這老瞎子？」任飛燕道：「練不成夫妻刀法，到底是你不好，還是我不好？那老和尚明明要你就著我點兒，怎地你一練起來便只顧自己！」兩人你一言，我一語，又吵個不休。

……

……人影一閃，卓天雄手持鐵棒闖進殿來。

林玉龍見他闖來，不驚反怒，喝道：「我們刀法尚未教完，你便來了，多等一刻也不成麼？」提刀向他砍去。卓天雄舉鐵棒一擋，任飛燕也已從左側攻到。林玉龍叫道：「使夫妻刀法！」他意欲在袁蕭兩個眼前一獻身手，長刀斜揮，向卓天雄腰間削了下去。這時任飛燕本當散舞刀花，護住丈夫，哪知她急於求勝，不使夫妻刀法中的第一招，卻是使了第二招中的搶攻，變成了雙刀齊進的局面。卓天雄一見對方刀法中露出老大破綻，鐵棒一招「偷天換日」，架開雙刀，左手手指從棒底伸出，咄咄兩聲，林任夫婦又被點中了穴道。他二人倘若不使夫妻刀法，尚可支持得一時，但一使將出來只因配合失誤，僅一招便已受制。

林玉龍大怒，罵道：「臭婆娘，咱們這是第一招。你該散舞刀花，護住我腰脅才是。」任飛燕怒道：「你幹什麼不跟著我使第二招？非得我跟著你不可？」二人雙刀僵在半空，口中卻兀自怒罵不休。

這一對寶貝夫妻，逃難時互相責罵，臨敵時各行其事，而雙雙被人點了穴道，成了蠟像般的俘虜，卻還要「兀自怒罵不休」，當真是可笑。

然而他們的這種可笑的情形卻正來源於我們日常生活的真實。那種公說公有理，婆說婆有理，在雞毛蒜皮上也要各持己見，互不相讓的情形難道不是我們異常熟悉的生活麼。要命的在於還真不好說誰對誰錯：林玉龍要使第一招，這不錯；任飛燕使了第二招，這本身也不能說錯。但兩人這麼一配合，那就大錯而特錯了，正如書中所寫，「他二人倘若不使夫妻刀法，尚可支持得一時，但一使將出來，只因配合失誤，僅一招便已受制。」——他們沒有配合，甚至也沒有認真地想到要相互配合！——他們想到的只是「你應該配合我！」兩人都這樣想，難免陰錯陽差，南轅北轍，破綻百出了。

這正是人間婚姻悲劇狀況的最簡單而又最深刻的寫照。

大約有人懷疑這「夫妻刀法」徒有虛名、威力有限，不然何以不使它反而好些，使了它反而一招就雙雙被人制住？其實不然。也正是在那一次，在卓天雄闖進來找到他們之前，與林任夫婦在一起的還有一對剛剛熟悉不久，而又相互產生了朦朧的好感和愛慕之情的男女，即這部小說的主人翁袁冠南、蕭中慧。他們聽到林、任夫婦互相吵罵中提到什麼「夫妻刀法」，且又聽說威力無窮，不免動了好奇之念，要他們當場教授。結果林任二人邊吵邊罵中教了他們十二招（全套功夫還有六十招），正在此時，卓天雄就來了，而且只一招就將林、任夫婦點了穴道。只見書中寫道：

> 袁冠南知道今日之事已然無幸，低聲道：「蕭姑娘，你快逃走，讓我來纏住他。」蕭中慧沒料到他竟有這等俠義心腸，一呆之下，胸口一熱，說道：「不，咱們合力鬥他。」袁冠南急道：「你聽我話，快走！若是我今日逃得性命，再和姑娘相見。」蕭中慧道：「不成啊……」話未說完，卓天雄已揮鐵棒搶上。袁冠南刺的一刀砍去。蕭中慧見他這一刀左肩露出空隙，不待卓天雄對攻，搶著揮刀護住他的肩頭，兩人事先並未練習，只因適才一個要對方先走，另一個卻又定要留下相伴，雙方動了俠義之心，臨敵時自然而然的互相回護。林玉龍看得分明，叫道：「好，『女貌郎才珠萬斛』，這夫妻刀法的第一招，用得妙極！」
>
> 袁蕭二人臉上都是一紅，沒想到情急之下，各人順手使出一招新學的刀法，竟然配合

得天衣無縫。卓天雄橫過鐵棒，正要砸打，任飛燕叫道：「第二招『天教艷質為眷屬』！」蕭中慧依言搶攻，袁冠南橫刀守禦。卓天雄勢在不能不以攻守，只得退了一步。林玉龍叫道：「第三招『清風引珮下瑤台』！袁蕭二人雙刀齊飛，颯颯生風。任飛燕道：「『明月照妝成金屋』！」袁蕭二人相視一笑，刀光如月，照映嬌臉。卓天雄被逼得又退了一步。

只聽得林任二人不住口的吆喝招數。一個道：「刀光掩映孔雀屏。」一個道：「喜結絲蘿在喬木。」一個道：「英雄無雙風流婿。」一個道：「卻扇洞房燃花燭。」一個道：「碧簫聲裏雙鳴鳳。」一個道：「今朝有女顏如玉。」林玉龍叫道：「千金一刻慶良宵。」任飛燕叫道：「占斷人間天上福。」

喝到這裏，那夫妻刀法的十二招已然使完，餘下尚有六十招，袁蕭二人卻未學過。袁冠南叫道：「從頭再來！」一刀砍出，又是第一招「女貌郎才珠萬斛。」二人初使那十二招時，搭配未熟，但卓天雄已是手忙腳亂，招架為難。這時從頭再使，二人靈犀暗通，想起這路夫妻刀法每一招都有一個風光旖旎的名字，不自禁的又驚又喜，鴛鴦雙刀的配合，哪裏招架得住？「啊」的一聲，肩頭中刀，鮮血迸流。他自知難敵，再打下去定要將這條老命送在尼庵之中，鐵棒急封，縱身跳牆而逃。

袁蕭二人脈脈相對，情愫暗生，一時不知說什麼好。

……

可見這一套「夫妻刀法」實在是厲害。林玉龍任飛燕夫婦只一招就被人點了穴道，實在是他們不知配合的責任，而不是這一套刀法的不濟。

這一套刀法不僅厲害，而且美。每一招的名字都是一句詩。每一句詩都是一種招式、一種配合、一種美的關係及其心理狀態。試想這比單純地相互吟詩，不是要美上一千倍嗎？

且說林任夫婦，這使我們想起生活中的許多夫妻、尤其是年輕的、新婚的夫妻們，總要買上一大批《如何使你的婚姻更美滿》、《如何使你的家庭更幸福》以及《愛的藝術》、《愛的哲學》等等——這相當於林玉龍、任飛燕的「夫妻刀法」——也看了，也練了，但似乎並沒有（在書本中）找到什麼婚姻美滿、家庭幸福的「祕訣」，結果該抱怨的還是抱怨，該冷淡的還是冷淡，該分手的最後還是分手。……不要說那些書寫得不好，那也不好（「夫妻刀法」也很厲害）。問題是要看什麼人讀、什麼人學、什麼人用。一套夫妻刀法的祕訣綱領，無非是「相互回護」而已。無非是「蕭中慧見他這一刀左肩露出破綻，不待卓天雄對攻，搶著揮刀護住他的肩頭」；或「蕭中慧依言搶攻，袁冠南橫刀守禦」，如此而已。一個攻，另一個自然就守；另一個守，這一個自然就攻。相互注意、相互關心、相互愛護、相互配合，靈犀相通、行爲默契……如此此而已。這「相互回護」四字的意思林玉龍、任飛燕也是懂的，但說起來容易做起來難。——而生活以及生活中的愛恰恰主要不是說，而是去做。實實在在地去做，去回護；點點滴滴地去做，去配合。

其次，林玉龍、任飛燕這一對喜劇式的人物，在小說中，袁冠南、蕭中慧二人並肩禦敵之時，他們二位叫得震天價響。這使我們想到了「天橋把式，光說不練」。也使我們想起了那些寫《如何幸福》、《如何美滿》、《愛的哲學》的人們……他們是否也像林、任二位這樣，說起來一套又一套，做起來狗吠豬叫呢？是否光是教他人去做，讓他人去做呢？——這是一個很幽默的想法，也是一個很真實的想法。不但讀《愛與美滿》之類的人做起來難，就是寫這些書、編這些書、講這些道理的人也會如此呵！——這套世界「夫妻刀法」不是一個和尚傳給林玉龍和任飛燕的嗎？

其三，上述的想法不僅是一種藝術或哲學思想，更是一種實踐。世間之人，往往對藝術與哲學如癡如醉，而對真實的人生實踐卻舉步維艱。所謂語言上的巨人，行動上的侏儒，就是這個意思。試想，林、任難道不夠聰明嗎？甚至他們儘管脾氣暴躁、又吵又罵又打的，但相互間恐怕還是有一定的愛意情心的。爲何他們做不到的事情，袁冠南、蕭中慧二人卻輕而易舉地做到了呢——他們現學現賣，幾乎是憑著「本能」去做的。看起來不可思議，但他們卻實實在在地做到了——恐怕不光是與他們智慧有關，而且與他們的性格、修養、氣質及其相互關心有關。袁、蕭二人確實是憑著自己的本能（包括他們已有的修養與性格）去做的，他們做對了、做好了，正好最大限度地體會了這套武功（這種哲學方法論）的精髓，從而最大限度地發揮了這一套武功的無窮的威力。

最後，我們不能不注意到，這套武功明明是叫做「夫妻刀法」（與《神鵰俠侶》中《玉女心經》——「情人劍法」應有所不同），但小說中的真正的夫妻林、任二位卻無法將它使得圓滿，而恰恰是袁冠南、蕭中慧這一對未婚男女（當時恐怕連「未婚夫妻」都算不上）將它的精神實質充分地表現出來了。

這是一個問題。

這一問題自古以來就困擾著人類：婚姻是不是「愛情的墳墓」？

林玉龍、任飛燕若是未結婚的時候學這一套刀法，是不是會好些（那時若是吵罵，就不會結合）？換言之，袁冠南、蕭中慧他們結婚以後是不是也會像林、任二位這樣練熟了各自的招式、卻反而無法配合？……書中沒有給予回答。但這確實是一個問題。小說中的這一套武功由情人使出竟然比夫妻使出來更加熟練、更加默契、更加富有創造性及其實際威力，這不難理解。因爲袁、蕭二人相互認識不久，剛涉愛河，甚至剛剛看到岸邊風景，因而能情不自禁地相互關注、相互關心、相互愛護、相互配合。——結了婚之後，或許會變得麻木、任性、自以爲是、暴躁……把戀愛時小心翼翼地掩蓋著的弱點、缺點、本性的毛病和自私的真相都一一露在生活的日光之中，再也不只「月下、花前」的浪漫、靈敏、富有詩意和創造力。——林任夫婦顯然是這樣的。許許多多人間夫婦都是這樣的。

但這不是一個規律、婚姻本身不是愛情的墳墓，埋葬愛情的人是自己。

「黯然銷魂掌」

人生自古傷離別。

「黯然銷魂者，唯別而已矣！」

我們再回到《神鵰俠侶》這部小說中。

那小龍女為了使楊過試服治療情花毒的解藥斷腸草，跳下絕情谷底，與楊過約定十六年後再相見。為的是犧牲自己，而讓楊過活下去（小龍女傷後中毒，已不可救，所以楊過也就不肯服藥）。這樣，倒是使楊過活了下來，不過卻十六年生死茫茫，不能入夢，也使楊過受盡了人間相思之苦。蘇軾詞說「十年生死兩茫茫，不思量，自難忘。千里孤墳，無處話淒涼，縱使相逢應不識，塵滿面，鬢如霜。夜來幽夢忽還鄉。小軒窗，正梳妝。相顧無言，唯有淚千行。料得年年斷腸處：明月夜，短松崗」（〈江城子〉）然而比之楊過，這又算不得什麼。楊過經歷了十六生死茫茫，而且連「千里孤墳」也沒有一座，真正是「無處話淒涼」！

生離死別的滋味，在蘇軾這樣的大詩人，自然就寫成了〈江城子〉這樣的詞句，而在楊過這樣歷經人間孤苦的江湖豪傑，則化成了一套空前絕後的武功——「黯然銷魂掌」！

楊過自和小龍女在絕情谷斷腸崖前分手，不久便由神鵰帶著在海潮之中練功，數年之後，除了內功循序漸進之外，別的無可再練，心中整日價思念小龍女，漸漸的形銷骨立，了無生趣。一日在海濱悄立良久，百無聊賴之中隨意拳打腳踢，其時他內功火候已到，一出手竟具極大威力，輕輕一掌，將海灘上一隻大海龜的背殼打得粉碎。他由此深思，創出了一套完整的掌法，出手與尋常武功大異，厲害之處，全在內力，一共是十七招。

他生平受過不少武學各家的指點，自全真教學得玄門正宗內功口訣，自小龍女學得玉女心經，在古墓中見到九陰真經，歐陽鋒授以蛤蟆功和逆轉經脈，洪七公與黃蓉授以打狗棒法、黃藥師授以彈指神通和玉簫劍法，除了一陽指之外，東邪、西毒、北丐、中神通的武學無所不窺，而古墓派的武學又於五大高人之外別創蹊徑，此時能融會貫通，已是卓然成家。——若非如此，他也就不可能自創武功。即便是黯然又黯然，那也唯有「黯然銷魂」而已，決無一套「掌」法的出現。——只因他單剩一臂，不是以招數變化取勝，反而故意與武學通理相反。他將這套掌法定名為「黯然銷魂」，取的是江淹〈別賦〉中那一句「黯然銷魂者，唯別而已矣」之意。

楊過第一次以「黯然銷魂掌」與武功已臻絕頂之境的老頑童過招，以「心驚肉跳」、「杞人憂天」、「拖泥帶水」三招，逼得老頑童手忙腳亂！因楊過不願意與老頑童拚得你死我活，所以只試了三招就不試了，而偏偏老頑童一生嗜武如命，見到這種前所未見的武功，聽到這些聞所未聞的名字，豈有就此罷休之理？結果只得折衷——

楊過坐在大樹下的一塊石上，說道：「周兄你請聽了，那黯然銷魂掌餘下的十三招是：徘徊空谷，力不從心，行屍走肉，庸人自擾，倒行逆施……」說到這裏，郭襄已笑彎了腰，周伯通卻一本正經的喃喃記誦，只聽楊過繼續道：「廢寢忘食，孤形隻影，飲恨吞聲

，六神不安，窮途末路，面無人色，想入非非，呆若木雞。」郭襄心下凄惻，再也笑不出來了。（第三十四回）

郭襄這位聰穎靈秀的小姑娘，之所以從笑彎了腰，到「再也笑不出來了」，那是因爲她真正地從這些名目中聽懂了楊過內心深處的黯然銷魂，也聽懂了楊過一生苦孤的回聲。

將以上這些招式的名稱，與《玉女心經》中所載的「花前月下」、「撫琴按簫」、「掃雪烹茶」、「小園藝菊」等等相比，誰都能看出其間的情感差異。楊過對小龍女的無窮無盡的思念，都在這與尋常武學招式手法相反的一十七路「黯然銷魂掌」之中。楊過的「明月夜，短松崗」也正是在這裏。

這一套掌法，還有幾點獨特之處。

其一是它的不可傳授性。——一般的武功。包括「玉女心經」、「夫妻刀法」等等都是可以師傳徒的，都是可以學習的。而這一套掌法卻有些例外。——老頑童想學，楊過也願意講解，以老頑童武學知識修養的淵博及武功內力的深湛，按說沒有不懂的道理。他只會聞一而知十，觸類而旁通。可是，老頑童對「行屍走肉」、「窮途末路」等各招，「卻悟不到其中要旨」——

楊過反覆講了幾遍，周伯通總是不懂。楊過嘆道：「周老前輩，十五年前，內子和我分手，晚輩想思良苦，心有所感，方有這套掌法之創。老前輩無牽無掛，快樂逍遥，自是無法領悟其中憂心如焚的滋味。」……

……最後說道：「我只盼能再見她一面，便是要我身受千刀萬剮之苦，也是心甘情願。」

郭襄從不知相思之深，竟有若斯苦法，不由得怔怔的流下兩行清淚，握著楊過手，柔聲道：「老天爺保佑，你終於能再和她相見。」……（第三十四回）

這裏是在談論武功，還是談論相思之情苦？實在是亦此亦彼，水乳交溶，難以分辨了。而這樣與武功交融一下，情的份量顯出了更加沉重和苦澀。周伯通這樣武學通玄的絕世高手，居然弄不通「行屍走肉」等區區簡單招式的奧妙，非武也，是情也。他從沒有嘗到過楊過這樣憂心如焚的滋味。從不覺自己有孤形隻影，窮途末路、行屍走肉之感受，又如何能體味到個中真義。此意只可意會而不可言傳。

這就是：「黯然銷魂掌」的奇異之處。

它還有一個奇異之處——或者不如說是作者對此掌法還有一段精采之筆——當楊過與心上人小龍女相會之後，黯然銷魂的感受自然是從此消失了，結束了。不料，那「黯然銷魂掌」的（神祕的）威力也就從此消失了：

這時楊過單手獨臂，已與法王的銅鐵雙輪打到二百招以上。……

……楊過面臨極大險境，數次要使出黯然銷魂掌來摧敗強敵，但這路掌法身與心合，他自與小龍女相會之後，喜悅歡樂，哪裏有半分「黯然銷魂」的心情？雖在危急之中，仍無昔日那一份相思之苦，因之一招一式，使出去總是差之毫厘，威力有限。

……楊過左手接住長劍從雙輪之間刺了出去。可是他左肩受傷之後功力已減。法王雙輪一絞，拍的一響，又已將劍絞斷。眾人在台下看得清楚，無不大驚失色。

楊過心知今日已然無幸，非但救不了郭襄，連自己這條命也要賠在台上，凄然向小龍女望了一眼，叫道：「龍兒，別了，別了，你自己保重。」便在此時，法王鐵輪砸向他的腦門。楊過心下萬念俱灰，沒精打采的揮袖捲出，拍出一掌，只聽得噗的一聲，這一掌正好擊在法王肩頭。

忽聽得台下周伯通大聲叫道：「好一招『拖泥帶水』啊！」楊過一驚，這才醒覺，原來自己明知要死，失魂落魄，隨手一招，恰好使出了「黯然銷魂掌」中的「拖泥帶水」。這套掌法心使臂、臂使掌，全由心意生寄，那日在萬花谷中，周伯通只因無此心情，雖然武術精博，終是領悟不到其中妙境。楊過既和小龍女重逢，這路掌法便已失卻神效，直到此刻生死關頭，心中想到便要和小龍女永訣，哀痛欲絕之際，這「黯然銷魂掌」的大威力才又不知不覺的生了出來。（第三十九回）

這一段簡直將這套功夫寫神了，可謂是畫龍點睛之筆。看似神祕不可解，實則從「身心合一」四字可知。我們知道真正上乘的武功（其實遠不止是武功）並不僅僅是手、腿四肢的力量搏擊，而是涉及到人的體能、智慧、心氣與意志。「內力」的高下已經更進一層地區分了強弱之勢，而「心之能」的大小則是最後決定著人的武功（或其他技藝）最後的成就高低。而「心」又常常由「情」與「意」來占領或主宰。所以這一套實質上證明「情生心——心使臂——臂使掌」這樣隱祕而深刻的內在聯繫之存在。

作爲一種武功，「黯然銷魂掌」也許不一定是人類武藝的極限。而作爲一種「言情的功夫」，這一套掌法的創造，以及關於此掌的種種描寫，則可以說至矣盡矣！

上段書中提到的「這黯然銷魂掌的大威力才又不知不覺的生了出來」，看來有一點不可思議，實際上這正是作者的高明之處。也是這段書的精采之處。試想，楊過既與小龍女相逢，歡喜無限，再也沒有黯然銷魂之意，而偏要使用這「黯然銷魂掌」的功夫，那不恰恰是「爲賦新詞強說愁」嗎？這樣的「強說愁」，又怎麼能作出真正的絕妙好詞來，又怎麼可能說出真正的愁滋味來呢？而直到最後，絕望之際，那才到了「而今識盡愁滋味，卻道天涼好個秋」的境界，正是不說「愁」而說「秋」，這才見出其真正的高明。

這才——在不知不覺，不言不言中——說盡了愁的滋味。

這才是藝術的辯證法。

所謂「功夫在詩外」，原本就應該包括武術這種「功夫」的。這一套掌法的神威，顯然也不在「掌上」而在「掌外」——在黯然銷魂時、黯然銷魂處。——在置於死地而後生。

這一段文章的妙處，在於作者對心理學與人生的準確而深刻的把握。人性與心理學，在這裏成了武功（掌法）與愛情（黯然銷魂）之間的中介。甚至還不僅僅是中介，而且也是它們共同的背景、共同的基礎和共同的核心。是它們聯繫的紐帶，而且又是它們祕力量的真正的來源。

愛情是一種奇異的力量，它可以使人欲仙欲死。真正的愛者，他的生存和死亡都交給了對方。楊過與小龍女之間的愛情也是這樣，雙方都可以爲對方去生，也可以爲對方去死。實際上，他們也正是這樣做的。楊過一開始之所以不願意服藥，那是因爲小龍女無可救藥，要死，所以楊過不願獨生，願意陪心上人一同赴死。小龍女之所以要跳澗，也是明知自己要死，那就不如以自擇的死，換來情郎的生。給他留一個「十六年再相會」的懸念，同時也有以死相勸的意思在內。但小龍女的「失蹤」，不知是生是死，楊過就難以抉擇了；若是自己不服藥、不求生吧，萬一小龍女沒有死，萬一十六年後她會回來找他呢？若是就這樣生存下去吧，小龍女萬一是死了呢，萬一再也見不到心愛的小龍女了呢？那可就是真的生不如死了。……就在這種「是生，還是死」的矛盾衝突中，楊過漸漸悟透了生死由它（蒼天、宿命），從而真正的超越了生死。不知是生好，還是死好的矛盾衝突，使他倒產生了「活著就盼，死了就算」的內在的灑脫（也是自我解脫），所以，他終於創出與一般武學常理相違背的「黯然銷魂掌」這樣的功夫。——與一般武學相反，不僅指其技藝方面，而且也指它「道」：即一般的武功是「求生」而致

「敵死」的，而楊過的這套功夫則生死由之，超乎生死之上。將對手打敗了，那很好，我活著等小龍女；若是對方將自己打死了，那也很好，我可以到陰曹地府去找自己的心上人。……越是這樣，它的威力就越大。正如越是貪生怕死——在戰場上——就越是容易被打死一樣，越是超越了生死，置生命於度外，就越是能夠輕鬆灑脫、從而發揮人的身、心兩方面的、不可思議的潛能。從而往往能在背水一戰之中出奇制勝。

據說人有「求生本能」與「求死本能」二者。這二者顯然是相互衝突的，究竟哪一種本能的力量大些？那不一定。而力量最大的，是這兩種本能的「合力」，這一點卻是無可置疑的。楊過的「黯然銷魂掌」的威力之所以超凡，正因爲它在不自覺中結合了人的這兩種本能，同時又超越了本能的形式，沒有生與死的意念，只有愛的希望和愛的痛苦，只有不知愛人在哪裏的生死茫茫的大悲慟。這種大悲慟的力量（包括其潛在的部分）是無窮的。這就是人性的力量。也是迄今很少被人揭示的人性的隱祕。

「黯然銷魂掌」何止是一套武功已！同時，它又何止是一種愛情故事？它是一種特殊的愛情表達式，也是（包括武功）一種特殊的人生的表達式。

所以，無論是「玉女心經．情人劍」還是「夫妻刀法」或是這裏的「黯然銷魂掌」，它們都不只是一種簡單的、「象徵性的」武功，或「象徵性的」愛情描寫。而是一種獨特的溶匯了武功、愛情、人性及其想像力與創造力綜合的「本文」。是一種獨特的表達式，一種特殊的審美對象。我們從中看出，從中可以看出的，是一種藝術、一種文化、同時也是一種——有關人性與文化的——獨特的哲學思悟。

我們看到，在金庸的小說中，一切都是隨意的，信手拈來的，自然而然的。沒有做作，沒有矯情，沒有硬性的演繹，而只有自由自在的想像，與自然而然的創造。然而，正是在這自由自在、自然而然之中，我們看到了真正的藝術大師的風度。他是把一切的思考、探索、尋覓以及感受、了悟、體察都推向了背景之中，都存放在自己的心底，都（不知不覺地）溶入自由自在、自然而然的創造性的想像之中。正如楊過的「黯然銷魂掌」在不知不覺間又發揮了它的獨特的威力。——那是愛的力量，是人性的力量，也是（作者）智慧的力量。

二十一　妓院風光：韋小寶婚姻面面觀

《鹿鼎記》是金庸最後一部長篇小說，是一部最爲奇妙的書。是從武俠小說發展到了「反武俠小說」，有如西班牙塞萬提斯的名作之於歐洲的騎士文學。所不同者，如金庸先生在這部小說的〈後記〉中所說的那樣「……然而《鹿鼎記》已經不太像武俠小說，毋寧說是歷史小說」。

因爲《鹿鼎記》不太像武俠小說，與金庸的其它作品大不相同——與其他作家作品更加不可同日而語——所以我們必須對這部書進行專門的討論。

這部書中所寫的主人翁韋小寶是一位「前不見古人，後不見來者」的奇人，他的婚戀故事也是一些特殊的故事。這部小說中的情愛世界也是一個極奇異而又極真實的世界——婚姻和性文化世界。

主人翁韋小寶的「事業」上的成就，我們在其他的書中已經做過討論，這裏所要討論的是他在「愛情」與婚姻上的巨大成就。——與他的成功的婚姻相比，他的事業上的成就可以說算不了什麼。他做官只不過做到了將軍，封爵也只不過是公爵，其它的「職務」更算不了什麼，可是他在婚姻上的成就，卻足以使他成爲道道地地的「花魁國王」。一口氣娶了七位如花似玉、身份顯赫的夫人，不能不說其豐功蓋世，與皇帝相比也不遑多讓。

韋小寶本人對此也最爲得意。——小說中有一段這樣的情景對話：

韋小寶在舟中和七個夫人用過晚膳坐著閑談。蘇荃說道：「小寶，明兒，咱們就到淮陰了。古時候有一個人，爵封淮陰侯……」韋小寶道：「嗯，他的官沒我大。」蘇荃笑道：「那倒不然，他封過王，封的是齊王。後來皇帝怕他造反，削了他的王爵，改封為淮陰候，這人姓韓名信，大大的有名。」韋小寶一拍大腿，道：「那我知道，『蕭何月下追韓信』，『十面埋伏，霸王別虞姬』，那些戲文裏都是有的。」……韋小寶嘆道：「可惜！可惜！皇帝為什麼殺他？他要造反嗎？」蘇荃搖頭道：「沒有，他沒造反，皇帝忌他本事了得，生怕他造反。」韋小寶道：「幸虧我本事起碼得緊，皇上什麼都強過我的，因此不會忌我。我只有一件事強過皇上，除此之外，什麼都是萬萬不及。」

阿珂道：「你哪件事強過皇帝了？」韋小寶道：「我有七個如花似玉的夫人，天下再也找不出第八個這樣美貌的女子來。皇上洪福齊天，我韋小寶是艷福齊天。咱們君臣二人各齊各的，各有所齊。」他厚了臉皮胡吹，七個夫人笑聲不絕。

方怡笑道「皇帝是洪福齊天，你是齊天大聖。」韋小寶道：「對，我是水簾洞裏的美

猴王，率領一批猴婆子，猴子猴孫，過那逍遙自在的日子。」……（第五十回）

韋小寶的得意之情，溢於言表。「只有一件事強過皇上」，人生之意足矣。「皇上洪福齊天，我韋小寶是艷福齊天，咱君臣二人各齊各的，各有所齊！」這恐怕是韋小寶一生最為輝煌的時刻。也是他最得意的事情。

金庸的小說中，無論愛情或是婚姻的對象都是「一對一」地謹守著一夫一妻的現代婚姻制度，以及「一個人一生只能愛一個」乃至「一生只能愛一次」這樣的道德理性，即便是大理皇帝段正淳，想要與情人交往，也要偷偷摸摸，而且最終雞飛蛋打，情終人亡。而偏偏讓韋小寶娶了七位夫人。對他大大的放寬政策，讓他艷福齊天，這不能不使人感到極大的驚奇。

其答案也已在上段的描述中透露了。他的夫人方怡說「皇帝是洪福齊天，你是齊天大聖」！這話恐怕是毀譽參半，說是誇他固無不可，要說是損他也是大有文章的。韋小寶自己也就半聰明半糊塗地接受了「齊天大聖」這一封號，說「對，我是水簾洞裏的美猴王」。——齊天大聖和美猴王雖說是同一個意思，但顯然有著不太相同的含義。——

齊天大聖是「艷福齊天」的「情中大聖」。美猴王則至多只不過是一隻猴子而已矣。這正是小說《鹿鼎記》的奇妙與深刻之處。韋小寶若是聽出了方怡話中的譏諷之意，他的得意之情恐怕不免要大大減少。當然，他聽不出來，或他也不在乎這個。韋小寶之所以是韋小寶而不同別人，正在於他是一個「走自己的路，不管他人評說」的人。只要他能得到實際的好處，不做

「賠本生意」，你怎麼說他，他都不會在乎的。否則他就不叫韋小寶了。

然而，無論是齊天大聖也罷，是美猴王也罷，韋小寶娶了七位如花似玉的夫人，這是事實。而且，這七位夫人的身份和來歷，更使人目瞪口呆，嘆為觀止。其中，雙兒是一位官宦人家的俏丫環，算是身份最為低微的，但比韋小寶這位妓女的兒子，那又高得多了。曾柔是王屋山強盜頭子的小師妹，方怡是前朝沐王府的女武士，沐劍屏則是沐王府裏的郡主（應該說是「前郡主」），蘇荃是神龍教主洪安通的妻子，阿珂是陳圓圓的女兒，又是前明公主獨臂神尼的徒弟，（其生父是李自成，養父是吳三桂），建寧公主則是康熙皇帝的妹妹……

韋小寶的這七位夫人，可以說來自社會的各個不同的階層，而各代表著不同的政治勢力與社會文化背景，有世家的丫環，有強盜的師妹，有前朝的郡主，有「反賊」的女兒，有江湖女俠，有「今上」的御妹，有賣國者的妻子。而韋小寶居然能兼收並蓄，這不能不說是他艷福齊天，而且胸襟廣大。韋小寶「艷福」，不能不使人「羨慕」。

只不過，婚姻是一回事，愛情則是另一回事了。韋小寶是一個花魁，但並不是一個情種。婚姻和愛情的差異，造成了韋小寶的艷遇的內在矛盾，造成了他婚姻評價的二重性。韋小寶的婚姻看起來是美滿幸福，令人稱羨的，但一旦「解剖」開來，卻又完全不是那麼回事兒了。

要了解韋小寶的婚姻的祕密和真相，我們必須從頭說起。

韋小寶其人及其理想

韋小寶是一個奇人，同時又是一個最爲凡俗的人。

他有過驚人的奇遇，有過顯赫的功績，但他的本質卻並非像他的頭銜那樣光輝燦爛。他是低賤的，他是一個妓女的兒子，是一個流浪廝混於市井之間的小流氓、小賭棍、小乞兒、小雜種。——對此，他自己從來是直言不諱的。

韋小寶的奇遇及奇功，對他來說是「無意插柳柳成蔭」。完全是出乎他自己的意料之外的一種命運的玩笑。他自己從來沒有過那種理想，更沒有那種刻意的追求。奇遇於他，只不過是得之不喜、失之不憂的事。在這一點上，他是苦樂隨緣的。緣來即會，即興，即建功立業，緣盡即散、即去、即「老子不幹了」。在這一切的背後，只是他的求生本能或意志在起作用，只是他要生存，要「保住吃飯的傢伙」。如此而已。

所以，大將軍也好，太監也好，和尚也好，香主也好、五龍令主兼白龍使也好、一等鹿鼎公也好，一等通吃伯也好……這些他全都不在乎。他是真的不在乎。因爲這些都不是他想要的，這些都只是他謀生存的一種方式、手段罷了。

不管有什麼頭銜，他都還是他。他都還是揚州麗春院的妓女韋春芳的兒子，那個來自市井之間的流氓兼賭棍。

權力、榮譽、地位、榮華富貴對他並無多大的吸引力。他甚至還有當皇帝的機會——顧炎武等人就這樣推舉過他，勸慰過他——但他實實在在、道道地地是不想做。他看來，生存比一切都重要。要他去為了當皇帝而冒險，那他是決不幹的。他沒有這方面的遠大理想。這也難怪他，他一非官宦世家的子弟，二非書香門第的繼承人，甚至連寒門微士都算不上，他的命運是在社會正常的序列之外的。他當然不可能產生如此這般的「非份之想」。若是有，那倒奇怪了，因為他雖然聽說過出將入相的故事，但那只是書場、戲院裏說的和演的，與他的生活沾不上邊，他甚至連起碼的受教育的機會都沒有。他除了賭博和奉承人之外，一無所長。連基本的謀生技能都成問題，又怎能產生那出將入相的遠大理想呢？

偏偏他不想得到的東西，幾乎都得到了。其他多少才子、多少英雄「有心栽花花不發」、「踏破鐵鞋無覓處」，而他則完全是「無意插柳柳成蔭」、「得來全不費工夫」。這就是中國政治、中國歷史及中國文化的根本奧妙了。我們在這裏自不必多言。

韋小寶沒有權勢欲（雖然他也覺得做做頭兒頗有「威風」），同時也沒多大的金錢欲。不排斥他想發財，但他發財的觀念和理想，比之他所得到的，真可謂微不足道，可以忽略不計了。他進入皇宮以後，海大富叫他拿幾大錠銀子去賭博，幾乎使他不相信眼前的事實。而從鰲拜家中抄出幾百萬兩的家財，與索額圖平分了一百萬兩時，更使他不知「天上宮闕，今夕是何年」。

他很愛財，但並不太貪財，更不吝嗇，有錢大家花，有財大家發，花花轎子人抬人，不吃獨食，這是他做人的訣竅，也是他的本色。雖然他的金錢欲比他的權力欲實際上要大些，但那也只是有限。他遇到發財的機會，固然是從不會錯過（這是他的本能，也是人的本能吧），但若是沒有這樣的機會，也就罷了。並不挖空心思地去發現、創造或製造這樣的機會。

這也很容易理解，因爲他從小就實際上生活在一種貧困之中（說貧困卻又能生存，所以又沒有眞正的貧困者那嗜錢如命的特徵），從來賭錢輸贏都極有限，因爲他從來就沒有過多少錢。他希望有錢，希望發財，這當然是毫無疑問的。但一來那只是一種朦朧的幻想，二來那發財的規模也是相當有限的。

沒有權勢欲，也不大有金錢欲，他的理想當然更不是名士風流，爲性情自由放達而追求的，這些他更是連邊也沾不上，連夢都沒有做過。這些與他完全是風馬牛不相及。

那麼，他的理想是什麼呢？

是「發達」之後，在揚州的麗春院旁邊開一座像樣的妓女院！如果可能的話，那座妓女院至少要與麗春院一樣，甚至比它更富麗堂皇。進而——這對於他可就是幻想了——開「麗夏院」、「麗秋院」、「麗冬院」，開它個妓院群！

他的這種雄心大志，在書中從頭到尾都提到的。他母親最了解他的志向。所以在小說的最後，書中寫道：

那日韋小寶到了揚州，帶了夫人兒女，去麗春院見娘。母子相見，自是不勝之喜。韋春芳見七個媳婦個個如花似玉，心想：「小寶這小賊挑女人的眼力倒不錯，他來開院子，

一定發大財。」(第五十回)

這真是賣什麼，吆喝什麼，幹哪一行說哪一行話。韋春芳這樣想是自然而然的。進而也是對兒子的一種了解和一種評價。此外，這一段話在作者筆下，自然更有深一層的意義。

韋小寶想開妓女院，想做妓女院的老板，這並非不可理解。相反，是極自然的事——首先，我們必須認識到，在韋小寶的觀念中，妓女院並非見不得人的場所(他自己就是在那裏長大的)，他也沒有絲毫的蔑視妓女的意思(他媽媽就是妓女，他內心從未為此感到不安或羞恥)。因此，我們不能以自己的觀念去取代韋小寶，從而覺得他有這種理解簡直不可思議。其次，韋春芳逐漸人老珠黃，生意漸漸不好，這無疑影響了韋小寶的生活。這種窘況經常發生，是對韋小寶的一種刺激，即有了錢一定要自己開一家妓女院，自己當老板！(因為在韋小寶童年的印象中，妓院老板是再威風也不過的)再次，韋小寶非但沒有絲毫低看妓院和妓女的事，相反覺得這是一種「好生意」，因爲它可以「無本萬利」。這大概也是韋小寶欣賞妓院老板，並立大志許大願要開妓女院的一大原因吧。最後，我們也應該看到，韋小寶從小生活在妓院之中，近朱者赤，近墨者黑，他的生活世界就是麗春院，那麼他們能想的「謀生之道」及「生財之路」兼「發達之夢」自然就要萬變不離其宗的。你還要韋小寶去有什麼樣的理想？他又能有什麼樣的理想呢？

韋小寶的這種人生理想，有其現實的意義，同時也有它的象徵性。

在。一方面，他來自於此，自必要這樣想，這樣做，有這樣的理想和夢。這是它的現實性之所

另一方面，他的這種生活環境及其產生的理想，自必影響到他的人性觀、愛情觀、婚姻觀和婦女觀等等。韋小寶可以說是一種「典型環境中的典型性格」，那樣的生存環境決定了他的文化修養，也決定了他的價值觀念。這應當是毫不奇怪的。同時，他的這種文化修養和價值觀念，又勢必體現在他的人生過程中，表現爲他的具體理想追求及其行爲方式上。

妓院生活場景，成了他的觀念與行爲的不知不覺的依據和準則。成了他的價值體系及行爲方式的支柱。

這一「本文」的象徵性及其意義，以各種各樣的方式表現出來，體現在小說中，表現爲以下的各個方面。——這也正是我們所要研究的。妓院生活不僅是他的生活環境，而且也是他的人生背景，同時又是他的文化價值（具有明確指向及其象徵性）的背景。

韋小寶的女性觀

要了解韋小寶的愛情與婚姻觀念，必須了解他的女性觀，他對女性的認識與態度。

韋小寶是一個無父之人，只有母親韋春芳，他生活在一個純粹的女性世界裏——生活在一個妓女群中——他以一種獨特的生活經驗，認識了婦女，形成了他獨特的婦女觀念。

他的母親是一個妓女，這並沒有使他覺得羞愧和悲哀，他覺得很正常，他的感覺雖然沒那麼好，可也沒那麼壞。媽媽就是媽媽。做妓女的媽媽也還是媽媽。做妓女只是媽媽的一種職業，一種謀生手段，而且——如果不是人老珠黃、生意漸稀——還是一種很不錯的謀生手段。更何況，透過媽媽的謀生方式，他有機會從小就認識生活，也認識人性。其中最重要的是認識（自覺或不自覺的，潛移默化的）男人與女人的赤裸裸的「本性」。

在韋小寶的眼裏，妓女並非低人一等。妓女與其他的婦女並無本質的區別——他們都是女人！——至多不過妓女生活的場景更加赤裸一點，更加本能一點罷了。

因而，韋小寶的婦女觀，在一定的程度上，正是他的「妓女觀」。「婦女＝妓女」——這一等式看起來是匪夷所思，胡說八道，但對於韋小寶來說卻絲毫也不值得大驚小怪。

在韋小寶的眼裏，女性與妓女確實沒什麼了不得了的區別，她們都是女人，都是性、欲的對象。婚姻的方式只不過是「包妓」的一種變相的方式而已。要說有區別，那也只有高級與低級、漂亮與不漂亮、走紅與不走紅……的區別而已。所以，他對一切女性、包括母親、丫環、公主、郡主、夫人、皇后、妓女……倒真的都是「一視同仁」的。

在他的「辭典」裏，「媽媽」就是妓女。他想罵人，就叫別人（不管她是郡主、公主、丫環或其它什麼人）是「媽媽」，這自然是在不高興的時候，是搞影射。而在他高興的時候，他也叫人是「媽媽」，這表示他對她的依戀、熱愛與親近。——誰能分得清「媽媽」與「妓女」之間的非語詞方面的差異？同樣——更能說明問題的是——他也總喜歡（暗地裏）叫人是婊子。他叫建寧公主是「小婊子」，叫皇后是「老婊子」，叫俄羅斯蘇菲亞公主是「洋婊子」或「騷婊子」，……這裏固然含有罵人的意思，但更主要的還是表現了他的「認識論」。不然，他又何以會娶建寧公主這一小婊子為妻？他實在是不在乎婊子不婊子。也不在乎婊子與非婊子的差異，他只在乎，她們都是女人。

有書為證。

例如韋小寶對待沐王府郡主沐劍屏的一個場景，書中如此寫道：

韋小寶大喜，讚道：「好妹子，這才乖。」小郡主道：「我不……不是你好妹子。」韋小寶道：「那麼是好姐姐。」小郡主道：「也不是。」韋小寶道：「那麼是好媽媽。」

小郡主噗哧一笑，道：「我……我怎麼會是……」

韋小寶自見到她以來，直到此刻，才聽到她的笑聲。只是她臉上塗滿了蓮蓉豆泥，難見如花笑靨，但單聽著她銀鈴般的笑聲，亦足以暢懷怡神。韋小寶說她「是我好媽媽」其實便是罵她「小婊子」，因為他自己母親是個妓女，但聽她笑得又歡暢又溫柔，不禁微覺後悔，又想：「做婊子也沒有什麼不好，我媽媽在麗春院裏賺錢，未必便賤過他媽的木頭木腦的沐王府中的郡主。」（第十回）

這是韋小寶第一次見到一位同齡女性，那時他們都年少。這是他與沐劍屏的第一次相見，而沐劍屏也是他的七位夫人中最先見到的一個。

這時，他的男女情愛的觀念上是十分朦朧的。因爲他實質上還是一個孩子。他對郡主與婊子之間差異的了解，也是馬馬虎虎、朦朧模糊的。然而「做婊子也沒有什麼不好」的想法是他第一次發表的「妓女觀」，是他的本能的、起初的想法。其中包括他的婦女觀。

更能說明問題的，也許還是在韋小寶成人又成功之後，發生在揚州麗春院的那一幕——洪夫人蘇荃、方怡、沐劍屏、雙兒、曾柔、阿珂等數位姑娘（或夫人）機緣湊巧，都在麗春院裏集齊，而且誤飲藥酒，大都昏迷不醒，於是韋小寶便乘機渾水摸魚——

韋小寶走進內室，說道：「方姑娘，小郡主、洪夫人，你們三個是自己到麗春院來做婊子的。雙兒、曾姑娘，你們兩個是自願跟我到麗春院來的。這是什麼地方，你們來時雖然不知道，不過小妞兒們既然來到這種地方，不陪我是不行的。阿珂，你是我老婆，到這裏來嫖我媽媽，也就是嫖你婆婆，你老公要嫖還你了。」伸手將假太后遠遠推在床角，抖開大被，將餘下六個女子蓋住，踢下鞋子，大叫一聲從被子鑽了進去。……（第四十回）

由此可見，在韋小寶的心目中，妓女與良家女性的區別，只不過是住不住妓女院的區別。

良家婦女只要來到妓女院中，不是妓女也就成了妓女，得由胡天胡地地唱「十八摸」扔至「一百零八摸」了。

韋小寶是一個粗鄙無文的人，這一點是十分清楚。也許我們提出「韋小寶的女性觀」這個問題，多少有些多餘，多少有些自我諷刺的意味。因爲這位韋大人是沒有什麼觀不觀的，他只是按照他的本能以及在妓女院中所接受的文化價值觀念來行事而已。

上述引文，作者將這一群少女少婦「調」到妓女院中來，讓韋小寶有機會充分地表現自己的個性本質。這是絕妙的一筆，在那樣一個自己熟悉的環境之中，韋小寶行爲變得那樣自然而然，絲毫也看不見英國人筆下的丹麥王子哈姆雷特的那種「是幹？還是不幹？這是一個問題」的猶豫不決。

韋小寶絲毫也沒有「尊重女性」這樣的文化觀念。這是必然的。因爲他是康熙時代的中國人，而且又是一個妓女的兒子。

在妓院裏的那一幕中，韋小寶有過一陣猶豫，但那只是對一個特定的對象，即對他剛剛與之結拜的蒙古王子噶爾丹的妻子阿琪——他的「義嫂」有過如下的心理交戰：

當下將雙兒、阿琪、洪夫人、方怡、沐劍屏一一抱入內，最後連假太后也抱了進去，八個女子並列床上。忽然想到：「朋友妻，不可欺。二嫂，你是我嫂子，咱們英雄好漢，可得講義氣」。將阿琪又抱到廳上，放在椅中坐好，只見她目光中頗有嘉許之意。

韋小寶見她容顏嬌好，喘氣甚急，胸脯起伏不已，忽覺後悔：「我跟大喇嘛和蒙古王子拜把子，又不是情投意合，只不過是想個計策，騙得他們不來殺我。什麼大哥、二哥，都是隨口瞎說的。這阿琪姑娘如此貌美，叫她二嫂，太過可惜，不如也做了我老婆罷。說書的說『三笑姻緣九美圖』，唐伯虎有九個老婆。我就算把阿琪算在其內，也不過是八美，還差了一美。呸，呸，呸！老婊子（按，指假太后毛東珠）又老又凶，怎麼也能算一美？」與唐伯虎相比，少他一美，還可將就，連少兩美，實在太差勁，當下又抱起阿琪，走向內室。走了幾步，忽然想：「關雲長千里送皇嫂，可沒將劉大嫂變成關二嫂。韋小寶七送王嫂，總不能太不講義氣，少兩美就少兩美罷，還怕將來湊不齊？」於是立即轉身，又將阿琪放在椅中。（第三十九回）

面對這樣的場景，韋小寶有這樣的猶豫，而且又有這樣的抉擇，真可謂是難能可貴的。這表明韋小寶還是有「文化」的，即與一般的動物本能不同，雖然他心裏也想將阿琪抱進內室的大床之上，供他娛樂，但畢竟又想到「朋友妻，不可欺」以及「關雲長千里送皇嫂」等等古訓，這就把他與一般動物區分了開來。因爲一般的動物大概是不管什麼嫂不嫂的。

而人——尤其是中國人——對有了「身份」或「名份的」婦女的態度是有明確的禁忌的。例如「朋友妻」這就像打上了一個特殊的烙印。不管韋小寶如何百無禁忌，但這樣的禁忌還要遵守一二的。一個女人一旦打上了「嫂嫂」的印記，那她的「嫂性」（社會倫理性）就遠遠大於她的「女性」了。

這就揭示了韋小寶的「女性觀」——如果有這種「觀」的話——的內在隱祕，一層是本能因素，這是一種核心和基礎；二層是社會倫理的因素，這將韋小寶與動物區分開來。

但上述二層因素是否使韋小寶有了「人」的觀念，或「文明的」女性觀念呢？那恐怕又沒有。韋小寶的文化價值的核心是社會倫理觀，而他的這些觀念無不來自說書人的文化「教育」。——這種教育是中國文化得以代代相傳的一種重要形式，它的本質是一種「禁忌」的而不是文明與人性的啓蒙——韋小寶放過了　位少婦，那不是由於尊重婦女，或尊重人格，而恰恰是由於他尊重倫理。

而我們知道，在中國歷史中，社會倫理網絡內，人的因素以及人格的因素被「社會角色」及其關係體系所取代。在那兒，是找不出一種真正的符合人性與人格因素的文明的女性觀的。女性就整體而言，已成了社會的玩物（除非她是「嫂嫂」之類），因爲社會是男人的社會。這種倫理的禁忌及其道德規範，將人與動物區分開來。但又遠遠不是以將人培養成具有獨立而又健全的人格的真正的（文明的）人。從而，男人對女人的態度（即所謂「女性觀」），就不可能是健全而又富有理性和詩意的。——要在韋小寶這種人的女性觀中尋找詩意，那可真是緣木求魚。

韋小寶的愛情觀

韋小寶的精神與心態，他的文明的程度以及他的文化水平與素質，都處於動物與人之間的某種模糊地帶、模糊狀態。

上述對待婦女的態度及其內心深處的不自覺「女性觀」便已充分地表明了這種狀態。韋小寶雖然娶了七位夫人，但這只是他的婚姻狀況，而與「愛情」則關係不大。——韋小寶顯然不是一位情種。他並不真正的懂得愛、懂得情，他也並不真的需要愛、需要情。他的愛情幌子，其實是由好色與佔有這兩種本能支撐起來的。

讓我們先來看他的好色。

目好好色，這也是人的一種本能，無可厚非。但這畢竟與愛情不同。愛情顯然要從這種本能的層次昇華上去，而且從「目」的層次水平深化、深入到「心」的水平層次。

在七位夫人中，韋小寶最「愛」的是誰？

是阿珂。

這在他第一次見到阿珂時已經充分地表現出來了。——書中寫道：

韋小寶一見這少女，不由得心中突的一跳，胸口宛如被一個無形的鐵錘重重擊了一把，霎時之間唇燥舌乾，目瞪口呆，心道：「我死了！我死了！哪裏來的這樣的美女？這美女倘若給了我做老婆，小皇帝跟我換位我也不幹。韋小寶死皮賴活，上天下地，槍林箭雨，刀山油鍋，不管怎樣，非娶了這姑娘做老婆不可。」……

……韋小寶兀自不覺，心想：「她為什麼轉了頭去？她臉上這麼微微一紅，麗春院中一百個小娘站在一起，也沒有她一根眉毛好看。她每笑一笑我就給她一百萬兩銀子，那也抵得很。」又想：「方姑娘、小郡主、洪夫人、建寧公主、雙兒丫頭，還有哪個擲骨子的曾姑娘，許許多多人加起來，都沒眼前這位天仙的美貌。我韋小寶不要做皇帝、不做神龍教教主、不做天地會總舵主、什麼黃袍馬褂三眼花翎，一品二品的大官，更加不放在心上，我……我非做這小姑娘的老公不可。」頃刻之間，心中轉了無數念頭，立下了赴湯蹈火、萬死不辭的大決心，臉上神色古怪之極。

四僧二女見他忽爾眉花眼笑，忽爾咬牙切齒，便似癲狂了一般。（第二十二回）

韋小寶對美如天仙的阿珂，可以說是一見鍾情了。而且——難能可貴的是——他一見到她便想到「不要做皇帝，不做神龍教教主，不做天地會總舵主……」這很容易使人產生一種爲了愛情、不顧一切的感覺，韋小寶似乎下子成了情種。尤其是聯想到英國國王愛德華爲了愛情而放棄王位的壯舉，對韋小寶不免好感倍增。

不過，這只是一種錯覺。對韋小寶而言，也只是一種表面現象。他本就不是皇帝，不是神龍教主，不是天地會的總舵主。更重要的是不管有沒有阿珂，不管爲不爲了阿珂，他其實本來就沒有做皇帝、做教主、做總舵主的打算，他沒有這種雄心壯志，也自知沒有這種雄才大略（

韋小寶這一點自知之明還是有的）。他的理想，本只不過是當一個妓院老板而已。

當然，上述韋小寶的決心也不能說是欺騙或自我欺騙，他對阿珂強烈的愛慕是真實的，假如他是皇帝的話，他也可能真的不想做皇帝而交換阿珂。因爲他沒有做皇帝的本能，但確實有好色的本能。

其實，在上一段的表述中，我們也能看出他的愛情的真相：「麗春院中一百個小娘站在一起，也沒有她一根眉毛好看。她每笑一笑，我就給她一百萬兩銀子，那也抵得很。」——韋小寶自然而然地將阿珂與「麗春院中的小娘們」進行比較，這或許只是習慣使然，但「她每笑一笑，我就給她一百萬兩銀子」，這就暴露了他的愛情觀念的本質。——嚴格地說他並沒有什麼愛情觀念，愛情之於他是一種陌生而奇怪的東西，愛情心理之於他是明確的好色、佔有、買賣的綜合。他不自覺地用一百萬兩銀子去「買笑」。這無疑是對待妓女的態度。而愛情無價這句話，對韋小寶來說是胡說八道。在他的眼中，愛情總是有價的，只是價格高低不同而已。有些女人（妓女）只值二三兩銀子，而阿珂在他的眼中則值一百萬兩銀子。

韋小寶將方姑娘、小郡主、洪夫人、建寧公主、雙兒、曾柔等六位女性與阿珂進行比較，結論是「都沒有眼前這位天仙的美貌」，推論則「我……我非做這位小姑娘的老公不可」。這就是韋小寶的「愛情」。

這無疑是好色的本能，加上佔有欲本能的混合物。是一種貌似愛情的東西。它與真正的愛情比較，其間的差異就會顯得十分明顯。

小說中寫到韋小寶在一個偶然的機會，碰到了一位對阿珂的母親陳圓圓癡心愛慕的男子，名叫胡逸之，號百勝刀王，而且是當年江湖上有名的美男子。韋小寶與他「同病」相憐，談得頗為投機。書中如此寫道：

韋小寶奇道：「你在她身邊住了二十三年？你是……你也是陳圓圓的姘……麼？」

胡逸之苦笑道：「她……她……嘿嘿，她從來正面也不瞧我一下。我在三聖庵中種菜掃地，打柴挑水，她只道我是個鄉下田夫。」

……韋小寶奇道：「胡大俠，你武功這麼了得，怎麼不把陳圓圓一把抱了便走？」

胡逸之一聽這話，臉上閃過一絲怒色，眼中精光暴盛。韋小寶嚇了一跳，手一鬆，酒杯摔將下來，灑得滿身都是酒水。胡逸之低下頭來，嘆了口氣，說道：「那日我在四川成都，見了陳姑娘一眼，唉，那也是前生冤孽，從此神魂顛倒，不能自拔。韋香主，胡某是個沒出息、沒志氣的漢子，當年陳姑娘在平西王府中之時，我在王府裏做園丁，給她種花拔草。她去了三聖庵，我便跟著去做伙夫。我別無他求，只盼早上晚間偷偷見到她一眼，便已心滿意足，怎……怎會有絲毫唐突佳人的舉動？」

韋小寶道：「那麼你心中愛煞了她這二十幾年來，她竟始終不知道？」

胡逸之苦笑搖頭，說道：「我怕洩露了身份，平日一天之中，難得說三句話。在她面前更是啞口無言。這二十三年之中，跟她也只說過三十九句話，她倒向我說過五十五句。

」……

韋小寶卻聽得連連點頭，說道：「胡大哥，你這番話，真是說得再明白也沒有，我以前就沒想到。不過我喜歡一個女子，卻一定要她做老婆，我可沒你這麼耐心。阿珂當真要我種菜挑水，要我陪她一輩子，我自然也幹。但那個鄭公子倘若在，老子卻非給他來個白刀子進、紅刀子出不可。」

胡逸之道：「小兄弟，你這話可不大對了。你喜歡一個女子，那是要她心裏高興，為的是她，不是為你自己。倘若她想嫁給鄭公子，你就該千方百計的助她完成心願。倘若有人要害鄭公子，你為了心上人，就該全力保護鄭公子，縱然送了自己性命，那也無傷大雅啊。」

韋小寶搖頭道：「這個可有傷大雅之至。賠本生意兄弟是不幹的。胡大哥，兄弟對你十分佩服，很想拜你為師，不是學你的刀法，而是學你對陳圓圓的一片癡情。這門功夫，兄弟可跟你差得遠了。」

胡逸之大是高興，說道：「拜師是不必，咱哥兒倆切磋互勉，倒也不妨。」（第二十三回）

以上這一段將韋小寶的「愛情觀」寫得淋漓盡致了。在他眼中看來，胡逸之在陳圓圓身邊住了二十三年，還不是她的「姘（頭）」這簡直是一件不可思議的事情。所以他才會實實在在地問一聲「胡大俠，你這麼大的本領，幹什麼不把她一把抱起便走？」

在韋小寶的心目中，看上了一個女人，第一個念頭便是要娶她做老婆，完全佔有她；退而求其次，至少也得做她的「姘頭」，部分地佔有她。至於辦法麼，一是「給他一百萬兩銀子」，二是「一把抱了便走」，即要麼是買，要麼是搶。是否兩心相悅，兩情兩愛，兩相情願，那完全是不值得考慮的。

胡逸之提出「你喜歡一個女子，那是要讓她心裏高興，爲的是她，不是爲你自己。」——這在韋小寶看來，簡直是「有傷大雅之至」。因爲他要是喜歡一個女子——不管她喜不喜歡他——就一定要做她的老公，「賠本的生意，兄弟是不做的！」

愛者和欲者的差異，業已充分地顯示出來。即愛者之愛是一種忘我，一種對對象的奉獻，一切爲了對象的情感；而欲者之愛則是一種爲我，一種對對象的佔有的欲望，一切爲了「我」的情感（實際上只是一種欲望和本能的表現形式）。

韋小寶無疑是這樣一種欲者。而不是一個真正的愛者。

韋小寶一生所說的最動聽的「情話」，只是對他的丫環兼情人雙兒說：「大功告成，親個嘴兒！」

而正在他想方設法，要做沐劍屏、方怡的「老公」的時候，一邊心裏想的是：

……韋小寶心想：「先嚇她一個魂不附體，手足無措，挨到天明，老子便逃出了宮。

那小郡主和方怡又怎麼辦？哼，老子泥菩薩過江，自身難保，逃得性命再說，管他什麼小郡主、老郡主，方怡、圓怡？老子假太監不扮了，青木堂主也不幹，拿著四五十萬兩銀子，到揚州去開麗夏院、麗秋院、麗冬院去。」……（第十一回）

在最緊急的關頭，先保住自己的小命要緊。這倒真的是韋小寶的一貫作風。那種說要「為愛人而犧牲」的論調，對韋小寶而言，全是不通。對韋小寶談愛情，與對牛彈琴差異不大。只是牛沒有他那麼好色，也沒有他那麼強的佔有欲而已。在這一方面，韋小寶是比牛們要高明得多的。

韋小寶的婚姻和追求

韋小寶的婚姻是相當圓滿的，只是與愛情無關。

韋小寶是如何「得到」他那七位如花似玉的夫人，仔細地探究起來，是很有意思的。說起來，固然與韋小寶的「艷福」有關，而韋小寶本人也確實是花過一番心血，歷過幾番曲折艱險，這才與七位夫人共聚一堂的。在這七位夫人中，只有雙兒、沐劍屏、曾柔這三位年齡較小的姑娘是自由之身，而其他四位則已是名花有主或芳心有屬了。方怡一心愛戀著她的師兄劉一舟；阿珂則非鄭公子克塽不嫁；建寧公主已由皇帝許配給吳三桂的兒子吳應熊；蘇荃則早已是神龍教主洪安通的夫人。

韋小寶是如何獲得成功的？

說穿了也許一文不值。

一．雙兒

雙兒成爲韋小寶夫人之一，是水到渠成的事。因爲雙兒本是士族世家莊廷瓏家的丫環，韋小寶無心插柳地殺了鰲拜，不僅使他莫名其妙地成了天地會青木堂主，成了總舵主陳近南的入室弟子；而且使莊家的寡婦對他感激不盡，因而以雙兒相贈。雙兒的主人將她送給韋小寶，當然就死心塌地跟著韋小寶，做「他的人」。平心而論，韋小寶在七位夫人之中，對這位雙兒青眼有加。恐怕覺得地位相近，而且雙兒對他非但沒有任何的輕視，反而忠心耿耿的緣故吧。

二．沐劍屏

韋小寶第一個見到，便是這位小郡主。那時他們都還年紀幼小，情竇未開。韋小寶要沐劍屏做他的「小老婆」，完全是無心的胡鬧。兩人的「肌膚之親」也只是幼童間的玩笑。沒想到最後真的成了他的「小老婆」。其中原因，恐怕連韋小寶自己也不大明白。也可能是沐劍屏以爲有了肌膚之親，就是「他的人」了；也可能這位落難郡主是一位癡情的人兒；也可能她對韋小寶一直感恩戴德。

三．曾柔

如果說雙兒是人家送來的，沐劍屏是韋小寶蒙來的，曾柔則是韋小寶「賭」來的。韋小寶故意輸給曾柔，放了她和她的伙伴一命，沒想到從此贏得了姑娘的芳心，這也可以說是無意插柳柳成蔭。曾柔對韋小寶了解得越多、便越是失望。可是已經無法可施了。因爲命運已經將她和韋小寶拴在一起。

四．方怡

方怡不愛韋小寶。韋小寶其實也未必愛她。論熱烈，韋小寶對阿珂的情緒是獨一無二的；論親近，誰也比不上雙兒與韋小寶的患難真情。韋小寶得到方怡完全是趁火打劫。強搶民女性質的。當時方怡的心上人身陷皇宮之中，求韋小寶去救，並表示「什麼條件都答應」。對劉一舟的愛，導致她不得不答應嫁給韋小寶。方怡的苦命可想而知。所以，方怡投入神龍教要比沐劍屏主動得多，方怡以後害過韋小寶多次，也正是要對韋小寶進行報復。至少，她對於韋小寶毫無感情。

五．建寧公主

韋小寶並不愛建寧公主。建寧公主也未必真的愛他。他們倆是在送親的路上——韋小寶奉旨護送建寧公主去雲南平西王府與吳應熊成親——發生性關係的，是建寧公主誘騙了韋小寶（韋小寶沒這個膽子）。然後幾經變故（包括吳三桂叛亂），而建寧公主又懷上了韋小寶的孩子，這才不得已下嫁韋小寶，而韋小寶對這位脾氣嬌縱，有施虐與受虐之癖的公主，又怕又恨，愛心是半分也沒有。

六．蘇荃

韋小寶第一次見到這位洪夫人時，固然對她的美貌饞涎欲滴，但說到愛那還差得遠。因為韋小寶的性命難保，對洪教主怕得要死，對這位夫人也是心顫甚於心愛的。蘇荃恐怕也完全沒有想到會嫁給韋小寶。因為韋小寶在她的眼中只不過是一位會拍馬屁的小男孩，如此而已。他們倆的結合，完全是偶然——是那一次在麗春院中韋小寶無意之中同蘇荃發生了性關係，並使她懷孕了！——其時洪安通大勢已去，蘇荃便反戈一擊。蘇荃嫁給洪安通本來就不是自願的。而她嫁給韋小寶雖屬「自願」，但顯然不是因為愛，而是因為性。一方面她已懷孕，不得不嫁雞隨雞，另一方面她與韋小寶的性關係（儘管是無意中進行的）也使她覺得韋小寶遠勝於洪安通老頭子。再則韋小寶年輕有為，在康熙面前大紅大紫，顯然前程無量。這些因素綜合起來，是以使蘇荃主動請求下嫁。而韋小寶則完全處於被動地位。——當然，送上門的生意不能不做，送入懷中的美女兒不能不要。更何況他想不要也不成（他怕她），而蘇荃又能遏制建寧公主（他也怕這位公主）。所以便「笑納」了。

七・阿珂

如前所述，韋小寶一心想得到阿珂，但始終像癩哈蟆想吃天鵝肉，又剃頭挑子一頭熱。不管韋小寶如何死纏死攪，阿珂對他非但沒有絲毫的愛心，反而越來越厭惡。韋小寶也曾設計要挾，並強迫阿珂與他拜堂成親，但這全無用處，因為她全都不買帳。眼見阿珂非鄭克塽不嫁，韋小寶挖空心思，請人暗中將鄭公子打得遍體傷痕，又被侮辱得一塌糊塗，但這些都不能改變阿珂的心願與情愛。韋小寶幾次險些死在阿珂手中。

韋小寶之所以能得到阿珂，主要的原因還是在麗春院中「胡天胡地」——那幾乎完全是強姦——使阿珂懷孕。

僅僅是拜堂成親，甚至僅僅是身懷有孕阿珂都不一定會嫁給韋小寶。一來因爲拜堂和性關係，都是韋小寶一手造成的，並沒有阿珂的半分情願，如此，阿珂對他只能更加痛恨，而會同他結合，更談不上愛。阿珂之所以最後成了韋小寶的夫人，那是由於韋小寶逼迫鄭克塽作了一筆交易；鄭克塽爲了保護自己的性命，將阿珂「抵押」給了韋小寶！

……韋小寶雖然娶了七位夫人，但並沒有獲得——當然他也沒有付出——多少愛。韋小寶並不在乎什麼愛不愛的。他只在乎是否做了她們的「老公」。韋小寶追求的並不愛，而是對女性（肉體及身份）的佔有。

如此姻緣，如此美滿

不難看出，韋小寶的婚姻中或許什麼都有，卻唯獨缺乏愛情。但要對他的婚姻作出恰當的評價，卻不是一件很簡單的事情。

作者並沒有將韋小寶的婚姻寫成一幕幕悲劇，相反，其結局卻似是皆大歡喜，人皆稱美。難怪韋小寶要自稱是「水簾洞裏的美猴王」，而他媽媽又說他「挑女人的眼力不錯」。這裏雖有些譏諷的味道，但單看表面卻仍然是其樂融融的。

書中寫道：

韋小寶道：「拜天地的事，慢慢再說。咱們明兒先得葬了師父。」

眾女一聽，登時肅然，沒想到此人竟然尊師重道，說出這樣一句禮義兼具的話來。

哪知了下面的話卻又露出了本性：「你們七人，個個是我的親親好老婆，大家不分先後大小。以後每天晚上，你們都擲骰子賭輸贏，哪一個人贏了，哪一個就陪我。」說著從懷裏取出兩顆骰，吹一口氣，骨碌碌的擲在桌上。公主呸了聲，道：「你好香麼？哪一個輸了才陪你。」韋小寶笑道：「對，對！好比猜拳行令，輸子的罰酒一杯。哪一個先擲？」

這一晚荒島陋屋，春意融融，擲骰子誰贏誰輸，也不必細表。自今而後，韋家眾女擲骰子便成慣例。韋小寶本來和人擲骰子，賭的是金銀財寶，患得患失之際，樂趣盎然，但他做法自斃，此後自身成為眾女的賭注，被迫置身局外，雖有溫柔之福，卻無賭博之樂了。可見花無常開，月有盈缺，世事原不能盡如人意。（第四十五回）

韋小寶的婚姻，果真只有「無賭博之樂」這一點缺陷嗎？

小說中並沒有寫，方怡、阿珂這些少女被韋小寶或誘騙、或要挾，或強姦……之後，不得不嫁給她們所不愛的人，其心理與情感的具體狀態，似乎她們都從此「認了命」。

作者也並沒有寫——像慣常情形那樣——一夫多妻的生活，眾妻妾之間的勾心鬥角、爭風吃醋、互不相容的情形。

從而，似乎真的是皆大歡喜了。似乎真的是讓人人稱羨的。

奇妙的並不是韋小寶的婚姻中沒有或缺乏愛情——這種狀況自古至今存在著——而在於每個人都皆大歡喜。

韋小寶的婚姻，至少給我們以下幾個方面的深思啓示。

其一，韋小寶的婚姻分明是沒有或缺少愛情的婚姻，但大家不但都安之若素，並且還會自鳴得意。而讀者則亦多少有些羨慕他的「艷福」。——這也許是中國婚姻文化的全部真實的奧祕。也正是中國人的婚姻文化心理的全部真的暴光。——好色、衝動、佔有的欲望以及被轉讓、被蒙騙、被要挾、被強姦……種種情形，在今天不都還存在於某些現實婚姻之中嗎？

其二，韋小寶的婚姻，分明是些女性的命運悲劇的展覽，她們或被強姦、或被誘騙、或身不由己，或情不自禁，無非是因爲有了「肌膚之親」、「婚姻之約」、「身懷有孕」或「事到如今」……等等，唯獨不是因爲相愛而與男人結合。可是，她們竟不再反抗，似乎認了自己的命運，並試圖從中作樂。——這一矛盾現象、這種麻木、無可奈何、安之若素的情形，恰恰是深刻地揭示了女性的悲劇。不僅是文化與社會倫理的「命運」的悲劇，而且也是文化心理以及人性的悲劇。——這種悲劇遠比相互之間的爭風吃醋深刻得多。因爲她們根本沒有意識到這種悲劇性的存在，或者，她們業已麻木。無論如何，這都是令人怵目驚心的。她們越是不知不覺地認了命，越是不知不覺地尋歡作樂，其悲劇的意義也就更深、更令人憂憤。

最後，作者寫其「美滿姻緣」，韋小寶的「春風得意」，其實正是對「妓院文化」的一種深刻反諷。——韋小寶的美滿姻緣，實質上只不過是妓院文化層次的姻緣，也只不過是在這一層次上的「美滿」。

然而，這是現實。現實中的婚姻——如韋小寶的——常常是這樣。

現實中的韋小寶及他的夫人們，或者壓根兒就不知道「情爲何物」，或者從未夢想過「因爲愛而結合」並不覺得「沒有愛的婚姻是不道德的。」

在現實中，人人都是這麼過的。祖祖輩輩都是這麼過來的。那麼，我們也可以這麼過。

在現實中，韋小寶及其夫人們並未感到痛苦與不適，別人也沒感到什麼「不對頭」的地方，那還有什麼話說？

真是沒什麼可說的了。

在現實中，「愛情」只不過是心理的一種幻影，是一種可有可無且無法捉摸的幽靈；不過是小說家的虛構，是一種想入非非的神話。

生活就是生活。生活常常是這樣。女人、青春、愛情、美麗、溫柔、人性，全都被韋小寶志得意滿地佔有了。在他的大笑聲，這些東西被公然的姦污、出賣、嘲弄。但恰恰因此變成了「他的」。

韋小寶的故事是一個寓言。

你將它看成是一個喜劇，或看成是一個悲劇，或看成一種正劇（現實，無喜無悲），都是可以的。都是這個寓言的一個「解」。而寓言的全部的解，則是所有這一切之和。

二十二　此情可待成追憶

「此情可待成追憶，只是當時已惘然。」

唐代大詩人李商隱在這兩句詩，道盡了愛情美學最深的祕密。

回憶總是比真實的生活美好得多。

普希金寫道：

陰鬱的日子總會過去，

那過去了的一切，

都會變成親切的懷念！……

這也是至理名言。既然「陰鬱的日子」都能變成親切的懷念，那麼幸福愛情的回憶，可就越發了不得，越嚼越有滋味，令人陶醉了。

回憶總是人不自覺的選擇：淘汰掉一些東西，保留一些東西，放大和誇張另一些東西。被回憶的愛情，總是人間最美好的。

而當時呢，卻不一定。真實的生活，常如「莊生曉夢迷蝴蝶，望帝春心托杜鵑」，不知其真也、幻也，深耶、也淺耶，而且痛苦常常遠甚於單純的歡樂。更多的則是一片惘然，說不清所以，在香香公主喀絲麗死後，她的情郎陳家洛在她的空墓前寫道：「浩浩愁，茫茫劫，短歌終，明月缺。鬱鬱佳城，中有碧血。碧亦有時盡，血亦有時滅，一縷香魂無斷絕！是耶非耶，化爲蝴蝶。」這時陳家洛最痛苦，他永遠失去了心愛的女郎，她的價值因她的「逝去」而成倍地顯現出來。原來不明白的現在開始明白了，原本沒有發現的現在開始發現了。

《飛狐外傳》中的胡斐也是在程靈素死後「在那無邊無際的黑暗之中，心中思潮起伏，想起了許許多多事情。程靈素的一言一話，一顰一笑，當時漫不在意，此刻追憶起來，其中所含的柔情蜜意，才清清楚楚地顯現出來。」

《天龍八部》中的蕭峰，也是在打死了阿朱之後，才愛上她的。

失去的東西總是最美好的。這裏有幾分是真實的，但也有幾分是心裏審美的放大。因爲失去（生離與死別）恰恰是審美的最佳距離。

金庸的小說中，有真正幸福的美滿愛情嗎？也許有，但那多半是屬於已經去世的人。

比如《雪山飛狐》中的胡一刀夫婦，在他們死了二十七年之後，被人們提起，那簡直就是人間最美滿幸福的一對。——只可惜死了。也正因爲他們死了。

《連城訣》是一部對愛情產生最大疑惑的書。書中的愛情故事多是令人沮喪。然而我們也許還記得丁典和凌霜華這一對情侶生死不渝、恩愛纏綿、銘心刻骨的愛情，像一盞燈一樣給《連城訣》中的沮喪灰涼、凄冷孤寒的世界以光亮與溫暖，那是唯一的亮色，令人不能對愛情的幸福可能性及忠貞性產生懷疑。然而，我們也不應該忘記：那美麗的愛情故事是丁典自己回憶和講述的。他自覺或不自覺地加了多少藝術的再創造和審美的選擇？我們不得而知。但我們不能不知。而更關鍵的是，丁典到最後也死了（有意味的是他並非自覺的殉情而不小心中了毒），他的死，無疑使這盞愛情忠貞的明燈更加明亮耀眼、燦燦生輝。

其實「無緣」或「失戀」的痛苦，也多半來自我們的對幸福往事的回憶、自我暗示和放大。失去的東西總比我們得到的東西——在感覺上——更爲重要，也因而更加美好、更加使人痛苦。

美好的東西就是人痛苦的失落感。卻未必是那「東西」本身。倘若蕭峰沒有失手打死阿朱，倘若阿朱的妹妹嫁給了蕭峰，倘若游坦之娶到了阿紫……那又怎樣呢？不知道。我們也不想知道。我們知道的只是，事情沒有那樣，所以遺憾，所以格外的痛惜，格外的覺得他或她的美好和寶貴。

回憶比真實更爲美好。那是因爲回憶（已經有了時間或空間上的審美距離）本身不是一種「紀實」過程，而實際上已是一種審美活動。這種活動的奧祕在於它的選擇功能和放大功能，總是美化了審美的對象。

實際上，除了回憶比起初更美好以外，在情愛的世界中，還有一條審美規律，那就是：——別人的愛情比自己的更美好。

原因同上，我們只能以現實生活的眼光去打量自己的愛情、婚姻。但卻往往喜歡用審美的目光去打量他人的婚姻和愛情。這是因爲別人的故事與「我」有一段自然的距離，而隔河景色總似乎比此岸更美；同時，正因爲我們對「別人」的生活沒有感受，這才一廂情願地、不自覺地進行了審美的選擇和觀照。

「兒女是自己的好，妻子是別人的好。」不是有過這樣一句話嗎？而且——在女性心目中——丈夫恐怕是別人的好。

在《俠客行》中，金庸揭開了這個祕密。

史婆婆閨名叫做小翠，年輕時貌美如花，武林中青年子弟對之傾心者大有人在，白自在和丁不四尤為其中的傑出人物。白自在向來傲慢自大，史小翠本來對他不喜，但她父母看中了白自在的名望武功，終於將她許配了這個雪山派掌門人，成婚之初，史小翠便常和丈夫拌嘴，一拌嘴便埋怨自己父母，說道當年若是嫁了丁不四，也不致受這無窮的苦惱。

其實丁不四行事怪僻，為人只有比白自在更差，便隔河景色，看起來總比眼前為美。何況史小翠為了激得丈夫生氣，故意將自己愛慕丁不四之情加油添醬地誇張，本來只半分，卻將之說到了十分。……（第十八回）

這就是了。幸而史小翠生了兒子之後足不出戶，也不至有什麼行爲。而待到數十年後再與丁不四相見，則已發現丁不四遠不如白自在多矣！

人生本來就不是——像我們想像和希望的那樣——美滿的。我們的生活無論幸福與否都必然有許多缺陷與遺憾。幸福的愛情都還有缺陷與遺憾，更何況本不太相愛的婚姻？於是就自然而然地產生了一種幻想：別人的愛情比我們的更美好。別人的愛人比自己的愛人好。

別人的愛人和愛情也許比我們的真的要好一些，比如胡一刀夫婦顯然比苗人鳳夫婦更幸福。然而，這種差異不是絕對的，胡一刀夫婦的幸福也不是絕對的。

苗人鳳這位「打遍天下無敵手」的英雄好漢可不懂這個。因而總覺得胡一刀夫婦才是人間仙侶，而自己……。苗人鳳的婚姻悲劇，一半固然是因爲南蘭這位官家小姐喜歡風流瀟灑會調情的田歸農，而不喜歡苗人鳳這樣沉默寡言的人（南蘭何嘗不也是隔岸觀景？）。另一半，也正是苗人鳳自己造成的：

於是在胡一刀的墓前，他把當年這場比武與誤傷的經過說給妻子聽。他從來不愛多說話，這天天卻說得滔滔不絕。這件事他在心中鬱積了十年，直到今天，方才在最親近的人面前發洩出來。他辦了許多酒菜來祭奠胡一刀，擺滿了一桌，就像當年胡夫人在他們比武時做了一桌菜那樣。

於是他喝了不少酒，好像這位生平唯一的知己復活了，與他一起歡談暢飲。他越是喝得多，越是說得多。說到對這位遼東大俠的欽佩與崇仰，說到造化弄人的小人，人世的無常，說到胡夫人對丈夫的情愛，他說：「像這樣的女人，要是丈夫在火裏，她一定在火裏，丈夫在水裏，她也在水裏……」

於是突然之間，看到了自己的新娘臉色變了，掩著臉遠遠奔開。他追上去要想解釋，但他是醉了，他不會說話，何況，他心中確是記得客店鍾氏三雄火攻的那一幕……他是在火裏，而她卻獨自先逃了出去。……

他一生慷慨豪俠，素來不理會小節，然而這是他生死以之相愛的人……在他腦子裏，一直覺得南蘭應該逃出去，她是女人，不會半點武功，見到了濃煙烈火自然害怕，她那時又不是他的妻子，陪著他死了，又有什麼好處？……但在心裏，他深深盼望在自己遇到危難之時，有心愛的人守在身旁，盼望心愛的人不要棄他而先逃……他一直羡慕胡一刀，心想他有一個真心相愛的夫人，自己可沒有。胡一刀雖然早死，這一生卻比自己過得快活。

於是在醉酒之後，在胡一刀的墓前，無意中說錯了一句話，也可說是無意中流露了真心。這句話造成了夫婦間永難彌補的裂痕。雖然，苗人鳳始終是極深厚誠摯的愛著妻子。……（第二章）

一種真實的心願和一句「錯話」造成了新婚夫妻間的裂痕，永難彌合。想必苗人鳳至死也沒有明白，他的妻子爲什麼會決絕地離開他，他至死也不明白，他的婚姻怎麼會有這樣的結果。——他不明白：在一個女人面前誇講另一個悲劇女人是極其愚蠢的事，而在自己的妻子面前誇講別人的妻子則更是一樁不可饒的「罪行」！

更何況，他又了解那位胡夫人多少？總共不過認識她幾天而已。他的「丈夫在火裏，她在火裏，丈夫在水裏，她一定在水裏」的想法，只是他的一種推理而已。只是他的一種情不自禁的誇張。

他不明白，別人的故事聽起來比自己的好，而回憶中別人的故事，自然又加倍的好。因「別人」是一段距離；而「回憶」則又是一段距離。這樣的審美推理，可以將別人的愛情往事誇張成世間所無。

像苗人鳳這樣的傻哥兒們，世間上也不知道還有多少，像史小翠這樣癡心的姐兒們也很多很多……。他們的不滿足，造成了他們的幻想；而他們——對別人及別人的生活故事——的幻想則又加深了自己對自己的現實生活的不滿足，以至造成這樣的惡性循環，生活中的悲劇就在不知不覺間鑄成了。生活中的悲劇性便加倍地彌漫於現實的時空。

當然，我們更無法責備苗人鳳或史小翠，因爲對愛的求全，責備的渴望正是愛的一種動力，一種美妙的期待和理想精神。——我們大家都會這樣——人類正是靠著這種追求美滿的理想精神將自己不斷地提高和昇華到一個更新的、更高的境界。愛的意義也正在於此。

只不過，我們不能將這種理想來直接套用現實生活，更不能將自己的想像、加上對別人的美滿的猜測、加上對言情小說的信賴以及對期待與回憶的信賴……與自己的生活加以簡單的比較。——這二者往往是無法比較的。因為生活是一種真實，而想像、期待、回憶等等則是一種藝術，別人的訴說或回憶更是一種藝術。同時，我們在現實中也是用現實的眼光去打量人事、世界；而在想像、期待、回憶、傾訴或傾聽時恰恰是用審美的眼光去打量人事或世界。

要想生活像藝術那樣美滿，就必須懂得生活的真實，同時具有藝術的（審美的）秉賦，才能在此基礎上把生活變成藝術，或者說藝術地生活。生活和愛情，顯然都不是憑著人的本能就能達到藝術美滿的境地的。必須學習和努力，這才能領會生活的藝術、愛的藝術（奧妙及其方法），進而才能達到創造生活與愛情的較高的藝術境界。

此情可待成追憶，

只是當時已惘然。……

這一本談論金庸小說情愛世界的書，就要結束了。

在這裏，我想要告訴讀者，尤其是年輕的讀者朋友們的是，不要輕易地相信愛情故事及言情小說一類的東西。當然也不要相信愛的哲學或定義一類的東西。只有生活才是真正的大百科。只有生活才是真正的常青樹。

我們不必過於依賴「定義」，因為生活與愛情是千變萬化的，因為人的個性及其境遇各不相同，還因為生活與愛情（尤其是愛情）本身就是一種感覺，一板一眼的追根究底，只能是刻舟求劍，而按照確定的定義或模式去生活，則更是緣木求魚。相比之下，那些定義比起我們的具體、生動而又豐富的生活體驗，是多麼蒼白無力，是多麼的淺薄單調！

言情小說的愛與說教也大多不足爲憑。那種故事大多帶有明顯的幻想，明顯的（作者的）自我欣賞和自我辯解，那些大多是些理想化的、被裝璜過的愛。那些故事正是爲了要投你的胃口：你不是期待美妙的愛情夢境麼？好吧，那麼，你聽我說……

在這一意義上，金庸的小說，金庸小說的言情故事，也是不足爲憑的。它將楊過與小龍女之間有著明顯的缺陷或殘疾的愛情裝點得過於神奇，這種愛在現實中顯然是站不住腳的、是蒼白無力的，但在小說裏卻是那樣的吸引人，那樣的神乎其神。

在這一意義上，我寫的這一本書就更是不足爲憑了。我們只是在談論金庸的小說，談論金庸小說中愛情故事，而根本談不上是什麼愛的哲學，也沒多少愛的藝術。

我之所以要寫這樣的一部書，那是因爲，相對而言，金庸小說的情愛世界，比我所看到過的幾乎所有的「專業言情」的作家之作品都要美妙得多而又真實得多，都比它們更富有個性、富有變化，而且有更深刻的意義。

相對而言，金庸在他的小說中，在講述一個又一個愛情故事的時候，比那些專言情愛的作家作品提供了更豐富、更真實的人生信息。

因爲金庸是一位對人生有著獨特而深切感受的作家，他對人性的認識，把握和表現，達到了一種相當驚人的深度。

金庸小說的情愛世界不僅僅是在談情說愛而是——主要是——在揭示人性及人類情愛心理的奧祕。是揭示人生與社會（如韋小寶的故事等）深刻的奧祕。

對於金庸小說的言情，僅僅當成一些故事來讀，當成一些傳奇和神話——或童話——來讀是不夠的。因為其中許許多多的故事，同時又是一些十分深刻的寓言。

而我的這一本書，就是對這些深刻的寓言的一些體味，並努力做些切實的、但可是粗淺或偏頗的讀解。

金庸沒有騙我們。至少，他是認真地、努力地通過這些形形色色，顯然帶有極富想像力和創造性的愛情的傳奇和神話，來表達他對人性與人生的認識和感受。

最後，我們看到，金庸小說的情愛世界是一個充滿矛盾而又雜亂無章的「無序」世界。而我的這本書，雖然努力地整理出它的秩序和規則，但仍然是成效不大的。

之所以會如此，除了作者的水平所限之外，還有重要的一點原因，是我對金庸「無序」的體會——即對愛情世界的體會，它本身就是一種充滿矛盾、幻像、衝突和個性、隨意性和偶然性的世界。——「無序」正是愛情世界的真正的特徵。「無序」的形式恰好是一種真實的藝術形式。

這是一個無頭又無尾，無邊也無際巨大的開放體系，一種不知頭尾也沒有驛道的漫長的歷程。雖每一個人的愛情故事都可能是完整的，但這一「世界」卻是永遠開放著的；隨時會有人加入，也隨時會有人退出；隨時有人跌倒又隨時有人爬起；隨時有人宣揚各種各樣的「主義」講述各種各樣的故事（你不可不信也不可全信）……

人類生活就是如此。人類的情愛世界就是如此。你活著，你死了，都只是你個人的事；你戀愛了，你失戀了，那也只是你個人的歡欣與苦痛……這個世界依然由你的、我的、他的、我們的、你們的、他們的……故事、願望、期待、衝突和回憶組成一個矛盾重重又傷痕累累的開放的樂園——是天堂也是地獄，是平凡的世界卻又充滿奇跡。……

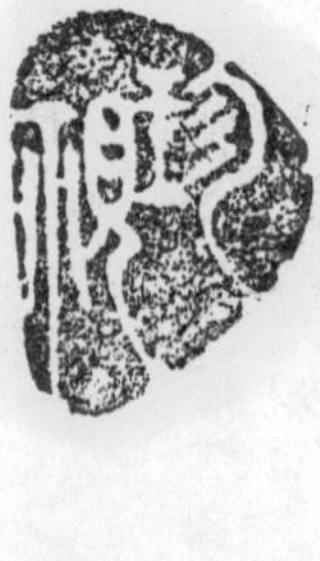

情愛金庸 / 陳墨著. -- 初版. -- 臺北縣中和
市 : 雲龍出版 : 1997 [民86]
書品文化總經銷 (陳墨金學作品集;3)
面 . 公分
ISBN 957-9663-04-1(平裝)

1. 金庸 - 作品集 - 評論 2. 武俠小說 - 評論

857.9 86005331

陳墨金學作品集③

情愛金庸

作　者・陳墨
發行人・陳益達
編　輯・郭哲銘、歐陽曉梅
讀者服務・E-mail:reader@clio.com.tw
封面設計・麥克菲爾創意製作
內文製作・敲磚塊工作室
出版者・雲龍出版社
台北縣中和市中正路七六〇號五樓
TEL:(02)226-5396
FAX:(02)225-2265
登記證・行政院新聞局局版臺業字第伍叁捌零號
總經銷・書品文化事業有限公司
台北縣中和市中正路七六〇號五樓
TEL:(02)226-5431
FAX:(02)225-1119
製版廠・振益照相製版有限公司 (〇二)五九六七九一四
出版日期・1997年七月初版
定　價・二五〇元
ISBN 957-9663-04-1(平裝)
郵撥帳號・一三八九二七四六

知書房文化小棧 URL:http//www.clio.com.tw/